本书出版得到黄冈师范学院文学院省级重点学科（培育）——中国语言文学
学科建设经费资助

当代文化与文论视域中的文学经典研究

舒开智　著

WUHAN UNIVERSITY PRESS
武汉大学出版社

图书在版编目(CIP)数据

当代文化与文论视域中的文学经典研究/舒开智著.—武汉：武汉大学出版社,2015.12
ISBN 978-7-307-17209-8

Ⅰ.当…　Ⅱ.舒…　Ⅲ.中国文学—当代文学—文学研究
Ⅳ.I206.7

中国版本图书馆 CIP 数据核字(2015)第 281234 号

责任编辑:白绍华　蒋培卓　　责任校对:李孟潇　　版式设计:马　佳

出版发行：**武汉大学出版社**　(430072　武昌　珞珈山)
(电子邮件：cbs22@whu.edu.cn　网址：www.wdp.com.cn)
印刷:武汉中远印务有限公司
开本：720×1000　1/16　印张:12.75　字数:166 千字　插页:1
版次:2015 年 12 月第 1 版　2015 年 12 月第 1 次印刷
ISBN 978-7-307-17209-8　定价:48.00 元

目　　录

引　言

文学经典已成为自20世纪后半叶以来文学理论研究中的一个热点问题。在西方，20世纪六七十年代以来，欧美文学界围绕文学经典问题展开了一场旷日持久的论争。以女性主义、后现代主义、后殖民主义、新历史主义、解构主义等为代表的新兴理论研究认为经典的遴选不单单是一个文学行为，它关系到话语权力的争夺、民族文化和性别身份认同问题，由此质疑经典的永恒价值，主张拓宽经典。在中国，随着荷兰学者杜威·佛克马于1993年9月至10月间在北京大学作了题为《文学研究与文化参与》的系列讲演，① 195年10月，加拿大学者斯蒂文·托托西在北京大学的讲演中谈到了读者与经典形成的关系、经典化的复杂性以及经典的积累等问题，并介绍了“恒态经典”与“动态经典”的概念。西方的经典理论开始被引进来，启发了国内学者的视野和思路。同时，伴随着20世纪80年代提出的“重写文学史”引发的激烈论争，② 90年代出现的给中国现当代作家重新排座

---

① 其讲稿1996年6月以同名著作在北京大学出版社出版。

② 在本书看来，“重写文学史”的核心就是对文学经典标准的修改，“重写”的重点是重新评价那些原先因为政治原因被抬得很高的作家作品，如郭沫若、茅盾、赵树理等；同样，还要重新评价由于政治原因被边缘化或遭受冷遇的作家作品，如沈从文、张爱玲等。1988年，陈思和、王晓明在《上海文论》1988年第4期上联袂主持“重写文学史”专栏，正式提出“重写文学史”的口号，拉开了“重写文学史”事件的序幕。

次引发的争议,① 中国学术界开始反思经典与权力、经典与意识形态、经典与政治等的关系，主张以文学性、审美性作为文学作品入选文学史的标准。

21 世纪以来，消费主义文化思潮席卷全球，同样也影响了中国百姓的文化行为和日常生活。消费社会的文化生产中出现了大量挪用、戏仿和改写经典的现象，消费文化思潮已改变了经典的生产和接受格局，使人们不再迷恋于经典的深度阐释，经典演变为一种文化符号的表象游戏，对经典的虔诚阅读已变为快餐化、平面化、时尚化、娱乐性的消费。人们在紧张的劳作和身心疲惫之余，不再依靠书香来陶冶性情，而是把目光投向电影院、购物中心、电视机、酒吧和咖啡厅。传统的经典开始失去它的某些功能，人们不再需要它来维护社会的文化秩序和指导今天的文化生产。电子媒介技术的进步满足了人们的娱乐热情并使这种热情得以释放，大量经典被改编成影视剧，戏说、调侃之风盛行。在图像文化符号的狂轰滥炸下，大众在感官愉悦的陶醉中变得单调平庸，放弃了思考能力和批判能力。曾经作为历史记忆的红色经典也借助大众文化的兴起和现代传媒技术迅速走红，被改编成影视作品，在主旋律话语和市场经济逻辑的双重推动下，呈现出斑驳陆离的独特审美结构。红色经典的改编颇具争议，现代大众文化消费追求刺激与惊奇，红色经典文本的叙事资源又具有革命正统性和严肃性，革命意识形态和消费主义话语二者既有可以互相利用的一面，又具有某种龃龉与差异。如何在消费主义文化语境中，发掘红色经典的历史恒定性和伦理普遍性，成为经典研究中绕不过的话题，也体现了如何认识文学经典在大众文化转型中的核心价值和历

① 1994 年北京师大教授王一川在其主编的《二十世纪中国文学大师文库》中，为中国现当代文学家重新排座次并引发了热议；1996 年谢冕、钱理群主编的北大版《百年中国文学经典》(8 卷)和谢冕与孟繁华主编的海天版《中国百年文学经典文库》(10 卷)，都认为文学经典是人为建构的产物，不存在永恒的经典。

史意义。

当前，文学经典阅读现状堪忧，据《湖北日报》报道，自2012年12月8日开放至2013年10月，从湖北省图书馆新馆文献借阅排行榜上看到，进入前10位的有《十三步》《读者》《黑暗王子格雷亚3》《图解周易大全》《植物大战僵尸10》《高手过招》《赛尔号雷伊传说3陨石大作战》《魔法老师》《女王·再见黑天鹅》等，没有一部经典名著上榜。以“黑暗”“僵尸”“魔法”“过招”等冠名的书籍达6部。虽然作家莫言被排在第一名，但他的上榜书籍是并不具代表性的小说《十三步》。① 同样在2013年6月，广西师范大学出版社搞了个“死活读不下去排行榜”的网络调查，在统计了数千名网友的意见之后，结果却是：《红楼梦》高居榜首。榜单前10名中，中国古典四大名著无一漏网，而《百年孤独》《追忆似水年华》《尤利西斯》《瓦尔登湖》这些耳熟能详的名字也跻身其中。据《中国青年报》报道，在北方某重点高校图书馆，借阅量最大的百本图书中，一些“快速阅读类”的流行网络小说占据了近3成的比例，甚至在前20位中占据多数，这些网络小说也许满足了学生们“快餐式”的阅读需求，但真正给大家提供的“营养”却不够。②

正如有识之士担心：现在不少人的阅读陷入娱乐化和功利化的肤浅境地，其目的不是追求美感和深度沉思，而是把阅读当作一种消遣和猎奇，顺从情性，排斥深度，拒绝理性思考，将阅读变成一种轻松闲适的活动。这种浅阅读以快餐式、跳跃性、碎片化、视觉化为特征。当下以玄幻、仙侠、穿越、官场等为主题的网络小说受到一些读者欢迎，微信、微博的片段式文字也让不少青少年习惯了“短、平、快”的阅读方式，这就是浅阅读的显著表征。浅阅读虽然满足了人们

① 《湖北日报》2013年10月18日。

② 《中国青年报》2015年4月23日。

快速便捷获取信息的需要，但是不利于阅读质量的提高，不利于读者思维能力、评判能力和思考能力的提高。对文学经典来说，浅阅读无法建构读者的主体性，无法直指文本中的心灵世界和理性高度。

面对消费主义文化的语境，作为传统民族精神和文化精神载体的文学经典正遭到前所未有的冲击和挑战，昔日给人类以精神支撑和心灵皈依的经典开始土崩瓦解。那么该如何认识文学经典的品质特性？如何正确看待经典的建构、阅读和阐释？如何看待红色经典的改编？如何认识经典的价值和意义并在这个急剧变革的时代语境中重构经典呢？这应该值得我们每一个人深思。

可以说，我们当下是一个亟需经典但又缺乏经典深读的时代。与其执拗于“本质论”抑或“建构论”之争，不如静下心来，仔细认真安静地阅读经典文本，回到文本自身。卡尔维诺在《为什么读经典》中告诉我们：“呈现在我们面前的世界现实是多样的、多刺的，而且层层相叠，就像朝鲜蓟。对我们而言，在一部文学作品中，重要的是可以不断将它剥开，像是一颗永远剥不完的朝鲜蓟，在阅读当中发现愈来愈多新层面。”①因此，面对经典，我们要心存敬畏，耐心品读。哈罗德·布鲁姆也指出：“经典的陌生性并不依赖大胆创新带来的冲击而存在，但是，任何一部要与传统做必胜的竞赛并加入经典的作品首先应该具有原创魅力。”②汲取经典中的哲思、精髓和智慧，这或许是身处现代性、后现代性交错复杂语境中的人们得以找到安身立命的精神家园的不二选择。

---

① ［意］伊塔洛·卡尔维诺著，黄灿然、李桂蜜译：《为什么读经典》，译林出版社 2012 年版，第 229 页。

② ［美］哈罗德·布鲁姆著，江宁康译：《西方正典》，译林出版社 2011 年版，第 5 页。

第一章　文学经典的涵义、建构与阐释

第一节　文学经典的界定与品质特征

探讨文学经典的释义，首先得从“经典”这个词的渊源开始。在中国，“经典”起初是两个词。“经”，现存甲骨文无记载，据考证，始见于周代。《说文解字》认为：“经，织也。”《辞海》进一步解释：“经，织物的纵线，与‘纬’相对。”“典”的原义则为常道、法则，《尔雅·释诂》解释道：“典，常也。”引申为可充当典范、法则的重要书籍。《后汉书·蔡邕传》：“伯喈旷世逸才，多识汉事，当续成后史，为一代大典。”“经”在战国后有了我们现代意义上“经典”的意义。《释名·释典义》认为：“经，径也，常典也，如径路无所不通，可常用也。”东汉的《白虎通义》释“经”为“常”，认为儒 家经典含有超越时间的“常道”。《文心雕龙·宗经》篇说：“经也者，恒久之至道，不刊之鸿教也。”这里不仅突出了经典的典范性，指出了经典是“恒久”“不刊”的，也表明经典能经受时间和历史的检验。在今天，《现代汉语词典》对经典的解释是“传统的权威性作品”，《辞海》解释是“一定时代、一定阶级认为最重要的、有指导作用的著作”。

在西方，从词源学意义上来说“经典”(canon)一词，最初来自希腊文 kanon，指用于度量的一根芦苇或棍子，后来它的意义不断延伸，用来表示“尺度”“规范”“规则”，并且这些引申义作为本义流传下来①。公元1世纪基督教出现后，经典逐渐成为宗教术语，并产生了新的含义。首先它代表选取经书文本和作者的原则；其次经典还指教会的文件、律法和教令。公元4世纪，经典开始代表合法的经书、律法和典籍，特别与《圣经》新、旧约以及教会规章制度有关。② 在历史上后来不断有学者对这个概念进行过探讨。佛克马就认为：“经典一直都是解决问题的一门工具，它提供了一个引发可能的问题和可能的答案的发源地。”③经典这个概念自身具有历史性和具体性，如艾略

① 需要指出的是，西方文化中，还有一个词“classic”也对应着“经典”的意思，但是与“canon”又有着区别。根据有关学者研究，classic 的涵义经历了“等级”“标准典范”“古典”这样一个历时性的延展、引申、演变过程。从词源学上来说，classic 最初源自拉丁词 classicus，这是古罗马税务官用来区分税收等级的专用语词；其后它又被引申、借用来指作家的等级；在文艺复兴时期，classic 起初主要用于描述、品评作家，并逐渐具有了 classic 的现当代意义（即“经典”的涵义），如“最优秀的、第一流的、（作家、艺术家、作品）具有公认而无可争议之价值或地位的”（of the highest quality；having a value or position recognized and unquestioned）、“典范”（model）、“标准”（standard）等；再后来，它又获得了“古典（的）”“古典作家”的衍生意义，特指“古代希腊及罗马文学、艺术和文化之标准的”（of the standard of ancient Greek and Latin literature，art and culture）、“古希腊或古罗马的作家”（ancient Greek or Latin writer）。因此，classic 主要指（像古典作家或作品——即古希腊、古罗马作家或作品——那样）取得了杰出而卓越的文学成就，并在各主要文类上树立了持久的文学典范和标准，且获得了广泛认可的作家或作品。因此，综合比较，classic 强调等级性、典范性和古典性，而 canon 则着重尺度性（准则、标准）、规则性、律条性、真伪性及协商性（世俗经典）等；另外，canon 还具有宗教性——canon 一词的词义具有浓厚的宗教色彩和印记，充分体现出宗教的神圣性、认证的（宗教）组织机构性、制度性、法规性以及（宗教）权力的干预与决策性等。参见曾宏伟：《在 Canon 与 Classic 之间：哈罗德·布鲁姆经典观特征管窥》，《广西社会科学》2009年第6期。李亚平在《多元文化时代的文学经典理论》一书中也从英语词源学角度考察，区分出来自于英文 classic 的文学经典Ⅰ和来自于英文 canon 的文学经典Ⅱ。参见李玉平《多元文化时代的文学经典理论》，南开大学出版社2010年版。

② 刘意青：《经典》，《外国文学》2004年第2期。

③ ［荷］佛克马、蚁布斯著，俞国强译：《文学研究与文化参与》，北京大学出版社1996年版，第39页。

特写过一篇著名的文章《什么是经典作品》，他认为经典的主要标准就是：成熟。经典作品只可能出现在文明成熟的时候、语言及文学成熟的时候，它一定是成熟心智的产物。① 博尔赫斯则认为，“经典是一个民族或几个民族长期以来决定阅读的书籍，是世世代代的人出于不同的理由，以先期的热情和神秘的忠诚阅读的书。”②马修·阿诺德在《诗的研究》中认为，经典的真正和确切的含义是指最优秀的作品。布鲁姆认为，“经典的原义是指我们的教育机构所遴选的书”，他进而指出，“读书必有取舍，因为实际上一个人没有足够时间读尽一切”。③ 我们拥有经典的原因是生命短促且姗姗来迟。人生有涯，生命终有竟时，要读的书却前所未有地多，于是，一项鉴别经典的古老方法屡试不爽：不能让人重读的作品算不上经典。

在当代中国，关于对经典的释义和理解，黄曼君先生在《回到经典 重释经典》一文中，从思、诗、史三个方面作了界定：在精神意蕴上，文学经典闪耀着思想的光芒；从艺术审美来看，文学经典应该有着“诗性”的内涵；从民族特色来看，文学经典还往往在民族文学史上翻开了新篇章，具有“史”的价值。④ 陶东风则认为：“无论在汉语还是在其他语言中，经典都有规范规则的意思，它不但指历史上流传下来的以语言文字或其他符号形式存在的文本，更包含此类文本或明或隐的体现的制约、规范人类思维、情感与行为的文化——道德与政

---

① 转引自吴晓东：《从卡夫卡到昆德拉：20世纪的小说和小说家》，三联书店2003年版，第2页。

② 博尔赫斯著，王永年等译：《论古典》，《博尔赫斯文集》，海南国际新闻出版中心，1996年版，第7页。

③ [美]哈罗德·布鲁姆著，江宁康译：《西方正典》，译林出版社2011年版，第13页。

④ 黄曼君：《回到经典 重释经典》，《文学评论》2004年第4期。

治力量。”①以上两种释义和理解各有偏重，前者主要从美学属性角度出发强调经典的普遍性，后者主要强调了经典的建构性特性。虽然我们不可能给出一个令所有人都完全满意的关于“经典”的定义，但是我们可以对经典的基本品质特征予以归纳描述。本书认为，经典具有三种主要的品质特征：时代性与超越性的统一、民族性与世界性的统一、独创性与典范性的统一。

第一，时代性与超越性的统一。一个具体的经典文本，总是或隐或显、或深或浅地打上作者所处时代的烙印。经典常常饱含着一个时代的特殊的心理和情绪，成为时代的脉搏和回声。如黄乔生在《论鲁迅的经典性》中指出：“一个作家的经典性表现之一就是，他是一个时代的代言人和集大成者。这个时代的显著特点都能在他的作品中找到。”②一些经典作家总是以自己的个人风格代表了时代的文学精神。如盛唐诗歌中所蕴涵的热烈奔放、气宇昂扬的恢宏气象，无论是边塞诗的高蹈壮丽、积极进取，还是田园诗的空灵隽永、柔婉清秀；无论是杜甫的沉郁顿挫，还是李白的瑰丽飘逸等，都能体现时代文化精神和特质对文学经典的内在影响。作家作为某一时代的成员，他的思想感情要受社会和时代的影响，作家不是与世隔绝的孤立的人，经典总能唱出时代的最强音。丹纳就曾指出，作品的产生取决于时代精神和周围的风俗。但是透过丰富杂陈的感性生活表象，作家又能达到对世界与人类生存状态的终极关怀，这种感性思考的普遍性与深刻性使经典具有形而上的真理的意义。亚里士多德认为，写诗这种活动比写历史更富于哲学意味，因为诗道出了有普遍性的事物。如但丁《神曲》对人类生存境况的象征性描绘、《红楼梦》对人的命运和存在境遇的

① 陶东风、徐艳蕊：《当代中国的文化批评》，北京大学出版社 2006 年版，第 249 页。

② 黄乔生：《论鲁迅的经典性》，《鲁迅研究月刊》2004 年第 12 期。

文化性解析和思考、《阿Q正传》对“国民性”主题的针砭和剖析，诸如此类都是极富哲学意味的形而上的探求。从歌德、雨果、巴尔扎克、司汤达、列夫·托尔斯泰这些伟大作家的作品中，就能强烈地感受到他们对人类命运的苦苦探索和对自由的不懈追求。

但是，学者对经典所具有的超越性内涵又有不同的理解。黄曼君认为“它(指文学经典——引者注)往往既植根于时代，展示出鲜明的时代精神，具有历史的现实的品格，又概括、揭示了深远丰厚的文化内涵和人性的意蕴，具有超越的开放的品格”。① 强调经典是时代性与开放性、超越性的统一。也有学者认为经典的主要特性就是超越性，陈思和就把经典当作超越阶级与政治的普遍人类文化成就，他甚至认为经典没有时代性：“我们真正判断文学作品的文学史地位，并不看它当时引起的社会反响的。因为在任何一个时代，流行歌曲、通俗文学往往是产生很大影响，是不是这样的作品都应该进入文学史？当然不是。这些东西都存在于一个时代的人们的记忆当中，过了这个时代也就被人遗忘了，不可能一代代地吸引读者。”②对此，我们不敢苟同。

经典意味着典范，意味着一种相对稳定的价值标准和审美规范。经典化一方面要体现出某种超越性，另一方面又总是离不开具体的时代标准。经典之作一定会包含一种可以超越它的具体时代背景而覆盖到后代的超越性，也一定会有超越它的具体描写内容和表现手法的可以涵盖到更广阔社会生活的普遍意义。经典的认定是通过一代又一代众多的文学接受者的阐释和重释活动完成的。在这个过程中，那些历史的具体的东西将不断被悬置、转换或遗忘。相反，那些普遍的永恒的东西将逐渐被凸现流传下来。经典作品丰富的包容性，往往能超越

① 黄曼君：《回到经典 重释经典》，《文学评论》2004年第4期。

② 陈思和：《我不赞成“红色经典”的提法》，《南方周末》2004年5月6日。

时空，不因时过境迁而丧失其价值。由于蕴涵着预言性或前瞻性，故在某种程度上经典作品往往成为思想的先锋。经典作品总是既蕴藏着经典作家独特的思想与感情，同时又包含了人类的共通意识——经典不因时代的冲刷而“褪色”，它能历久弥新，保持旺盛的生命力。

如针对一些批评者以产生的时间太短为由对红色经典进行质疑，认为红色经典深深地打上了时代和阶级烙印，并在一定程度上体现了国家意志的话语色彩，就有学者指出：“红色经典”强烈地表达出为实现自身解放的劳苦大众对理想的憧憬和为之奋斗的热情，塑造了一系列为争取解放和幸福生活而英勇斗争的革命儿女和劳苦大众，在革命战争年代或是在新中国成立后社会建设的初期，面对生与死的考验，依然坚守理想和信念，既有精英式的悲剧反抗，更有忍辱负重的坚毅担当，体现了人类对有关责任、牺牲精神、舍小顾大等优秀品质的共同追求。它所洋溢的对信念的坚守，以及英雄气概、革命乐观主义、勇于献身、集体主义意识和精神等是人类共同的精神财富，也是人类崇高精神品质的升华。①

第二，民族性与世界性的统一。文学经典的巨大魅力就在于民族性与世界性的完美结合，经典既是民族的又是世界的，经典往往成为一个民族独有的心理体验、价值规范和审美观念的结晶，它能通过审美把握，细致地表现本民族的性格和感情，成为一个民族认识自己心路历程的镜子。经典具有鲜明而强烈的民族品格，经典总是深深扎根于民族文化的土壤。经典能展现一个民族特定的生存理想，反映一个民族最深层的文化精神和价值规范，凝聚一个民族的思维方式、人格理想、信仰追求和宗教习俗，是该民族的民族精神的核心体现，成为一个民族文化识别的标志。如中西方文学经典在人物描写、情节冲突、命运突转、婚恋离聚等方面形成的差别就是受到各自民族文化中

① 焦垣生、胡友笋：《论“红色经典”的经典气质》，《人文杂志》2005年第2期。

的悲剧意识和审美心理的制约。但经典又表现出一定的开放和交流的品格，它总是以自身的包容精神和表达方式、审美品位自觉地充当沟通民族文学与世界文学的桥梁。例如，红色经典中那种对崇高理想的追求、对革命成功的信仰、对美好未来的憧憬以及面对困难和考验表现出来的临危不惧和革命乐观主义精神，就体现了人类面对苦难时的共同的精神品格和奋不顾身的英勇精神。

方忠在《论文学的经典化与中国现代文学史的重构》中指出："文学经典是一个民族重要的艺术财富，它艺术地反映民族的历史、文化、生活。在一个民族的发展史上，生产出的文学作品可谓汗牛充栋，但能称得上文学经典的不会很多，而正是这些文学经典构成了民族的一个艺术原型和精神家园，它们是文学史的支架和龙骨。"①如"红色经典"尽管创作题材和方法各异，但是共同的特征就是具有厚重的现代民族史诗品格，对现代民族国家文化想象的建构，对民族历史变革和革命进程的热情歌颂和忠实记录，在共和国文学史上永远占有一席之地。

黄曼君在《中国现代文学经典的诞生与延传》中认为："从价值定位看，经典必须成为民族语言和思想的象征符号。如莎士比亚之于英语与英国文学，普希金之于俄语与俄罗斯文学，鲁迅之于中国与中国新文学，他们的经典都远远超出了个人的意义，而富于民族的精神气质。也是在此意义上说，鲁迅被称为'民族魂'。"②经典具有浓厚的民族韵味，但是，另一方面，经典又具有时空上的延展性，能亘古常新，在其他民族的文化空间中获得言说的契机。诚如黄乔生在《论鲁迅的经典性》中所言："作为经典的鲁迅并不意味着成为历史，他与

① 方忠：《论文学的经典化与中国现代文学史的重构》，《江海学刊》2005 年第 3 期。

② 黄曼君：《中国现代文学经典的诞生与延传》，《中国社会科学》2004 年第 3 期。

现实有对话的能力，他不但在中国读者中仍有号召力，而且在世界文化中也有认识价值。他的革命精神，他的思想家的品格所具有的典范性，还在亚洲一些国家产生了影响，例如韩国的思想界，就不乏民主革命的领袖把他当作精神的导师。”①

经典中包蕴着浓厚的民族文化因子，但是经典又具备超越民族性的普遍意义。缺少了世界性内蕴的作品，就会导致狭隘的民族意识。李建军在批评《白鹿原》时就指出其具有狭隘的民族意识。伟大的文学可以表现民族情感，但不能狭隘，而应该有更博大的人道主义情怀。在这一点上，《白鹿原》是不能令人满意的。② 林凌在《二十世纪抗战文学为什么没有经典作品》中也指出：“中国抗战文学至今没有创作出具有世界影响的战争文学经典。”③个中原因耐人寻味。我们认为，当时的抗战文学主要是在一种革命英雄主义和乐观主义的渗透和主导下写成的，写战争却不敢正视战争的残酷与非人道，忽视对战争中的人的感性命运的揭示，在血与火的壮丽描写中放弃了对人的命运、灵魂和价值的思索，在冲锋陷阵的枪林弹雨中看不到个人牺牲的悲苦和家庭破碎的心酸。殊不知，经典在本质上具有普遍的文化意识与文化品格，它超越民族性的界限，能反映人类共同的需求与理想。人类文学的发展历程表明，有生命力、有创造性的文学经典，总是通过对人的生存，通过对民族命运的揭示来反映人类和世界共同的处境。一个民族的文学经典以自身的独创性丰富了世界文学的多样性，并以自身的民族性对世界文学作出了贡献。而且，就中国文学经典来说，强调文学经典是民族性与世界性的统一，有利于纠正比较文学研究中长期以来的“影响/接受”思维模式。这种思维模式简单地认为世

① 黄乔生：《论鲁迅的经典性》，《鲁迅研究月刊》2004 年第 12 期。

② 李建军：《直谏陕西作家》，《文艺争鸣》2000 年第 6 期。

③ 林凌：《二十世纪抗战文学为什么没有经典作品》，《中国文学研究》2001 年第 4 期。

界文学与中国文学的关系是“影响者”与“接受者”的关系，忽视了中国现代文学经典以自身的独特审美意识丰富了世界文学的内容，以自身的审美创造拓展更新了世界文学的面貌。① 所以，任何一部经典都既是民族的又是人类的或世界的。

第三，独创性与典范性的统一。文学经典的不朽魅力就在于它的独创性。每一部作品都是独一无二、不可重复的，经典总是以其语言和结构上的独创性，或以其对世界阐释的个性化而彪炳史册。纵观古今中外的文学经典，我们就会发现，这些作品在原始母题和题材方面的重复率非常高。当代结构主义文学理论认为所有的文学文本都是对同一个故事模式的不同叙述，文学的本质不在于“说什么”，而在于“怎么说”。虽然偏激，但也道出了某种深刻的道理。也就是说，尽管题材、主题会影响文学作品的价值，但作品能否成为经典并不完全取决于素材，更主要在于作家能否对题材有自己独到的提炼和发现，有自己独到的感受和理解。黄曼君在《回到经典　重释经典》中指出：“它(指文学经典——引者注)是在作家个人独特的世界观渗透下不可重复的艺术世界的创造，能够提供某种前人未曾提供过的审美经验。它是基于感性生命、精神需要乃至个人和集体无意识的一种对于世界的独特的审美把握。”②

从读者的期待视野与本文召唤结构之间关系的角度来看，文学经典的独创性主要表现在文本的召唤结构与读者的期待视野形成的适度错位上，即经典所包蕴的审美水准要适度高于它所诞生的那个时代的读者的期待视阈，或以其艺术形式的成熟与创新，或以其思想内容的犀利与深刻，震撼打动那个时代的读者，并对当时整体创作水平造成

① 陈思和先生提出了“中国文学中的世界性因素”这个重要命题，值得我们思考重视。详见《中国当代文学关键词十讲》，陈思和著，复旦大学出版社 2002 年版，第 245 页。

② 黄曼君：《回到经典　重释经典》，《文学评论》2004 年第 4 期。

突破，成为一个时期的巅峰之作，成为文学史上的转折点，也成为后代作家超越自我的精神标尺。如塞万提斯的《堂·吉诃德》、雨果的《悲惨世界》、巴尔扎克的《人间喜剧》、托尔斯泰的《复活》、海明威的《老人与海》、曹雪芹的《红楼梦》、鲁迅的《呐喊》《彷徨》等，在其诞生之初，无不震撼文坛，改变了读者的期待视野。但是，经典的出现又并非横空出世。丹纳说："艺术家不是独立的人。我们隔了几世纪只听到艺术家的声音，但在传到耳边来的响亮的声音之下，还能辨别出群众的复杂而无穷无尽的歌声，像一大片低沉的嗡嗡声一样，在艺术家四周齐声合唱，只因为有了这一片和声，艺术家才成其伟大。"①

一部作品成就高低、价值大小，在很大程度上取决于它是否对前人有突破，有超越，是否有原创性。恩格斯曾指出，任何一个人在文学上的价值都不是由他自己决定的，而是由同整体的比较当中决定的。布鲁姆也认为："经典的陌生性并不依赖大胆创新带来的冲击而存在，但是，任何一部要与传统作必胜的竞赛并加入经典的作品首先应该具有原创魅力。"②但是经典的典范性和权威性能量又能不断渗透辐射到以后的文学创作，成为后继者竞相学习、效仿的楷模，同时也对后继者的积极性和创造性造成压抑。布鲁姆在《影响的焦虑》中就指出："一部成果斐然的'诗的影响'的历史——亦即文艺复兴以来的西方诗歌的主要传统——乃是一部焦虑和自我拯救之漫画的历史，是歪曲和误解的历史，是反常和随心所欲的修正的历史，而没有所有这一切，现代诗歌本身是根本不可能生存的。"③布氏的观点虽然是建立

---

① ［法］丹纳著，傅雷译：《艺术哲学》，人民文学出版社 1963 年版，第 6 页。

② ［美］哈罗德·布鲁姆著，江宁康译：《西方正典》，译林出版社 2011 年版，第 5 页。

③ ［美］哈罗德·布鲁姆著，徐文博译：《影响的焦虑》，三联书店 1989 年版，第 31 页。

在存在焦虑和个体生存哲学的基础上，低估了后代作家的开拓能力和超越精神，但是也道出了一种深刻的道理：经典的业绩和成就让后代作家叹为观止，才思无处施展。中国古代文人也感叹：“宋人生唐后，开辟真难为。元明不能变，非仅气力衰。能事有止境，极诣难角奇。”①

文学发展到今天，一切文学的主题和技巧已被使用殆尽，经典的权威迫使人们唯唯诺诺，俯首称臣。在这种情况下，文学经典给后继作家带来无形而巨大的压力，成为苦恼和焦虑的缘起。“任何强有力的作品都会创造性地误读并因此而误释前人的文本。一位真正的经典作家或许会或许不会把这种焦虑在作品中予以内化，但这无关大局：强有力的作品本身就是那种焦虑。”②因此，能否摆脱前代大师们的创作模式而建立起自己的创作特色并形成新的经典，这就是天才和庸才的根本区别。在这一过程中，只有少数作家才能克服或“否定”这种“影响的焦虑”，并以自己的审美原创性解放自己的艺术创造力。布鲁姆还认为，除莎士比亚外，相对而言不为“影响的焦虑”所左右的作家屈指可数：弥尔顿、莫里哀、歌德、列夫·托尔斯泰、易卜生、弗洛伊德和乔伊斯。我们认为，真正伟大的作家总能够凭借自己的深思熟虑，敢于以坚韧不拔的毅力向威名显赫的前代巨擘挑战，在“取法乎上”的基础上，突破前人的高度，创造出新一代的经典。

第二节　文学经典建构的动力及复杂因素

文学经典是如何形成与建构的？这是经典论争中的一个核心问题。马克思在《政治经济学批判导言》中论述古希腊艺术和史诗时说过：“困难不在于理解希腊艺术和史诗同一定社会发展形式结合在一

① 蒋心余：《忠雅堂诗集》卷13《辨诗》。

② [美]哈罗德·布鲁姆著，江宁康译：《西方正典》，译林出版社2011年版，第6页。

起。困难的是，它们何以仍然能够给我们以艺术享受，而且就某方面来说还是一种规范和高不可及的范本。”马克思这段话对我们认识文学经典产生魅力的原因以及如何建构经典具有重要的启示意义。希腊艺术之所以是“一种规范和高不可及的范本”，就在于它的艺术成就是辉煌的，反映了人类真实的童年时光。希腊神话用一种不自觉的艺术方式加工“自然和社会形式本身”，表现了当时希腊人用想象力征服、支配自然的进取精神和风貌，具有超越性和永恒内核。文学经典的形成与建构，离不开经典文本自身独特的艺术价值和蕴含的文化密码，同时也与外在因素有关。

学术界围绕经典的价值和形成原因，争论良久。以《文艺研究》为例，该刊2013年第5期刊发了聂珍钊的《文学经典的阅读、阐释和价值发现》一文，该文认为“文学经典的价值在于其伦理价值，其艺术审美只是实现其伦理价值的形式或途径”。紧接着该刊2014年第3期发表了梁晓萍的《文学经典的核心价值究竟是什么？——兼与聂珍钊先生商榷》，梁文则针锋相对地指出文学经典的核心价值是审美价值，只有“解除套在文学经典身上的伦理道德枷锁，才是对待文学经典应有的态度”。2015年第5期的《文艺研究》，又刊发了江守义的《文学经典的价值——与聂珍钊、梁晓萍先生商榷》，该文指出，经典的价值不在于伦理或审美，而在于反映普遍人性，揭示人生真谛。就经典形成的原因看，经典“实质的创造性”“内涵的丰富性”“时空的跨越性”和“影响的无限性”都指向其中的人性表现；就经典的内涵看，人性内容的丰富性、人性思想的超时代性是形式多样的经典的真正价值所在。同时，人性也可以沟通伦理和审美。在本书看来，这种论争虽然新见频出，但是都有各执一词之嫌，忽视了经典形成与建构的历史差异性和综合复杂性。

概括说来，目前关于文学经典的形成有两种截然对立的观点：本质论和建构论。本质论认为，文学经典的形成是经典文本自身内在审美特质使然，是因为文本包含某种独具的美学要素，布鲁姆是其突出代表；而建构论认为，文学经典的形成只不过是各种外部力量干预的结果，作为经典的作品并不具有任何必然的特质与理由，经典只不过是迎合了某种意识形态的需要而被权力者黄袍加身，进而主张摧毁或重构经典。持建构论者虽然内部也有分歧，但是布迪厄及其文学场的理论无疑是其中赫赫有名的代表。我们认为，两种观点均有其合理之处，但又都有片面之嫌。本质论者无法描述构成经典文本的普遍的美学本质是什么，而且无法说出文本的艺术质量究竟要达到什么程度才能称得上经典，况且对于衡量经典的审美或艺术尺度从来就是聚讼纷纭；而建构论者则忽视了经典文本的美学经验，把经典的形成看作权力争夺的结果，漠视经典文本自身的审美要素和艺术力量。

需要指出的是，文学史上的经典，总是在具体的独特的历史语境下获得其经典地位，每个时代文学经典的形成机制各不相同。如中国现代文学史上的经典机制就不能很好地解释古代文学经典的生成或建构。本节采用假设的理想状态，试图从静态共时的角度出发，探讨勘测文学经典形成的动力及各种复杂要素。

第一，经典文本自身的审美信息、艺术魅力、可阐释的空间是文学经典建构的客观基础和必要前提。

洛特曼在《艺术文本的结构》中认为，艺术文本的最大特征就在于它是能容纳无穷信息的特殊机制。艺术文本的生命就体现在“艺术语言能以极小的篇幅集中惊人的信息量(试比较契诃夫的短篇小说与心理学教科书)”。① 正是这种生命，使得艺术文本成为一个无穷的信息源，其他任何类型的文本都无法与之相比，这就是艺术文本的魅力所在。一本教科书或科学著作，无论什么专业的，不管字数多少，它

① 转引自胡经之：《西方文艺理论名著教程》下册，北京大学出版社 2003 年版，第 268 页。

所传达的信息量也都限定在特定的范围和时间之内，再经典的教科书都会被新的教科书取代。而一部优秀的短篇小说，如契诃夫的、鲁迅的等，它的篇幅大概就一二千字，但它可以向读者提供的信息却是无穷尽的，它的艺术魅力历久弥新，它那独特的审美价值永远无法取代！信息也即意义，一部作品所包含的信息量越大，意义就越丰富，它的审美价值就越高，它的可阐释性就越强。相反，它包含的信息量越少，意义就越单薄，它的审美价值就越低。也正是因为经典文本饱含丰富的审美信息，所以每个时代的读者都不能穷尽其意义，经典常读常新。

但是，在对于经典建构的动力及复杂因素的认识上，许多人常常忽视经典文本自身的美学属性和审美魅力。如国内有学者认为，我们固然不能认为文学艺术经典完全是政治经济与意识形态等“外部”力量肆意打造的权力产品，特别是从长远的历史角度看，能够经得起时间淘洗的经典作品常常体现出某种程度的“超历史”的稳定性，但是我们却也无法逻辑地列举和分析这种稳定性的固定要素（比如经典作品的主题应该是什么，技巧应该怎样等）。① 殊不知，虽然政治权力和意识形态可以在一定时期内左右着文学经典的建构，但是从一个较长的历史时期来看，经典文本自身的艺术魅力和多维意义空间则是经典建构的客观基础和必要条件。布鲁姆在《西方正典》中很有见地地指出了这点。他认为，文学作品入典基本上是个文学现象，它的标准是美学的，绝非政治和短期功利可以左右，强调文学经典形成的最根本原因是作品的“审美力量”，只有审美力量才能渗入经典，而这力量又主要是一种混合力：娴熟的形象语言、原创性、认知能力、知识

① 陶东风、徐艳蕊：《当代中国的文化批评》，北京大学出版社 2006 年版，第 249 页。

及丰富的词汇。① 遗憾的是，他并没有具体分析文学作品究竟要达到怎样的美学标准才能成为经典。

童庆炳先生说过，无论怎么说，意识形态和文化权利总是制约着、影响着文学经典的建构，但是，我们不能由此得出结论，认为文学经典建构的决定性因素就是意识形态的变动、文化权力的变动，而与作家、作品的状况无关。针对一些建构论者强调的经典是政治意识形态权力任意命名的产物的论断，佛克马也指出："为什么一位出版商或学术机构恰恰应该给予这位作家，比如莎士比亚或李白，而不是那些目前较不受欢迎的作家以全力的支持呢？如果把机构的支持作为作家成功的主要原因的话，那么这说明他要扶持的作家是任意挑选出来的。然而，分配和机构网络更有可能把他们的精力投入到那些看来提供了某些有价值的东西的作家的作品。出版商和其他机构将会带着对此作家会比另一位作家给他们带来更大成功的期待行事。"②况且，意识形态对文学经典的推崇并非就是歪曲或神化了文学经典。那些真正具有丰富内涵、成熟类型、完美形式的经典总能经过不同历史时期意识形态的筛选和过滤而光芒不减。

童庆炳先生在《〈红楼梦〉、"红学"与文学经典化问题》中以《红楼梦》为个案，提出了《红楼梦》为什么会成为文学经典的"常青树"的问题。他认为：

> 文学经典有两极：一极是作品的艺术品质，即作品的艺术原创性、意义的丰富性、艺术描写的特点、艺术展示的辽阔空间和艺术语言的生动性等。只有高度的艺术品质所产生的艺术魅力，

---

① ［美］哈罗德·布鲁姆著，江宁康译：《西方正典》，译林出版社 2011 年版，第 23 页。

② ［荷］佛克马、蚁布思著，俞国强译：《文学研究与文化参与》，北京大学出版社 1996 年版，第 53 页。

才能征服一代又一代的接受者，才能保证作品经得起历史和时间的冲刷而作为文学经典保留下来。一部艺术品质不高的作品，可能因一时的权力推崇和意识形态的推波助澜而喧嚣一时进而成为经典，一旦推崇它的权力和意识形态过去，那么它就必然要跌回非经典的地位。《红楼梦》之所以能成为文学经典的常青树，是因为它的艺术品质这一极是经得起严格的审美检验的。离开艺术品质这一极，无论权力多大，鼓吹得多么卖力，都无法保证《红楼梦》的文学经典地位。①

经典之所以能够跨越不同的时空，产生经久不衰的影响，是因为它们是达到审美顶峰的佼佼者。没有人可以把不够经典水准的作品册封为经典，即使一时得逞也只是昙花一现；也没有人能够把已经达到经典水准的作品贬入非经典之列，纵被埋没也会重放异彩。例如，福楼拜的名作《包法利夫人》在出版之初被人以“有碍风化”为理由提起诉讼，遭到攻讦诽谤，险被查禁，但是后来人们逐步认识到作品对于传统小说形式的突破与创新，尤其是其中冷峻客观的叙述风格，才意识到作品的重要意义，小说也很快跃为经典之列。可见，经典自身的审美水准和艺术质量是经典形成的前提和必要条件，经典的形成并非只是一场文学造神运动。“美学尊严是经典作品的一个清晰标志，是无法借鉴的。”②英国著名文学理论家本尼特与批评家罗伊尔在其《关键词：文学、批评与理论导论》中提出了一个别出心裁的概念——“纪念碑式的作品”，用来指称文学经典。关于经典的自身魅力和独创性，他们指出：“无论我们关注的人类及社会正义是什么，文学作

① 童庆炳：《〈红楼梦〉、“红学”与文学经典化问题》，《中国比较文学》2005年第4期。

② ［美］哈罗德·布鲁姆著，江宁康译：《西方正典》，译林出版社2011年版，第29页。

品仍然以某种方式伴随着我们，激励着我们，超越了它们的生产条件。这种伴随，这种回荡于文学文本中独一无二的持久性，就是每当我们关注的问题、愿望、成见和承诺发生变化的时候又猛然回想起来的东西。文学经典的独一无二性和神秘力量，就是使布鲁姆困惑和入迷，使他遭受损害但又同时富有成效地加以维护了的东西。”①

第二，政治权力话语和意识形态逻辑的推崇是文学经典形成确立的重要动力。

根据布迪厄的观点，文学是权力斗争的场所。“经典”实际上并不是社会全体成员共同协商的结果，而只是掌权者强制界定的产物。“经典”总是由社会占统治地位的阶级根据自己的价值标准(主要是意识形态标准)命名的一类文本。经典的形成不能从社会政治和意识形态的作用中独立出来。洪子诚在《中国当代的“文学经典”问题》中也指出：“当代的经典秩序的确立标准，最为紧要的是作品所表达的历史观和政治立场。”②

在中世纪，文学经典的功能在于它统治了教育，并与君权、神权共同构成了宰制性权力。此后，利用经典为政治服务，经典作为统治阶级工具的现象至今也没有结束。任何经典及其确立都渗透着权力的运作。诚如T. S. 艾略特所言：“经典的建构意味着那些文学形式和作品被一种文化的主流圈子接受而合法化，并且其中引人瞩目的作品，被此共同体保存为历史传统的一部分。”③

李春青在《文学经典面临挑战》中也指出：“我们完全有理由认为，以往的一切文学经典都可以看作获得文化领导权的那个特定知识

---

① [英]安德鲁·本尼特、尼古拉·罗伊尔著，汪正龙、李永新译：《关键词：文学、批评与理论导论》，广西师范大学出版社2007年版，第49页。

② 洪子诚：《中国当代的“文学经典”问题》，《中国比较文学》2003年第3期。

③ [英]T. S. 艾略特著，王恩衷编译：《艾略特诗学文集》，北京国际文化出版中心，1989年版，第43页。

阶层或精英集体价值观念的显现，因此，也可以看做是他们具有特权地位的社会角色与文化身份的自我确证方式。”①经典实质上是社会维持其自身利益的战略性构筑，因为经典能对在文化中被视为重要的文本和确立重要意义的方法施加控制，故阿诺德·克拉普特认为：“经典，一如所有的文化产物，从不是一种对被认为或据称是最好的作品的单纯选择；更确切地说，它是那些看上去能最好地传达与维系占主导地位的社会秩序的特定的语言产品的体制化。”②在中国，如中宣部组织实施的“五个一工程”、新闻出版署的审查、教育部开出的课外必读书目以及中国文联、作协设置的各类奖项等都有助于遴选某些作品进入经典行列。

红色经典是政治权力话语和意识形态共同作用促成经典的典型代表。程光炜先生在《〈青春之歌〉文本的复杂性》中分析指出：“通过对《青春之歌》的‘经典化’，不仅加强了对文学组织和生产的进一步控制，而且建立了对读者、观众的阅读和审美趣味引导的系统，这样，‘非经典化’的文学作品就很难进入传播、流通的渠道，它们的作者淡出人们的文化记忆也将在意料之中，一场新的文化整合因此而不动声色地完成了自己的伟大使命。”③同时，经典的确立是一个复杂的文化工程。特里·伊格尔顿曾经指出：“莎士比亚作品不是伸手可及的伟大作品，其所以成为伟大作品是由于文学构成认定如此。这并不是说莎士比亚的作品不伟大，也不是说这只是因为人们对它的看法不同，而是因为如果离开了处理作品时特定的社会和体制的形式，就没有‘真正’伟大的或‘真正’有价值的文学可言。”④

① 李春青：《文学经典面临挑战》，《天津社会科学》2005 年第 3 期。

② 乐黛云、陈珏：《北美中国古典文学研究名家十年文选》，江苏人民出版社 1996 年版，第 276 页。

③ 程光炜：《〈青春之歌〉文本的复杂性》，《中国比较文学》2004 年第 1 期。

④ ［英］特里·伊格尔顿著，刘峰译：《文学原理引论》，文化艺术出版社 1987 年版，第 237 页。

意识形态对文学经典的确立作用不仅体现在对本国文学经典的认定上，还包括对翻译外来文学经典的操纵和控制。翻译外来文学本身就是一种文化选择和过滤行为，外来文学经典在译入语境中的接受和经典化是与译入语国的意识形态的吁求和需要分不开的。从总体上看，20 世纪中国的文学翻译基本上是以满足时代政治的诉求为价值取向的，尤其是在社会文化处于“共名”状态时，如“五四”运动、抗日战争和建国后三个历史时期，“外国文学作品的思想性”成为“决定介绍与否的一个重要的条件”，有时则是翻译选择的首要甚至唯一的条件。意识形态对文学翻译的制约、操纵，在中国 50—70 年代表现得最为突出。如因政治意识形态的原因，中国文学界对欧洲 19 世纪批判现实主义文学的态度出现逆转，批评它们“是以个人主义为中心的形形色色资产阶级思想的总汇”，里面“普遍存在”着“悲观主义、虚无主义、个人至上主义等思想”。①

从比较文学与文化的视角来看，经典化过程中同样也蕴含了权力与不平等。如后殖民主义和女性主义理论就认为，由于经典形成过程中存在欧洲中心主义和男性中心主义思想，使得现有的西方文学经典带有种族歧视、男权主义和帝国主义色彩，他们要求拓宽经典，使经典代表多元文化，包括更多的少数族裔作家和女性作家。

第三，大众传播媒介的评判推介和读者的接受趣味、阅读需求对文学经典的传播、接受和巩固起着不可忽视的影响作用。

文学经典的形成是“内部”要素和“外部”力量共同作用的结果。在影响经典建构的外部力量中，除了政治权力和意识形态话语外，大众传播媒介(如出版社、报刊)通过影响经典文本的可得性也对经典的传播起着重要的影响。洪子诚先生认为，通过对文学书籍出版上的

① 查明建：《文化操纵与利用：意识形态与翻译文学经典的建构——以 20 世纪五六十年代中国的翻译文学为研究中心》，《中国比较文学》2004 年第 2 期。

管理，包括“可出版”部分的规划：重点和先后次序的确定，也包括对“不可出版”的“非经典”的“封锁”，是对文学经典实施审定、监督和干预的方式之一。① 以红色经典为例，《红岩》于1961年12月由中国青年出版社出版，“一年多的时间内就发行了500多万册，创下了当时长篇小说发行的最高纪录，在很长一段时间内，全国各地新华书店都有人起早排长队等候购买《红岩》。这一现象并不仅仅局限在50—70年代。‘文革’后《红岩》开始重印，到1984年又发行了300多万册。90年代以后仍有多家出版社再版重印，如果再加上《红岩》正式出版前中国青年出版社发行了300多万册的‘革命回忆录’《烈火中永生》，《红岩》的发行量已经远远突破1000万册的大关。这一天文数字的发行量，不仅在50—70年代的中国文学中绝无仅有，很可能还是整个20世纪中国文学中长篇小说的最高纪录”。②

就当代来说，如世纪之交出现的各种“百年经典”选本的出现，都具有对经典的评价和筛选功能。1996年底，由谢冕、钱理群主办的八卷本《百年中国文学经典》(北京大学出版社)以及谢冕、孟繁华主编的十卷本《中国百年文学经典文库》(海天出版社)就是一次文学作品价值评判和界定行为。没有任何文学经典可以独立地形成，文学经典的编选者在排除他们认为较差劲的作品和选择他们认为有价值的作品时，同样隐含着对文化权力的追求。正如程光炜在回忆二十世纪“八十年代文学”时所说：对旧文学经典的颠覆，对新文学经典的再建，文学周期出现之短之剧烈之频繁，正是这一情结“当代化”的重要体现。但毫无疑问，在百废待兴的年代，权威的焦虑，经典的焦虑，以及为在文坛上获取更大、更正宗的话语权的努力，既是不同流

① 洪子诚：《中国当代的“文学经典”问题》，《中国比较文学》2003年第3期。

② 李杨：《50—70年代中国文学经典再解读》，山东教育出版社2003年版，第177页。

派和作家奋力打拼的人生目标，也是当时文学最基本的特征和氛围。①

此外，读者大众的审美趣味对经典的接受和巩固也起着重要作用。如金庸作品上升为经典，大众的广泛阅读与舆论评判无疑是个至关重要的因素。在理论维度上，尤其是接受美学的出现，普通读者的接受对文本价值的认定起到了越来越重要的作用。“它打破了少数文学权威人士对经典确立的垄断，打破了隐藏在经典确立背后的权力运作机制的操纵，使得广大读者有机会参与阅读和批评，从而为经典的调整甚至重构提供有益的阅读经验。”②

总之，文学经典的形成和确立是一个流动的建构过程，处在未完成的动态之中。根据伊瑟尔的接受美学观点，读者作用的大小取决于作品的意向深度和本文的确定性程度。可见，经典自身的审美构成、艺术价值、可阐释的空间是文学经典建构的客观基础和前提；既往的文学经典在一定程度上是获得文化领导权的那个特定知识阶层或精英集团的价值观念的体现，所以经典的形成不能剥离开权力话语与意识形态的逻辑；不同时代不同民族的读者对经典的接受方式和阅读态度也能影响经典的流传。因此，读者的需求与接受对经典的形成也能产生影响。要从宏观历史的长期考察和具体时期的阶段分析相结合的角度来看待经典的变与不变，经典既有相对的恒定性，又有历史的变易性。不同历史时期的美学趣味和判断标准、文学接受活动的主导价值取向的变异及哲学思潮、文学理论流派与批评观念的更迭等都能影响文学经典的形成与建构，没有亘古不变的经典，只有流动中的经典，文学经典总是不断地被建构、解构和重构。

---

① 程光炜：《经典的颠覆与再建》，《当代作家评论》2005年第3期。

② 刘晗：《文学经典的建构及其在当下的命运》，《吉首大学学报》(社会科学版)2003年第4期。

第三节　文学经典的阐释维度与空间

古往今来，文学史上一直存在一个不争的事实：对文学作品的阐释总是纷繁多样、争芳斗艳。中国古代就有“诗无达诂”之说和“仁者见之为仁，智者见之为智”。金圣叹评点《西厢记》说：“文者见之谓之文，淫者见之谓之淫耳。”①；鲁迅认为《红楼梦》“单是命意，就因读者的眼光而有种种：经学家看见《易》，道学家看见淫，才子看见缠绵，革命家看见排满，流言家看见宫闱秘事……”②现代文学史上就有说不尽的阿 Q，而西方关于《哈姆莱特》的争论与阐释的著作已经是汗牛充栋。

伽达默尔说过，凡有理解，就总有不同。接受美学的重要代表人物伊瑟尔认为，效果与反应既非文本固有的所有物，也不是读者固定的所有物；文本表现了一种潜在性，而它只能在读者阅读过程中得以现实化。考西卡也指出，作品之所以成为作品，并作为一部作品存在下去，其原因就在于作品需要解释，需要在多义中工作。韦勒克指出：“一件艺术品的全部意义，是不能仅仅以其作者和同时代人的看法来界定的。它是一个累积过程的结果，也即历代的无数读者对此作批评过程的结果。”③他看到了文学作品意义生成与发展的无限可能性。从历时角度来看，文学作品的接受和阐释是一个动态和无限敞开的过程。

经典的永恒不仅仅在于超越具体的历史时空，还在于经典作为事物本身是在人的参与和关照下持续地映现出新的意义，在新的历史条

① 语见《黄华堂批第五才子书〈西厢记〉》卷二。

② 语见《〈绛洞花主〉小引》一文。

③ ［美］韦勒克、沃伦著，刘象愚等译：《文学理论》，三联书店 1984 年版，第 35 页。

件下不断呈现出其存在的种种可能性。“经典的真理并不是现成的自明的恒常存在，如果没有人的参与，真理就无处涌现和生存，作品的意义也就无法传承和延续。经典的真理和意义的发生及展开是一个密切与人的生存相关联的永不止息、永不封闭的过程。”①一方面，经典作为有意义的符号系统，存在着大量未定点和空白，是一个有待实现的意味世界，能不断地向读者呈现和展示其内在的涵义；另一方面，历代读者也总是以自己的创造性阅读经典，不断丰富、充实、建构着经典。经典的接受和阐释是一个无穷无尽的再发现再创造的过程。正是在这个意义上讲，一些经典的阐释能形成一个学科，如莎学、红学等。经典文本的阐释具有历史性、运动性和开放性。

阐释学，从作为方法论到本体论的转变对文学经典的阐释产生了重要的影响。作为本体论的阐释学认为，文学经典的阐释只是一个历史过程，永远不会终结，而是向着未来无限开放和敞开；任何一种阐释维度和视角都有其澄明的一面，又有其遮蔽的一面，经常是深刻洞见与遮蔽盲视并存；由于经典文本往往具有多层次、多维面的含义，对经典的阐释经常是人言人殊。因此，我们认为每种阐释维度都有各自阐释的必要性、合理性以及阐释的适应性、阐释的重点、阐释的洞见与遮蔽，并且在不同的历史时期或在不同类型的经典中，审美阐释、意识形态阐释和文化阐释这三种阐释维度并非平行等量，由于种种原因有一种会占据主导地位。在实践中要防止一种维度对其他维度的掩盖，理想的阐释效果应是三种维度的完美结合，形成一种“张力”。下面分别分析三种不同的阐释维度。

一、文学经典的审美阐释

审美是人的一种基本需要，通过审美活动，人在自身与世界之间

① 李建盛：《理解事件与文本意义》，上海译文出版社 2002 年版，序言第 2 页。

建立起一种超越物质功利和现实欲求的关系，在人进入审美关系中，他可以摆脱现实的局限性，达到一种完全自由的精神状态。超越性和自由，既是审美的本质，也是审美的价值和意义所在。经典的解读，首先应该是审美的解读，离开了审美，经典就失去了它称之为文学经典的核心要素。只有通过审美的阐释，文本中的艺术形式、结构、技巧、复义、双关、隐喻、象征等才能被激活，才可能在读者心中唤起审美情感、审美想象、审美体验，最终获得超越现实功利的审美愉悦。

按照马克思历史唯物主义的观点，人类社会由经济基础和上层建筑构成，文学作为一种更高地悬浮于空中的意识形态虽最终受经济基础的决定和制约，但与经济基础的关系是间接而有距离的，正是由于这种间接性，文学才具有独特的审美属性。文学活动是人类的一种特有的高级审美活动，“审美”是文学区别于哲学、宗教、法律等其他意识形态的本质特征。文学经典毕竟不同于其他经典，“审美”是其根本属性。从最根本的意义上讲，人类之所以需要文学这种审美形式，需要通过语言符号来创造一个审美的世界，既是为了满足生存发展的精神需要，也是人类力图超越物质现实和感性生活，追求生存的完善与精神的拓展，使个体的人格、情感和精神能从现实生活的功利性束缚中解放出来，升华到一种新的自由境界，从而不断促进生活质量和精神品格的提升。因此，审美阐释应该是文学经典阐释的首要的和基本的维度。

但是在中国，对经典文本的解读往往注重宏观概括，对经典文本的细致研读和审美分析一直是一个薄弱的环节，对文学经典的原创性解读需要加强并引起重视。在进行审美阐释时，要深入剖析创作主体的审美心理机制、经典文本的审美意蕴、接受主体的审美需求。苏联著名美学家列·斯托洛维奇说过，文学可以有许多意义：功利意义、认识意义、政治意义和伦理意义等。但是如果这些意义不交融在艺术的审美冶炉中，如果它们同文学的审美意义折衷地共存并处而不是有机地纳入其中，那么作品可能是不坏的直观教具，或者是有用的物品，但是永远不能上升到真正艺术的高度。① 同样，对经典的阐释也是如此。经典文本是一个多层面、多向度、极其复杂的艺术世界，人们可以通过不同方式来感知它。如对于《红楼梦》这部把传统的写法都打破了的小说，“有人用企业家的眼光从小说所描写的人物的穿着中，去考察中国 18 世纪纺织工业发展的水平；有人用医学家的眼光，详细说明了林黛玉患的病是肺结核，在 18 世纪的中国，这种病是不治之症，所以从医学观点看，她是不适宜于结婚的，贾宝玉最后娶身体健康的薛宝钗是理所当然的；有人从教育家的角度来说明贾母教孙、贾政教子的失败的原因，来对照检查当今父母们教育子女的经验与教训”。② 这些解读都是非审美的眼光。

对文学经典的审美阐释，有助于突出文学经典的文学性，有利于从根本上揭示文学经典的审美价值，防止经典阐释的泛政治化和非文学化，但同时对经典背后隐藏的话语权力争夺和意识形态作用关注不够。对文学经典的阐释，是否在对话和共鸣的基础上也应该具有反思力和批判力的理性维度，而不只是倾听中的视界融合？经典阐释的目的并不是要完全与作品意图一致，也不是完全顺应作家的创造性活动，而要打破历史的文化、观念和政治体系的尘封，通过独特的阅读方式体察经典在何种程度上获得了成功，剥离文本中那些保留个体审美体验的思想、意义和主题的深刻之处，在文本的裂缝或表征中揭示出其背后的权力结构，发现其中的断裂、矛盾与张力，对经典进行重新拷问、确认和定位，不忽视经典文本与历史、与权力话语的关系。因此在对经典的审美分析时，不能忘记其具有意识形态的语境、指向

① ［苏］列·斯托洛维奇著，凌继尧译：《审美价值的本质》，中国社会科学出版社 1984 年版，第 167 页。

② 童庆炳：《文学活动的审美维度》，高等教育出版社 2001 年版，第 65-66 页。

和深层意蕴。

二、文学经典的意识形态阐释

文学的意识形态阐释，作为一种倾向自古希腊就存在，但是作为一种成形的阐释模式和理论则完成于 19 世纪。到了 20 世纪，由于西方马克思主义文学批评的兴起，意识形态理论和学说进入了一个新的阶段，涌现出了一大批批评家和理论家，产生了重大影响。按照学者邱运华先生的归纳，意识形态批评在其发展的历程中，产生了 4 种比较有代表性的批评范型——马克思主义经典作家的意识形态批评、巴赫金的意识形态文学理论、作为文化研究的意识形态批评、后现代主义意识形态批评。① 在中国，对文学作品的意识形态阐释是一个影响最为深远但同时教训也最为深刻的阐释模式之一。自新中国成立以来，文学的意识形态阐释一直占有重要的地位，尤其是在 1949 到 1976 年之间，文学的意识形态阐释更是成为大陆举足轻重的阐释模式。1979 年以来，随着改革开放的推进，越来越多的文学理论和流派被介绍到中国，文学阐释的模式呈现多元化特征，意识形态阐释模式独尊的局面被打破。

正如《英国文学的伟大传统》一书的作者安妮特·T. 鲁宾斯坦所言："人类文化伟大时代的有代表性的艺术作品，总是带有政治性的，是属于一定党派的。"②伊格尔顿在他的《文学理论导引》中也说过："文学的本意就是意识形态。它和社会权力这个问题有着最为亲密的关系。"③从历史唯物主义来看，从经济基础与上层建筑、社会存

---

① 邱运华：《文学批评方法与案例》，北京大学出版社 2005 年版。

② ［美］安妮特·T. 鲁宾斯坦著，陈安全等译：《英国文学的伟大传统》（上），上海译文出版社 1998 年版，第 2 页。

③ Terry Eagleton，Literature Theory：An Introduction，University of Minnesota Press，p. 20.

在与社会意识的关系出发，文学经典具有一般意识形态性。马克思在《〈政治经济学批判〉序言》中指出："人们在自己生活的社会生产中发生一定的、必然的、不以他们的意志为转移的关系，即同他们的物质生产力的一定发展阶段相适合的生产关系。这些生产关系的总和构成社会的经济结构，即有法律的和政治的上层建筑竖立其上，并有一定的社会意识形式与之相适应的现实基础。物质生活的生产方式制约着整个社会生活、政治生活和精神生活的过程。不是人们的意识决定人们的存在，相反，是人们的社会存在决定人们的意识。"①因此文学经典的意识形态阐释是必要的也是合理的。

伊格尔顿在《马克思主义与文学批评》一书中指出："一切艺术都产生于某种关于世界的意识形态的观念。"②在他看来，文学艺术之所以是意识形态，首先在于它们是在特定的社会经济基础上形成的，属于复杂的社会知觉的一部分；其次，文学艺术又是以其特殊的方式与维护和再生的社会权力有着某种联系。因此，文学艺术具有强烈的意识形态性。但文学所具有的高度自主性又决定了文学与意识形态的关系并非简单的对应关系，"相反，它永远是一种复杂的现象，其中可能掺杂着冲突的甚至是矛盾的世界观"。③ 这就进一步揭示了文学作为意识形态生产的复杂性质，也为我们从意识形态视角阐释文学经典提供了警醒和启示。因此，我们从一定的阶级、党派立场对文学经典进行分析、研究，说明一切文学经典都具有意识形态性时，不能狭隘地认为意识形态性就是文学经典的全部属性，也不能把意识形态标准当作评价经典文本的唯一标准。

---

① 《马克思恩格斯文集》第2卷，人民出版社2009年版，第591页。

② ［英］特里·伊格尔顿著，文宝译：《马克思主义与文学批评》，人民文学出版社1980年版，第20页。

③ ［英］特里·伊格尔顿著，文宝译：《马克思主义与文学批评》，人民文学出版社1980年版，第10页。

把文学艺术的本质视为一种特殊的意识形态，从意识形态视角分析经典是马克思主义的一个基本原则，突出了经典与社会现实的直接联系。传统的新批评视野下的文学批评拘囿于文本之内的艺术审美使经典纯粹艺术化的观点，固然有其缺陷，但是经典研究中意识形态分析对审美分析的僭越在另一种意义上更远离了文学的精神，导致文学的人文精神与审美价值的流失。同时，“政治”“权力”“意识形态”等词语过多地出现在经典文本的分析研究中，使文学难逃庸俗社会学的嫌疑，忽视了文学超越时代和民族的普遍性，有可能遮蔽经典文本多元复杂的内涵，造成对文本自身歧义性的忽视。

更重要的是，在中国，由于机械反映论的影响，过分强调文学作为意识形态与社会政治观念、政策纲领、政治路线的直接对应性，把文学作品的党性、阶级性、政治倾向性当作意识形态性的全部内涵和终极要求，这导致了文学沦为现存意识形态的阐释者、宣传者和论证者，严重掩盖了文学自身所应具有的丰富性和特殊性，忽视和淡忘了对经典超越有限社会形态的永恒审美价值的探索，忽视和遮蔽了经典的超越一定政治经济条件限制的文化意义。

三、文学经典的文化阐释

在分析文学经典的文化阐释之前，首先对“文化”这一概念作简要的说明和界定，因为迄今为止，恐怕没有哪一个概念会像“文化”一样，使用得最为频繁，却又最难给出一个统一的定义。无论在中国还是在西方，“文化”的定义一直是五花八门，纷繁复杂的。美国人类学家克罗伯和克拉克洪在其出版的著作《文化——关于概念和定义的检讨》中，就总结了164种对“文化”概念的不同理解。① 文化的定义具有多学科多角度的特点，有哲学的文化概念，有人类学的文化概

① 任遂虎：《中国文化导论》，甘肃教育出版社1994年版，第15页。

念，有社会学的文化概念，有历史学的文化概念，有符号学的文化概念。国内有学者将文化按其与自然之间距离的远近和联系的疏密程度把文化分为物质文化、制度文化、行为文化和心态文化。其中心态文化是指，由人类在社会实践和意识活动中长期蕴化出来的价值观、审美情趣和思维方式，它是文化的核心部分。① 文学经典作为人类独特的心灵创造的产物，浓缩了大量的心态文化。所以，这里所说的“文化阐释”主要是指着重分析透视经典作品中所蕴含的深层的价值取向、思维方式和心理意识等文化精神。

正如英国学者霍加特所言：“一部文学作品，无论它如何拒绝或忽视其社会，但总是深深地根植于社会之中。它有其大量的文化意义，因而并不存在‘自在的艺术作品’那样的东西。文学活动是人类的一种文化创造活动，经典中凝聚了文化的因子。”②文化阐释能把经典置于一个宏阔的社会历史背景中，挖掘经典文本中所蕴含的文化内涵和文化价值，克服形式主义、新批评和结构主义带来的狭隘、封闭、僵化的阐释模式，为经典分析拓宽了路径和视野。

文化中的各种因素能成为文学的养料，渗透与影响文学，文学文本集中并凝聚了文化的精华，反映出文化的特质与意蕴。中西方文学经典的差异很大程度体现在文化精神的独特性方面，而同一个国家或民族历史上文学的阶段性划分，也主要体现在文化精神的不断嬗变和更新方面。中国传统文化中的农耕文化、宗法文化、儒家文化、道家文化等都对中国文学经典的形成产生了源远流长的影响。因此，从文化维度阐释经典是一个重要的维度。

① 参见冯天瑜著：《中国文化史断想》，华中理工大学出版社 1998 年版，第 23-26 页内容；刘守华主编：《文化学通论》，高等教育出版社 1992 年版，第 40-48 页内容。

② ［英］理查德·霍加特：《当代文化研究：文学与社会研究的一种途径》，见周宪等主编：《当代西方艺术文化学》，北京大学出版社 1988 年版，第 37 页。

需要注意的是，我们从文化维度去分析透视经典，并非消解其审美意义，也不是否定其意识形态内涵，而是从一个更宽广和宏远的视野去发掘文学经典的丰富性、鲜活性和包蕴性。因此，在对经典的文化阐释中，不能淡化遗忘经典文本的文学价值，否则将容易滑向一种大而无当的空乏虚无。

当然，对经典阐释的三种维度的划分只是理论上的预设，在实践中并非泾渭分明，常常是交互交缠、融合、渗透。而且，对经典的阐释并不是无限自由，可以肆意妄为的，任何一种阐释维度都不能离开经典文本的客观基础，不能脱离文本实际。而且，文学史上从来就没有亘古不变的一统的文学阐释模式，它必然会在社会文化转型的广阔背景上依据文学的发展特点而不断转换、分化、更替、调整。强调对经典的丰富复杂的意义结构进行多维度的阐释，并非可以随意添加或构造一些新的维度，要在“作者意图”与“读者意图”之间保持一种辩证关系，防止“过度阐释”。

第二章　消费主义对文学经典的祛魅与解构

消费社会、消费主义文化意识形态和图像文化的兴起与流行是当今这个时代最显著的特点之一。从国情来讲，当前我国还是一个发展中国家，人均可支配性收入还不高，还有大量的人口处在贫困线以下，加上贫富差距过大，地区差距、阶层差距、行业差距、城乡差距分化明显，消费的水平、结构、方式、特征各不相同，还没有全面进入消费社会。但由于中国处在一个特殊的历史语境中，前现代、现代、后现代的因素和影响共存，使得中国在向消费社会的转换过程中不是按部就班渐次完成，而是既有时代性又有阶段性的特点。在全球化过程中，在西方发达国家消费文化的渗透和裹挟下，"不管我们承认不承认，一个蓬勃旺盛的消费社会正在中国兴起，而文学艺术则以它的本能式的敏感，表达着这个时代最生动的景观。作为意识形态生产的图书，也几乎是在不知不觉中完全市场化了。文学在很大程度上成为消费社会的一部分，它从生产到传播到阅读都消费化了，人们以从未有过的轻松自如的方式阅读文学作品"。①

本章主要分析在中国目前这个消费时代语境中，消费文化是如何对经典构成祛魅（主要体现在去神圣化、消费化和快餐化）并造成消解的。需要指出的是，20 世纪中国文学史上对经典的祛魅并非只是

① 陈晓明：《表意的焦虑》，中央编译出版社 2002 年版，第 428 页。

消费时代的独特现象。早在“五四”时期，启蒙知识分子就怀着变革社会的愿望与建设新文化的使命对古代经典发起了猛烈却也是偏激的攻击。正如有学者指出：“这场文学经典重估运动，它在语言、文体、内容上全面颠覆了中国古代文学经典的等级体系，将文学创作从宣扬儒家义理、文字雅驯为正宗的束缚中解放出来，开辟出新文学典范的创作路径。……这场以革命意识形态话语为核心的文学经典重估以激进的方式割断了中国文学经典系统的延续性和完整性，其赖以重估的话语依据———‘启蒙救亡’和‘进化论’也偏离了文学自身的建构典律。”①当然，“五四”时期的这种对经典的“祛魅”是不带有任何商业动机与物欲色彩的。而当前消费时代对经典的“祛魅”具有全新的时代语境，也拥有了全新的动机、目的与特征。这就是消费主义文化的兴起、图像文化的盛行给文学经典的生存状态、文化价值、传播方式和审美结构带来的显著的变化。这是我们谈论当前消费主义思潮对文学经典的祛魅与解构时首先要明白的一个区别和前提。

第一节　消费社会的来临与图像文化的兴起

一、消费社会的来临

当前，消费研究在社会学领域是一个前沿性的、却又有着重大的理论和实际价值的课题。就中国国情来说，我们固然不能认为当下中国已经全面进入了消费社会，但是在一些经济发达地区和沿海开放城市已出现了消费社会的某些征象，这是不可否认的事实。所以在今天讨论文学经典在消费社会中遭遇的深刻变化是一个有着现实意义的

① 苏琴琴：《流动的经典——20 世纪中国的四次文学经典危机回溯》，《暨南学报》(哲学社会科学版)2013 年第 4 期。

话题。

在西方，消费社会是西方现代工业社会进入中晚期时出现的一种社会形态，它是与以福特主义为代表的现代化大工业生产模式的兴起和新教伦理观念的衰落一起出现的。为了应对生产过剩和消费不足的危机，西方资本主义通过广告、时尚、商品设计与包装等手段将普通商品与一定的文化符号和象征意义连接起来，让商品负载特殊的象征意义和符号价值，刺激、引导并培育着人们的社会需求和市场行为，撩拨着人们的欲望，激发了人们对现状的不满以及对那些新产品的无限向往。让·鲍德里亚在《消费社会》一书的开篇写道：

> 今天，在我们的周围，存在着一种由不断增长的物、服务和物质财富所构成的惊人的消费和丰盛现象，它构成了人类自然环境中的一种根本变化。恰当地说，富裕的人们不再像过去那样受到人的包围，而是受到物的包围。①

鲍德里亚这里所说的“物的包围”就是消费社会的一个普遍景观。所谓消费社会是指物质产品极大丰富、买方市场已经形成，消费成为社会经济发展的主要动力的社会，是与传统生产社会相对而言的。生产社会的主要特征是商品稀缺，社会的主要目标是扩大生产以满足人们衣、食、住、行、教育、卫生、娱乐等方面的基本需求；消费社会的主要特征是生产能力相对于适度与节约的传统生活方式而过剩，为了生产方式自身的生产与再生产，社会就要不断地刺激消费，使大规模消费成为社会的基本生活方式。与典型的西方消费社会相比，中国目前的经济能力使其相应的消费方式应当适应于生产社会，但是由于

① ［法］让·鲍德里亚著，刘成富、全志钢译：《消费社会》，南京大学出版社2000年版，第1页。

受到西方消费文化的影响，中国居民的消费心理与生活方式又在追随消费社会而出现明显的消费主义①倾向。因此，目前我国居民的消费既有生产社会的特点又有消费社会的特点。前者主要是经济能力的限定，而后者主要是由文化决定的。

应该说，在我国现阶段，物质生产依然主导着社会发展的方向，大多数人尚不具备足够的经济能力去体验消费主义所倡导的生活模式，我们与真正的大众消费时代还有很长一段距离，因为众多的失业、下岗工人及七八亿农民生活水平还十分低下。但是消费主义作为一种意识形态和文化观念已经在中国城乡蔓延。② 尤其是中国成功加入 WTO，更加速了中国融入全球化的进程，使得中国成为全球化市场经济的一个组成部分，也使得消费主义文化、意识形态不断侵袭深入到当代中国人的日常生活，进而改变了中国人的价值观念与精神世界。“作为今天西方文化中占支配地位的文化再生产模式，消费文化被作为西方先进的科学技术、先进的商业以及令人艳羡的西方生活方式的代表推销到世界各地，在全球化浪潮的推动下，即使我们今天置身于世界上最偏僻的角落，也能呼吸到它的气息，蒙受到它的影响。”③而且在媒体的广告轰炸中，各式各样的高档消费品以超常的热情和力量，集中地展示着这个时代的铺张和奢华。一件件昂贵的商品成了标示个人地位，标示时尚、优雅、尊贵等身份的符号。天价月

① “消费主义”(consumerism)一词通常有两种意义：一种是强调消费者权利的消费者主权运动，有时也译为“消费者主权主义”。另一种意思是指缺乏批判意识地沉迷于消费。这里主要指的是后一种含义。参见陈昕：《救赎与消费》，江苏人民出版社 2003 年版，第 4 页。

② 陈昕在《救赎与消费：当代中国日常生活中的消费主义》(江苏人民出版社 2003 年版)一书中对“中国城乡居民的日常消费行为是否具有消费主义倾向；消费主义文化在中国是怎样出现和兴起的；哪种群体的消费主义倾向较强”等问题有过很好的分析，并且采用了实地考察和问卷调查的方法作了研究。

③ 罗钢、王中枕主编：《消费文化读本》，中国社会科学出版社 2003 年版，第 2 页。

饼、天价香烟、天价年夜饭等层出不穷，我们的传统家训和告诫“一粟一饭，当思来之不易；一丝一缕，应念物力维艰”不见了，在物质极大丰富的同时，社会上不少人的价值观却迷茫了。这种夸耀性、炫耀性消费行为的出现，与市场经济的迅速发展、企业的市场营销策略、现代化大生产的劳动方式及消费主义价值观的盛行相关。

消费并不仅仅是一种经济现象，而是一种复杂的、综合性的经济、社会、政治、心理和文化现象。消费是一面“镜子”，它不但从一个侧面映出了经济体系某个部分的运行机制，而且也照出了文化过程和社会生活的许多“秘密”。① 从其对社会心理影响的角度看，消费主义导致了人生信仰、社会责任、理想情操和终极关怀的缺失，导致一些人精神生活贫乏、浅薄和空虚，文化生活单调贫瘠，在心理上表现为浮躁、迷茫、焦虑、困惑，误认为只有从豪奢的物质消费中才能获得自我肯定和社会认同。

二、消费主义文化的特点

当代中国社会正在从一个以启蒙革命为主导理念的社会转变成一个世俗化的消费社会。消费主义狂潮已经改变了人们的价值观念和日常生活。与消费社会相伴而来的是消费文化的兴起。在消费文化的浪潮中，人们消费的目的不是为了满足实际需要，而是满足不断被制造出来、被刺激起来的欲望。人们所消费的，不是商品和服务的使用价值，而是它们的符号象征意义。即通过消费显示其经济地位、政治地位、文化地位等阶级或阶层差别以及表达其对风格、品位、流行、现代等象征意义的满足。这种消费文化具有如下特征：

首先，消费主义文化是一种平面文化，内容浅显、通俗、形式多

① 王宁：《消费社会学：一个分析的视角》，社会科学文献出版社 2001 年版，第 2 页。

样，极易被大众接受和模仿，其无深度、复制性的特点完全有别于精英文化的崇高品位。本雅明《机械复制时代的艺术作品》是较早关注艺术品的“复制”和原作“光晕”消失的论文。他认为大批量复制出来的艺术作品导致了作品独一无二性的消失。这种大批量、复制性的特点使得消费社会中文化生产的同质化、平面化趋向不断加强。

其次，消费主义文化是一种世俗文化，提倡享乐、肯定欲望，与传统文化严谨自律、克制欲望的主张背道而驰。这种文化能对人们的心理起一定的解放作用，对“神”的忘却，对政治中心的解构与疏远，对世俗人生的关注以及对自己感性存在的确认，甚至唤醒自己对“享乐”的体验，通过滑稽模仿、搞笑嘲讽等狂欢形式，使身体暂时脱离社会的控制，获得短暂的释放和宣泄。

再次，消费主义文化是一种娱乐文化，强调感官刺激与体验，抛弃了昔日那种严肃的政治和道德说教的面孔，以视听为主，文化成为娱乐的消费品，理性思考让位于感官享受，沉思默想让位于轻松愉悦，读者静坐掩卷深思的方式让位于瞬间的快感愉悦。如在对英雄人物的塑造上，由“神”转向“人”，“人化”取代“神化”；对红色经典的影视改编中，革命战争年代的英雄和领袖人物的个人情感、欲望和私人感性生活场景不断得到张扬。

最后，消费主义文化是一种商业文化，是以市场为导向的商业制作文化，符合市场需求是其遵从的原则。市场体制这只看不见的“手”正在有力地驱使着文化产品放弃其“文化”的内在目标的完善和追求，服从市场和资本的逻辑。在这种商业文化的刺激下，人们的精神追求呈退缩之势，物质欲望不断膨胀，文艺不得不走下神坛，服膺商业的规则，开始追求卖点。

三、图像文化的兴起

图像文化是电子媒介时代的产物。按照传播方式的变革，人类历史上的文化可分为口传文化、印刷文化和电子文化。① 在口传文化时代，由于是面对面的在场交流，使得交流双方能双向互动，也使得传统的权威得以树立和维持；在印刷文化时代，信息不再依赖于在场，由于传播媒介(如图书等印刷物)的稳定性和可传递性，使得不在场的交流成为可能，这就突破了时空的限制，也动摇了传统的权威。由于读者和作者时空上的分散性和可隔离性，阅读活动更具有批判、怀疑和"重写"的可能。而电子媒介的出现，则是人类文化传播史上的一次空前革命，它极大地改变了文化传播方式，也改变了文化自身的形态，进而改变了生存于其中的人类的生活。伴随着电子媒介的发展，图像文化出现了，它重新构造了人们的日常生活和意识形态，塑造了人们关于自我和他人的观念，制约着人们的价值观、情感和对世界的理解。

伴随着中国当代城市生活呈现出明显的消费社会特征，在电子媒介技术的推动下，我们正越来越明显地进入到一个图像泛滥、影像爆炸、视觉狂欢的时代，越来越依靠直观来获取信息，阅读成为多数人的负累，沉思默想成了学者的专利。图像文化不仅鲜明地体现在艺术中，而且广泛地呈现在社会生活的各个方面，生活的周围处处强调视觉快感、专注于感性愉悦和形象刺激。正如国际著名美学家艾尔雅维茨所言："文化的商品化和景象的流行，或作为它的最显著部分的视觉文化，都是当代社会的典型特征。"②在图像文化的影响下，以传统语言制作的经典形态的作品越来越成为少数人的爱好。图像文化的主要特征有以下三点。

---

① 当然，这三种类型的文化常常是交叉重叠互相影响的，并非历史性更迭。如在图像文化中可以发现印刷文化的痕迹，印刷文化的文本结构和阅读习惯都会渗透到图像文化里面来。

② ［斯］阿莱斯·艾尔雅维茨著，胡菊兰等译：《图像时代》，吉林人民出版社2003年版，第8页。

其一，从生产方式上看，它是一种由文化工业生产的商品文化，影视这种电子媒介的品质和机制决定了它所承载呈现对象的感性化、直观化、通俗化，能满足大众的视觉充盈和情感娱乐的需求，但是这种文化难以深入人的灵魂，难以表现人类灵魂的细微之处和人类深刻的思想魅力，抑制了大众的抽象思维能力和想象自由。

其二，从文本结构上看，它是一种缺乏精神深度的平面文化。正如当今西方马克思主义理论家詹姆逊在《晚期资本主义的文化逻辑》一书中概括的，后工业社会中有五种“深度模式”——本质和现象、弗洛伊德无意识和显意识、存在主义理论真实性和非真实性、内部和外部、符号学能指和所指。在影视画面中，“深度模式”消失，剩下的只有意义缺席的“平面感”。图像文化追求画面和图像本身的视觉效果，传统书面印刷文字的理性逻辑被直观、形象化视觉符号的感性欲望所代替。

其三，从接受方式上看，它是一种便捷的全息文化。以影视为主要代表的图像文化的荧屏是全息性的，声、像、语俱全，它们在一瞬间撞击着人的整体机能，其间无需任何语符的转译，无须借助文字所激起的想象，完全不同于印刷文化中那种线性阅读方式。但是，“图像取代读书的角色，成为精神生活的食粮。它们非但没有为思维提供某种有益的思考，反而破坏了思维，不可抵挡地向思维冲击，涌入观众的脑海，如此凶猛，理性来不及筑成一道防线或仅仅制作一张过滤网”。①

关于图像文化对文学经典的影响，限于篇幅和精力，不再赘述。本书主要集中于红色经典及其影视改编，后面章节中将专门论述。

---

① 勒内·于格著，钱凤根译：《图像的威力》，四川美术出版社 1988 年版，第 21 页。

第二节　消费文化对文学经典的冲击与解构

经典在消费主义时代存在着命名上的随意泛滥和使用上的普泛化庸俗化的问题。笔者曾在搜狐网站上输入“经典”二字，共得到39315057个结果，输入“文学经典”，共得到2037616个结果。包括“经典旅游线路”“经典数字产品”“经典笑话”“经典楼盘”“经典游戏”“经典案例”“国学经典”等。更离谱的是，松下竟将其一款MP3命名为“红色经典”，而国内一些电脑厂商也将他们的笔记本电脑取名“红色经典”。诚如金宏宇在《90年代的文学经典化之争》中所言：“到了20世纪90年代，人们不再满足于用精品、精华之类的词儿，而开始‘经典’起来。于是唱片经典、红色经典、学术经典、散文经典、小说经典等铺天盖地而来，俨然一个‘经典’时代的回归。‘经典’这个从前慎用的神圣概念被普泛化平庸化了。”①

关于在当前出现的经典的消费化现象，陶东风认为：“所谓20世纪90年代肇始的经典消费化思潮，指的是在一个中国式的后现代大众消费文化的语境中，文化工业在商业利润法则的驱使与控制下，迎合大众消费与叛逆欲望，利用现代的声像技术，对历史上的文化经典进行戏拟、拼贴、改写、漫画化，以富有感官刺激与商业气息的空洞能指(如平面图像或事)，消解经典文本的深度意义、艺术灵韵以及权威光环，使之成为大众消费文化的构件、装饰与笑料。”②陶文从文体学和文化学结合的角度分析了大话文学的语体特征和快感类型。但是，需要指出的是，《大话西游》一类的大话文学对《西游记》的成功

① 引自文学视界网站，www. white—collar. net/wx _ hsl/dangdai/xd-01/xd-0022. html

② 陶东风：《大话文学与消费文化语境中经典的命运》，《天津社会科学》2005年第3期。

改写与今天的消费主义文化思潮中对红色经典的肆意改编是迥然有别的两类文化现象，二者有着本质性的差异。

由于本书篇幅的限制，本节讨论的经典主要限制在“红色经典”的范围内。① 关于“红色经典”，官方曾给出的解释是：曾在全国范围内引起较大反响的革命历史题材文学名著。② 目前，学术界对这个概念的理解还存在较大争论。但不管对“红色经典”的外延和内涵存在多大分歧，我们认为有两个关键因素是必不可少的。一是“红色”这一蕴含革命政权、革命理想和革命精神等政治因素的概念，主要体现在题材、主题、精神等方面对特定历史时期意识形态的配合与歌颂；二是“经典”体现的审美范式、价值取向、话语类型和美学标准，指经典作品具有相当广泛和牢固的影响力，为广大人民群众所接受并形成深厚的集体记忆，不容破坏，不容颠覆。本书第一章第二节指出了经典的形成并没有一个通约的公式和放之四海而皆准的机制，因此，不能用评价《红楼梦》《人间喜剧》《呐喊》《彷徨》等文学经典的标准来苛求红色经典，这里的经典与文学史上那些具有超越审美价值和道德价值的经典的内涵不尽相同。红色经典的形成是中外文学史上一个独特现象，也是中国那个特殊时代的产物，它以艺术的真实反映了当时的社会现实、时代精神和时代面貌。

消费文化对文学经典实行的“去神圣化”有一定的必要性与合理性。本书第一章论述了经典建构过程中受到意识形态等外部力量的干预就是很好的说明。此外，“新批评”派的代表人物之一瑞恰兹在剑桥大学任教时曾做过一个著名的实验，他把不同的诗篇隐去作者之名后发给学生，让他们独立作出评论，结果让人惊讶：名家的作品被贬

---

① 本书后面第五章专门论述“红色经典及其影视改编”。这里只是从消费主义文化的角度作一些思考，二者并不重复。

② 国家广电总局曾于 2004 年 5 月 25 日向有关部门和单位发出了一个《关于“红色经典”改编电视剧审查管理的通知》，在通知中作了简要说明。

得一钱不值，而一些名不见经传的作家的作品却受到了意想不到的赞赏。该实验意味深长，可以有多种解释。但是我们却据此认为，这从一个角度深刻说明了公众对经典名家的崇拜具有很大的盲目性，日常生活中对文学作品的评价，在很大程度上受一种先入之见的支配，很多读者并不是因为作品质量的优秀而只是相信众人的公认才认可尊崇经典。也就是说，经典的形成包含了社会惯性思维和集体无意识的幻觉成分。

就“红色经典”来说，消费文化有利于大众反思红色经典的局限和裂痕，有利于纠正过去那种单一的政治解读模式。如红色经典中对正面人物特别是英雄人物和领袖人物的神化，对日常世俗生活和人的正常物质欲望的否定与批判，以阶级斗争为纲来塑造人物形象，高昂的政治热情掩盖了对广大农村和基层人物的真实描绘等。作家为了营造一种艺术化的政治理念，甚至不惜以牺牲主人公的个人感情和生活真实为代价，过多地配合当时的政治政策需要。作品中人物形象存在模式化、概念化和程序化的特点，缺乏生活真实感和必要的审美张力，只局限于生活的表层与表面的真实，而不能以有限的艺术空间去表现深邃的历史精神与人生哲理，更缺乏将现时的生活和事件放在民族乃至人类历史和世界格局中去反思其地位的宏大气魄和超越境界。

消费主义对文学经典的冲击与解构和消费主义文化的特征是密不可分的。

首先，消费文化改变了文学经典的文本存在形态和传播方式，对经典的各种戏仿、戏说、拼凑、剪接、挪用虽祛除了经典的神圣光环和神秘面纱，但也消解稀释了经典的精神价值，肢解了经典的审美结构，颠覆了经典背后的崇高理想、意识形态权力、文化秩序和道德规范。它是一种有力的消解手段和批判武器，在消解政治权力、道德秩序、话语权威，积极地肯定人生意义的平凡性和生存活动的现实要求时，也可能滑向一种无历史深度的游戏一切的空虚。在文本历史深度缺失的背后是生命意义的丧失，它在对英雄主义神话和崇高理想价值的拆解中，强化了世俗生存的合理性，但是它怀疑一切的态度有可能使我们整个民族乃至整个人类仍然需要的基本的价值规范、信仰追求、精神向度和伦理准则无从建构，走向一种精神的萎缩、思想的荒芜和价值的混乱。在消费主义语境中，经典所代表的文化模式和历史记忆被另一种话语体系重新阐释，并且抽离了深度价值和历史维度。一切曾经严肃发生的事情都可能被加以调侃模仿和游戏化消解。“大众传播将文化和知识排斥在外。它绝不可能让那些真正象征性或说教性的过程发生作用，因为那将会损害这一仪式意义所在的集体参与——这种参与只有通过一种礼拜仪式、一套被精心抽空了意义内容的符号形式编码才能得以实现。”①

在消费文化向启蒙话语和政治话语掀起的解构传统、颠覆权威的运动中，近年出现了红色经典改编热潮。作为当今审美意识的反映，在对红色经典和文学名著的改写改编中出现了所谓“人性化处理”问题。如电视剧《林海雪原》中，重拍者在剧中加入大量的爱情戏，杨子荣、少剑波陷入三角恋，杨子荣与匪首成为情敌等。除此之外，增加了亲情成分。如座山雕多了一个收养的儿子，这个老奸巨猾的土匪于是有了人性萌动的机会，当他想让“儿子”叫他一声爹却被拒绝之后，不禁老泪纵横等。虽然该剧受到了国家广电总局的点名批评，被批片面追求收视率和娱乐性，在主要人物身上编织太多的情感纠葛，过于强化爱情戏，影响了原著的完整性、严肃性和经典性。但仔细分析，不难发现，这种在深入发掘人性复杂性的口号下，在英雄人物身上增加一些情感纠葛和轶事、在反面人物身上发掘一些“人性”的手法，一方面可以改变过去对英雄人物刻画上的严肃单一面孔和高大全

---

① ［法］让·鲍德里亚著，刘成富、全志钢译：《消费社会》，南京大学出版社2002年版，第105页。

形象，增加经典在文化市场上的消费筹码，另一方面又体现了消费社会的时尚美学观念，满足大众的猎奇心理和感官享受。对此，评论家雷达指出：

> 我以为，随着历史语境的变化，对红色经典和某些名著重新解读甚至加以改写改编，并非不合理，不可能，或完全没有必要。任何一个产生过广泛影响的文本，在不同的时代必会显现出不同的价值层面，因而产生新的精神需求。作为一种再创造，如果继承与创新的关系处理得当，能给出新的解释和新的造型，完全有可能开辟出新的审美境界。红色经典如《夏伯阳》《静静的顿河》《钢铁是怎样炼成的》之改编，文学名著如《悲惨世界》《安娜·卡列尼娜》《哈姆雷特》之改编都是例子，《悲惨世界》被改编了七次之多。……事实上，人物处理上的得失只是表象，争论的实质牵涉到对革命传统、现代史和党史的评价问题，颇为复杂；而在艺术上，要胜出久经打磨的原著，难度同样也不小。①（着重号为引者加——特此说明）

我们认为，影视剧虽然有着突出的娱乐消遣功能，但并不等于说影视剧就不需要艺术品位和思想高度。殊不知，不存在普遍而永恒的人性，只存在具体的历史中的人性，以抽象的人性为理由进行改编，只会使英雄或领袖人物脱离社会时代，贬低原作应有的思想意义。更深层的原因是，红色经典中的英雄人物形象已不仅仅是个人形象，而且还是整个阶级的集体身份代表，与革命历史的叙事密切相关。改编过程中以“人性”的处理来淡化阶级性的界分，产生的争议已经不是“仁者见仁，智者见智”的艺术创作问题了，而是隐藏着对无产阶级革命正当性的消解，瓦解了已有的稳定的革命历史叙事，从而严重动

① 雷达：《当今文学审美趋向辨析(上)》，《光明日报》2004年6月23日。

摇政权合法性基础。恰恰相反，官方和主流意识形态要求影视剧能提供更多更好的精神食粮，尽管是以“人民”和“观众”的口号和名义发出通知，要求作为对于国家、民族精神文化血脉的传承，由红色经典改编而成的影视剧应该体现出高雅的趣味，培养人高尚的品德、高雅的情操和高层次的精神文化素质，充分发挥其对于人的发展、民族精神的建构和社会全面进步的重要作用。况且，就中国现代化进程而言，中国的启蒙和变革的任务还远未完成，不像西方那样拥有几百年发展历程的深厚的现代性基础可以重组和解构。在建设富强民主的小康社会的过程中，中国需要建构和正面倡导的东西还很多。因此，对于人性化、世俗化的理解不能失之偏颇。

其次，消费文化改变了文学经典存在和发生影响的文化语境和价值规范。由于政治意识形态的渗透和影响，长期以来，对经典的接受一直处在一种“共名”的审美文化氛围中。主流意识形态借助权力和行政手段对经典的解读占据着独断地位，一元化的文化理念使经典的解读成了对政治观念的演绎，成了路线纲领的佐证，不但掩盖了经典文本自身具有的歧义和蕴涵，也使经典可能具有的审美价值及引起的非政治性反响被窒息。消费主义带来的文化语境的变化，分散了人们对政治意识形态关注的热情，释放了人们长期以来形成的对世俗享乐的压抑和对载道教化人文观念的执迷，解放了人们的接受心理，使人们摒弃了对“神”的信仰，从而解构了一元化的政治话语，唤醒了读者自身的真切体验和对当下现世生活的思考。“在 1980 年代，以启蒙为核心的知识分子精英持有唤醒公众的社会使命感和文化批判热情。到了 1990 年代，中国的文化审美风尚出现了由启蒙模式向消费模式的转换，人们往往会以一种赤裸裸的方式去寻求现实生活的感性满足。”①也就是说，在当今时代，不是没有了经典，而是关心“文学经

① 陶东风、徐艳蕊：《当代中国的文化批评》，北京大学出版社 2006 年版，第 241 页。

典”的人已被消费主义文化的消遣性、娱乐性和商业性分散了注意力。人们开始关注影视、广告、酒吧、美容院、星巴克、健身房和购物中心。同时，市场经济条件下对读者主体能量的释放和自由选择权利的推崇，有利于淘汰那些伪经典，把一些依靠非文学力量获得地位的经典从神坛上拉下来。但由于市场经济的不成熟和自身缺陷，以及经典自身接受的难度和要求，又导致庸俗之作走俏，低级趣味读物泛滥，反而对经典形成了冲击和掩盖。

消费主义带来的宽松的多元文化价值观使经典的解读有了相当大的自由，大众不再屈服和信仰知识分子和精英的话语威信，可以拒绝或抛弃经典中包含的那套价值观。如果说在过去，“文化权威们供奉一整套经典体系作为文学的楷模，学院的文学史教学成为保护精英主义的机制。他们无视大众的喜怒哀乐，专制地断言《诗经》或者莎士比亚比金庸、古龙或者侦探小说更值得一读”①存在偏颇和霸道，那么，在今天，“从大家一致的感受看，‘红色经典’不过是包装过的特种大众消费文化快餐而已。红色经典的改编、定位、目标受众，是完全按照当前消费市场逻辑运行的”②同样也存在尴尬。

最后，消费文化改变了大众对文学经典的接受心理、接受目的、期待视野和阅读态度。在漫长的人类历史上，经典一直被社会精英当作对大众进行启蒙的资源和工具，被大众奉为人生的导师和指路的明灯，在那个精神单调的年代，经典被赋予了崇高的地位，傲立于人类精神的殿堂，招来大众的顶礼膜拜。大众对经典的接受更是严肃庄重，也需要被启蒙和教诲。如对红色经典的阅读就带有意识形态的强制色彩。但是消费主义时代的大众却是怀着一颗娱乐消遣的心情来接受经典的，希求寻得一份轻松和愉悦。经历了很长时间的不敢语、不

① 南帆：《四重奏：文学、革命、知识分子与大众》，《文学评论》2003 年第 2 期。

② 陶东风：《红色经典：在官方与市场的夹缝中求生存(下)》，《中国比较文学》2004 年第 4 期。

会语和无处语后，拨开意识形态的浓雾，大众不再低唱吟咏经典文本的意义与深度，不再逆来顺受接受经典的启蒙与召唤，转而青睐那些批量制作出来的平面化、无深度的文化快餐。昔日神圣化的经典开始走下神坛，娱乐取代了思考和批判。本来，对经典的娱乐性消费就包含着极其复杂的多重相互作用。娱乐能使经典不再故作神圣，故作高深，使经典回归平民身份，能促进人的自由本性的觉醒，释放个体被压抑的生命自由，培植健康完整人性，使大众从束缚人的感性存在的政治意识形态中解放出来。但问题是，在商业意识形态的操纵下，对经典的娱乐性消费又容易蜕变为对感官刺激和肉体欲望的垂涎。红色经典拍摄中的投资方和制作者正是看中了红色经典可资利用的文化资源和潜在的市场效益。当大众怀着一颗娱乐消遣的接受心理去阅读消费经典时，不仅导致大众对经典的平庸单调的“浅阅读”，而且把大众自身也推向单调平庸。正如霍克海默和阿多尔诺所言：“快乐也是一种逃避，但并非人们认为的那样，是对残酷现实的逃避，而是要逃避最后一丝反抗观念。娱乐所承诺的自由，不过是摆脱了思想和否定作用的自由。”①

“红色经典”改编中的投资方和制作者也正是瞄准了大众的这种接受心理特点，所以不遗余力地张扬反面人物的人性以淡化其阶级性，以世俗化、平民化、生活化来消解英雄人物的崇高化、英雄化，大量添加各种娱乐和时尚要素，对英雄人物进行随意改写和戏说，顺应大众的接受心理和阅读趣味重新塑造英雄，以期最大限度追求卖点获得商业价值(收视率的高低能直接影响电视剧每集的片酬利润和插播的广告的收益多少)，实际上是放弃了自身的审美创造力和艺术把握能力，被消费文化的媚俗化倾向给同化。

---

① ［德］霍克海默、阿多尔诺著，洪佩郁等译：《启蒙辩证法》，重庆出版社1990年版，第161页。

第三节　图像文化对文学经典的改变与重塑

随着现代工业技术和计算机科技的发展，以电影、电视、互联网和摄影摄像为代表的电子媒介使我们不知不觉地从过去的印刷文化时代进入到当前的图像文化时代，有的学者亦称为“拟像时代”“读图时代”“视觉文化时代”①“影视时代”“仿像时代”等②。正如著名美学家艾尔雅维茨断言：“无论我们喜欢与否，我们自身在当今都已处于视觉成为社会现实主导形式的社会。”③丹尼尔·贝尔也指出：“目前居统治地位的是视觉观念。声音和景象，尤其是后者，组织了美学，统率了观众。”国内学者周宪也认为当前文化正在从“语言主因型”向“图像主因型”转变。人类创造了图像文化，也创造了被图像文化所包围的生活，有研究者作过调查，证明我们今天所接受的信息有60%至70%是通过图像方式获得的。对此英国学者约翰·伯杰指出，历史上

① “视觉文化”这个概念由匈牙利学者巴拉兹提出，见[匈]贝拉·巴拉兹著，何力译：《电影美学》，中国电影出版社1982年版。

② 需要特别指出的是，这种概念和命名上的混乱和杂多，既体现了研究者理论视角的多元和差异，同时也表明了术语与概念指称上的模糊和使用中的泛化。实际上，应该严格区分“视觉文化”与“图像文化”这两个概念的内涵与外延，廓清二者之间的联系与区别。国内学者周宪认为，视觉文化是广义的文化研究的一个部分，也是文化研究向新的领域拓展的一条路径，视觉文化研究这一新的研究领域具有多学科和跨学科性，跨越了哲学、社会学、历史学、美学、文艺理论、比较艺术学、符号学、文化史、艺术史、语言学、大众文化研究、电影研究、媒介研究、传播学等诸多个学科，并与现代性、后现代主义、女性主义、后殖民主义等研究相交叉，也就是米歇尔所说的“非学科性”或“学科间性”。同时它还是一种文化“策略”，一种借以批判当代资本主义社会的策略。见周宪：《视觉文化的三个问题》，《求是学刊》，2005年第3期。限于篇幅，这里不展开了。本书所谈的图像文化主要指的是与传统的印刷文化及语言文字符号相异的影视文化，以电影、电视为主要代表。从某种意义上讲是一种狭义的“视觉文化”。

③ [斯]阿莱斯·艾尔雅维茨著，胡菊兰等译：《图像时代》，吉林人民出版社2003年版。

也没有任何一种形态的社会，曾经出现这么集中的影像、这么密集的视觉信息。以影视为主体的图像文化①正在渐渐改变人们认识掌握世界的方式、接受信息的方式和审美感知的方式。图像文化对文学经典的影响主要体现在经典被改编成影视作品。在国内，尤其以红色经典的改编引发的争议和讨论最为热烈。因此，在今天，考察文学经典在图像文化的时代语境中，经典文本的生产机制、传播方式、审美结构、叙事模式、接受方式等发生的一系列嬗变，分析与此相应所产生的新的审美品格与艺术特征，有着重要的理论意义和现实意义。

其一，从对文学经典的生产机制和传播方式的影响来看，以影视为主体的图像文化既改变了经典原著创作中的私人性写作和个体化审美思维，又在一定程度上扩大了经典的传播，有利于经典回归世俗，形成新的平民化审美品格，增强了大众争取民主权利和公共文化参与意识。本雅明在他的《可技术复制时代的艺术作品》中对现代复制技术带来的艺术作品的大众化持一种肯定的态度，认为正是工业时代的可复制技术改变了艺术与大众的关系，促进了艺术的民主化进程。“艺术作品的可技术复制性有史以来第一次将艺术作品从依附于礼仪的生存中解放出来了。”②孙文宪先生对本雅明的这个思想作了富有创见的解读，认为本雅明并非仅在艺术普及的层面上谈论复制艺术，而强调的是复制艺术改变了人们的艺术感知方式，即“艺术作品的可技

① 彭亚非把图像现象分为两个大的部分：一为视像部分，即包括摄影、摄像、电影、电视以及由真实摄像所拍摄的各种广告等；一为图画部分，即由人绘制的各种图像，主要包括漫画、动漫、卡通制品、电子游戏等。见彭亚非：《图像社会与文学的未来》，《文学评论》，2003 年第 5 期。这里使用的“图像文化”虽主要指的是前一个部分的图像现象，但并不严格区分两类图像。

② ［德］本雅明著，王炳钧等译：《经验与贫乏》，百花文艺出版社 1999 年版，第 268 页。

术复制性改变着大众与艺术的关系"①。他进而指出:"曾被精英文化视为价值之所在的那些艺术特征,如表现理想、超越现实、追求精神价值、和世俗的日常生活保持一定的距离等,都有可能因为坚守礼仪传统、膜拜价值和排斥任何一种社会责任,因为所追求的精神境界过于缥缈、苍白、空洞无物,而使艺术坠入虚无的深渊。"②所以,图像文化语境中的艺术生产机制能使经典与世俗生活联系起来,使经典更贴近大众的情感生活和审美需求。

随着现代传媒工业的发展,传统文学经典创作过程中的个性化风格和独特体验被影视生产中众多专业艺术与技艺人员集体制作所代替,昔日的"呕心沥血,增删数载"的刻苦砥砺不见了,取而代之的是工业时代文化产业中的规模化批量生产。这在一定程度上有利于扩大经典的传播范围,使经典走出书斋案头,走向大众,促使经典与普通大众相互亲近,推动文学艺术的民主化、普及化进程。由于影视这种当代最重要的电子传播媒介的发展,使得昔日仅为贵族特权阶层和社会精英才能享有的文化和艺术从少数人的垄断中解放出来,促进艺术与审美的民主化趋势。麦克卢汉认为,电视正在发挥一个巨大的文化场所的作用,在这个文化活动场所中,某些种类的信息可供所有的受众利用。在国内,对于一般社会公众而言,正是通过改编成的电视剧《红楼梦》《三国演义》《水浒传》《西游记》等才了解贾宝玉、林黛玉、刘备、诸葛亮、武松、孙悟空等栩栩如生的人物形象。尤其是对于那些占人口大多数的所受文化教育水平有限的底层农民和劳苦大众,他们的知识水平有限,长年累月为生计而奔波,没有经济能力来购买经典原著,也无暇静下心来阅读这些经典原著。在国外,"图像

① [德]本雅明著,王炳钧等译:《经验与贫乏》,百花文艺出版社 1999 年版,第 281 页。

② 孙文宪:《艺术世俗化的意义——论本雅明的大众文化批评》,《华中师范大学学报》(人文社科版)2004 年第 5 期。

对于无知的人来说，恰如基督教《圣经》对于受过教育的人一样，无知之人从图像中来理解他们必须接受的东西，他们能在图像中读到其在书中读不到的东西”。① 另一方面，影视媒介制作单位或群体又通过改编成的图像产品的播出（如插播广告）来获取经济利益和利润。这是因为文学经典与影视媒介有着亲和性的相容需要。“在文化和艺术民主化的历史进程中，以影视为主体的图像文化之所以能立下无可替代的突出功勋，一方面是因为只有这样，才能从大规模的消费群体中，通过直接或间接收取享用图像产品所必需支付的费用，获得再生产和扩大再生产的资金来源，另一方面也与图像符号有着天然的直观性和通俗性，或者说与广大普通消费群体的接受能力、文化趣味的‘近亲性’有着密切的关系。”②

回顾人类历史上文学艺术活动的发展变化，我们不难发现，无论在中国还是在西方，文学经典最初都只是社会特权阶级享用的奢侈品，对于一般普通大众来说是望尘莫及的。可见，在消费时代，影视媒介对公众性、平民性精神的诉求既使文学经典能高效而广泛地传播，又能通过这种普及传播来获得利益回报。尤其是在当今生活节奏加快、工作生存压力加大的现实中，人们再也无心闲适下来仔细品味那些经典原著，“从流行视听文化到漫画的现代崛起，从图解哲学到文学经典影视改编热，直观性的视听形象取代想象性思维性的文学已是显性大势。这一被概括为‘图像化时代’的趋势，其深层动力机制正是现代性阅读时间快速化的要求：直观反应的形象感知在接受时间上快于语言文字的思维—想象”。③

---

① ［斯］阿莱斯·艾尔雅维茨著，胡菊兰等译：《图像时代》，吉林人民出版社2003年版，第20页。

② 张京：《论图像文化的生产、传播和接受方式》，《理论界》2005年第4期。

③ 尤西林：《匆忙与耽溺——现代性阅读时间悖论》，《文艺研究》2004年第5期。

其二，从对文学经典的审美信息、文本结构和叙事模式等的影响来看，影视媒介借助文字、画面、音响、色彩、特写、电脑特技、三维动画等的技术合成改变了印刷文化时代纸质媒介中文学经典所呈现出的生动形象、丰富含蕴、引人入胜的审美风貌，转换为一种瞬时性、短暂性的强烈感官刺激和视觉冲击，削减了经典的价值深度和意义深度，更多地追求一种“展示性”的震惊效果。这种图像文化还滋长了大众的精神惰性，使他们容易以一种休闲的、消遣性的心态和眼光来接受文本。图像叙事容易停留在浮泛的表层和即时的移情，割断了文本背后的主体记忆和历史深度。无论是影视改编者、编剧、导演、摄像还是演员，无论他们的个人艺术才能多高，表演能力多强，无论他们借助多么先进的电脑特技，都会造成对原著审美信息的破坏、误读或遗失。这种破坏或损害主要表现在两方面：一是只顾故事情节本身的跌宕起伏，忽视了文学语言的诗意想象和朦胧意境；二是只重视视听画面或声音的悦目悦耳，而忽视了对人性复杂和生活深广度的全方位挖掘展示。

洛特曼提出了“美就是信息”，艺术文本最大特征的就在于它是能容纳无穷信息的特殊机制，艺术文本能够“以极小的篇幅集中惊人的信息量”，作品中的任何因素都负载着信息，艺术文本中的信息是其他任何方式都无法储存和传达的，读者对艺术信息的任何解释都只是一种近似。“思想不会包含在引语中，哪怕是精心选择的引语，而是由整个艺术结构表达出来。不理解这一点并且在孤立的引语中搜寻思想的学者，极像这么一种人：他见到一幢按照图纸修建起来的房子，就开始动手拆墙，想找到埋藏设计图纸的地方。其实，这设计图纸并没有砌进砖墙里去，而是实现在建筑物的各部分之中。那设计图纸就是建筑师的思想，房子的结构便是其思想的实现。”①他非常欣赏

① 转引自胡经之：《西方文艺理论名著教程》(第二版下卷)，北京大学出版社2003年版，第237页。

列夫·托尔斯泰的观点：不能用另外的语言去复述一部作品，如果必须的话，只有将《战争与和平》重写一遍才行。

而且，在当前对经典的改编过程中，存在的问题正如有的学者所言，“如今一些图像文化(艺术)形态，过于迷信电子数码技术的魔力，过于屈从市场经济条件下的文化消费主义原则，从某种意义上说也过于迁就了人性的弱点，不遗余力地在打造视觉吸引力和感官冲击力方面下功夫，以虚拟的直观性替代了思考的深刻性，以肤浅的趣味性消解了理性与意义的深度，以直觉快感取代了精神美感。”①即使是影视的创作，也存在这种倾向，李保平在《〈孔雀〉：找回电影中的文学气质——兼评当代中国电影的缺失》一文中指出：“近几年来，中国电影放弃了由蔡楚生、费穆等老一代艺术家开创的人文主义传统，一味地追求电影的物质化，把技术化的视觉冲击力奉为至上，漠视文学剧本的创作，轻视文学的气质，把手段当目的，致使本末倒置，影响了艺术的主体水平。”②而另一个成功的例子便是《张思德》。“今天是一个商业的社会，在精神价值和当年大不同的现实中，在每个人都有自由选择的时候，在张思德这个作品中，我们看到了当年的人‘人人为人，完全利他’的这么一个精神氛围，这对当代人的灵魂无疑是一个拷问。”“张思德这个形象触动了当下观众内心深处的人文情怀。当观众为张思德这样一个红色经典的却是无比美丽的人生的魅力所震撼的同时，自然会去扪心自问。”③

其三，从对经典文本的接受主体、接受方式和接受效果的影响来看，图像文化使大众对经典的接受由过去的“线性/阅读思考”方式转

① 赖大仁：《图像化扩张与“文学性”坚守》，《文学评论》2005年第2期。

② 李保平：《〈孔雀〉：找回电影中的文学气质——兼评当代中国电影的缺失》，《文艺报》2005年3月17日。

③ 尹力、田怡：《用“时尚”的方式塑造历史人物——〈张思德〉》，《电影新作》2005年第1期。

变为“直观/视听感知”，即由那种必须经由反复吟咏沉思才能体会文本的语言、韵味、意象、形式、结构技巧，反复揣摩体验才能领悟作家创作动机、风格、叙事艺术、思想观念的接受方式转变为被动地感知影视制作者借助复制技术加工后的艺术形象。“电视观众则不能在自己的电视机屏幕上写下任何东西：他始终只是被驱逐在产品之外的，在这个幻象中不扮演任何角色。他失去了创造者的权力，或者只是一个纯粹的接受者，作为各种各样的自我崇拜的演员的镜子。”①读者的凝神沉思被今天的直觉快感取代，图像化虽然在表面上看来使观众能轻易地克服语言障碍和文化审美能力的缺乏，极其便利地投入到对图像的欣赏接受中去，但是接受主体在接受时间、顺序、心境、环境等方面受到潜在和隐蔽的制约和束缚，而且容易养成一种慵懒的心态。德国媒介理论家史特姆就指出，当我们看电视时，我们被拒绝给予足够的时间来充分地、有意识地整合信息。社会评论家伊格纳蒂埃夫更是尖锐地指出，电视正在把我们的文化转变成一种机敏但很肤浅的文化，电视正在向我们以前占统治地位的、有文化修养的精神气质发起挑战，并代之以自身触觉的和集体的口语状态。它威胁到了我们通过读写而获得的神圣不可侵犯的自主权。“电视传媒的资讯和交流已经消除了意义，从而使听众和观众处于一种平面化的、单向度的经验之中，被动地接收形象或拒斥意义，而不是主动地参与到意义的流程和生产过程之中，最终出现了观众是荧屏，而电视在注视着观众的情形。”②

传统印刷文化时代的文学经典，以其纸质媒介、白纸黑字系统有序的间隔、句子的线性排列、页面上文字的持久稳定的特点能让读者

① 罗岗、顾铮主编：《视觉文化读本》，广西师范大学出版社 2003 年版，第 89 页。

② 包亚明：《游荡者的权力：消费社会与都市文化研究》，中国人民大学出版社 2004 年版，第 42 页。

随心所欲地翻阅，反复地咀嚼，静心思考，自由地放飞自己的想象和联想，“余音绕梁，三日不绝”。正是在这种阅读氛围中，读者被建构成自律、理性的主体，高雅的审美趣味、启蒙心态和社会使命感油然而生，历史的深邃、宇宙的未来、人类的前途等形而上的思索和追求产生了。而一部电视剧或电影由于播出时间有限，且画面消逝极快，观看时的集体性(如看电视时的家庭成员)使接受主体来不及分析思考就忘记了过去的画面，个体的感受体验被淹没在集体的喝彩或惊叹中。对此，有学者一针见血地指出：“经典文学作品的影视改编似乎永远都是不能令人满意的——假如我们事先已经熟悉这部文学作品的话。事实上没有一部影视改编作品能真正呈现出优秀文学作品文字背后那些深刻的意义和涵义。我们观看的总是不如文学经典已经让我们在想象中体验过的，这正是文学辉映下的影像的宿命。”①这是因为改编是一种个人(如导演、编剧)体验的固定化，它剥夺了每个人在阅读原著时享有的想象和创造的自由。如贾宝玉的形象，在阅读原著时读者可以自由想象，每个读者心中都有自己所理解的贾宝玉形象，而改编后就定型了，观众的想象受到了限制。

而且，更为严重的是，“对于文学的存在，图像的增殖及其对于主体的解构可能是致命一击。一方面，当大众满足于图像的轻松观览，语言或语言的文学就会因其消费难度被冷落；另一方面，也是更严重的，图像或拟像解除了语言依其本性所造就的主体的深度阅读、反思能力和批判精神”。② “图像的直观性和自然在场性，进一步说，图像包含有更多的现实性和反解释性，将构成对诗或语言之间接性和抽象性的逼视和质难。”③图像文化消弭了文学经典中由于语言的朦胧性、模糊性而带来的虚构意境和诗意空间，瓦解了审美静观所需的审

① 彭亚非：《图像社会与文学的未来》，《文学评论》2003 年第 5 期。

② 金惠敏：《图像增殖与文学的当前危机》，《中国社会科学》2004 年第 5 期。

③ 金惠敏：《图像增殖与文学的当前危机》，《中国社会科学》2004 年第 5 期。

美距离，侵蚀了接受者在阅读纸质文本时产生的自由纵横的想象和情感共鸣。

当然，在影视对经典的改编过程中，作为文学作品的原著仍深刻地主导着人们的心理，并影响着人们对影视作品改编成败得失的评判。就红色经典被改编成影视作品来说，尽管影视作品主要是由屏幕图像画面所构成，但是在影视的创作过程中，也并不是将文学的语言符号、文学的语言形象一概弃之不顾。比如环境的描写、情节的安排、形象的塑造、性格的刻画、感情的传达等仍然离不开文学的手段。优秀的影视作品总是充满了文学的意蕴，总是成功地借用了文学的话外之意和形外之情。作为两种有着不同表现形态和艺术规律的艺术样式，影视和文学有着不同的生存理由和发展道路。经典被改编成影视，并非只是对文学的挤压和摧毁，也有可能拓展文学的空间，二者可以并行互补。而文学在深入探索和表现人物细致入微的思想感情上有着得天独厚的优势。

其四，图像文化改变了作者创作的心理思维，改变了文学经典与受众之间的关系。一般来说，受众对文学经典的阅读首先是通过纸质印刷文本，然后是观看影视版。但是现在，受众是先接受文学经典的影视版，再出于好奇去阅读纸质版。这种微妙的变化，钝化了受众对语言文字的敏锐鉴赏力和对审美想象的感悟能力。同时，也弱化了经典原著作者的地位和作用。因为，现代意义上的“作者”观念与书面文字和印刷文化的权威、知识产权法的界定强化有关。而在图像文化中，原著作者只是一个播撒的踪迹，只是光怪陆离的图像背后的一个符号。在图像时代，人们面对的主要对象是视觉文化，主要认知方式为图像直观，思维方式主要为视像思维或拟像思维，审美观念上主要表现为震惊与平淡、快感与闲适、新奇与乏味之分，这实际上就剥夺了读者在阅读纸质文本时与作者、与文本对话的那种兴会涵泳的酣畅淋漓感觉，剥夺了读者情通万里、“思接千载”的自由想象的乐趣，也抑制了读者的思辨能力、批判精神和创造力。图像文化以其直白、简单、快速、透明、刺激等特点使人们沉溺于流光溢彩的视觉世界中，忽视了经典文本深层次的美学创造和哲理沉思。

以文字符号为主要媒介的文学经典是现代社会文化的重要组成部分，文学经典又是印刷文化的主要代表之一。图像文化带来的这种接受文学经典不同版本的时间顺序变化，直接将文学经典的接受带入到一个后现代主义的语境与氛围中。因为图像文化能利用其特殊的影像语言与现代科技手段，刻意地选择色彩与形象，巧妙地变换视觉与距离，制造一种虚幻的审美符号。这就将文学经典与现实生活拉开距离，使得经典文本仅仅作为一种资源，影视文本甚至完全脱离生活真实和情感真实，只是一种虚假的幻象。“19 世纪，表达的‘手段’是小说。悖论性的是，虚构小说的功能是记录现实。当社会各阶级在 19 世纪风俗道德喜剧中彼此对垒时，人们对以下情况存在着一种巨大的好奇：每个阶级是如何生活的，在社会阶梯上攀爬的个人是如何学会或没能学会新的阶级生活时尚或方式的。人们对工作的性质也同样极感兴趣。”①但是，在图像文化的观照中，受众或读者在文学经典的图像呈现中，感受不到历史的深厚与沧桑，感触不到社会真实的细节和底层人物的悲喜故事，也体会不到作者创作时“披阅十载，增删五次”的辛酸与砥砺。受众把经典仅仅当成一个平面文化符号，图像文化助长了人们进行文学接受时感官化、娱乐化、肤浅化的恶习，弱化了作品的深度意义和批判性，消解了经典文本的深刻意蕴和艺术韵味。

因此，图像文化给文学和文学经典带来的是救赎还是毁灭，不是一个简单的非彼即此的问题，而是要辩证看待。我们要大力提倡对文

---

① ［美］丹尼尔·贝尔著，严蓓雯译：《资本主义文化矛盾》，江苏人民出版社 2012 年版，第 99 页。

学经典进行深阅读，进而体验情境、感受情感、获得学识、汲取教益、收获启迪。诚如有识之士指出：

> 妄而言之，经典文学的图像化传播，是历史和社会发展的必然趋势。一方面，经典的文学需要借助图像传播的形式，不断向大众文化渗透与辐射；另一方面，大众文化也需要借助名著的效应，吸引和扩大其受众面，这是一种双方都有需要的互动。可以预见，随着新的传播媒介的发展和普及，经典文学的图像传播会有更多更新的形式出现。对此，我们一方面保持欢迎、开放的心态，同时必须清醒地认识到：在五花八门的图像传播面前，作为人类，我们始终不能忘了“读书”，特别是不能忘了多读原典和原著。①

① 孙逊：《图像传播：经典文学向大众文化的辐射》，《光明日报》2004年5月26日。

第三章　文学经典在当代语境中的价值及其重构

卡尔维诺说："经典作品是这样一些书，它们对读过并喜欢它们的人构成一种宝贵的经验；但是对那些保留这个机会，等到享受它们的最佳状态来临时才阅读它们的人，它们也仍然是一种丰富的经验。"①面对一部经典，同一读者在不同的人生阶段阅读都会品出独特的滋味和意义。经典虽然可以流动，但是经典的价值永不流逝。在后现代主义、消费主义思潮、解构主义等多种文化哲学思潮流行的今天，我们更需要重申文学经典的特殊价值和意义。尽管在当下，因为大学教育、出版和传播的发达，文学批评和文学研究已经成为一项容易参与的行业，但是发现并阐释优秀作品的价值，并不是一件容易的事情。文学经典的价值不仅是自我彰显，同时离不开文学界的积极发掘。"优秀的作品，有必要进一步被社会普遍认可，除了它实实在在的口碑外，还需要有深度的文学研究进行多方面的阐释。"②我们的文学研究，任重道远。

---

① ［意］卡尔维诺著，黄灿然、李桂蜜译：《为什么读经典》，译林出版社 2012 年版，第 2 页。

② 陈晓明：《批评的责任》，《人民日报》2015 年 5 月 22 日。

第一节　文学经典在当代语境中的价值和意义

在当代社会文化语境中，文学经典遭遇到严重的挑战和危机，大众文化、后现代主义文化挑战着文学经典，冲击了文学经典的权威地位；消费主义文化思潮对经典的戏仿、挪用和戏谑消解了文学经典曾拥有的权威与神圣；新历史主义、女性主义、后殖民主义、解构主义思潮和后现代观念质疑文学经典的既定标准，这都在不同程度上动摇着文学经典的中心地位，消解了文学经典的价值与意义。

不管上述挑战和质疑的声音多么强烈，不容置疑的是，文学经典在当代语境中有着重要的价值和意义。伊格尔顿曾提醒我们："其实，不管是哪个时代，所谓的'文学经典'以及'民族文学'的无可怀疑的伟大传统，都不得不被认为是一个由特定人群出于特定理由而在某一时代形成的构造物。"①也就是说文学经典的形成总与特定时代、特定民族和特定集团当时的文化取向以及政治立场密切相关。但是，他的历史相对主义观点却让我们产生另一种警惕：承认文学经典的建构性，并不等于否认文学经典的重要价值和意义。特别是红色经典的确立，它与以往传统文学经典的最大区别就是，略去了漫长岁月和历史时空的淘洗与筛选，其背后的权力和政治逻辑十分明显。但是在当今时代，仍然有存在的价值和意义。

当后殖民主义把西方文学经典批判得体无完肤，当女性主义理论把男权话语解构得空荡无存，当权力话语把"红色经典"剖析得"面目狰狞"，我们岂不陷入了一种可怕的文学虚无主义之中？在今天，我们又到哪里去寻找精神的皈依？其实，在今天这个消费社会里，更需

① ［英］特里·伊格尔顿著，伍晓明译：《二十世纪西方文学理论》，陕西师范大学出版社1987年版，第13页。

要重提经典的意义。当这个时代越来越崇尚实在的物质，越来越远离精神的家园，经典却能维护人类的纯真、完美和进步，给人类带来灵性、激情和希望，拒绝和批判人类生存中的堕落、腐朽、畸形和异化，促进人类精神结构、深层心理和积极人性的发展与完善。身处世俗化、物质化和现代化浪潮中的人们或许可以没有舞厅和酒吧的点缀，却不能没有经典的滋润。

怎样在消费社会里重新发现和阐释经典的意义是一个十分迫切并有着重大现实意义的问题。因为，虽然现代电子媒介的发展促进了经典的传播，我们和经典碰面的机会增多了，但是碰面的语境和场所跟原来大不一样。据媒体报道，第四次“全国国民阅读调查”①显示，国民的图书阅读率连续6年走低，而网络等电子媒介的阅读率不断攀升，并且，调查报告表明，生活节奏加快和媒体多元化是国民阅读率下降的重要原因。而且，令人担忧的是，国民读书的功利实用性目的走强，知识性目的减弱，追求消遣和娱乐性越来越明显，这些都使经典文本的阅读面临着前所未有的挤压和冲击。大学里讲授莎士比亚和弥尔顿的课堂比从前冷清得多，大学生忙着外语和计算机考级，严峻的就业形势和巨大的就业压力使他们热衷于各类处世技巧和职场成功经验的书籍。原因很简单，阅读《红楼梦》或《人间喜剧》并不能帮他们找到理想的工作。人们正在不知不觉中疏远传统的经典，消费社会把经典供奉起来的同时，也掩埋了经典的本来面目。

文学经典在今天仍具有不容置疑的价值，这是因为“经典价值历史连贯性的获得，从根本上说，乃是作为历史主体的人不仅具有递代

---

① 来源于新华网信息。从1999年启动的“全国国民阅读调查”，是为了解我国国民阅读倾向发展趋势与文化消费现状而进行的一项连续性、大规模的基础性国家工程，至今已经连续进行了4次。本次调查于2005年底开始，在全国范围内由专业调查机构严格按照科学的多层抽样方法，选取了不同规模、不同区域的20个地区的城市及农村，采取入户调查方式，最终取得了8000个有效样本，获取了500万组调查数据。

繁衍的生命延续性，更具有建构世界的精神延续性。对于每一代人，不断提升的生存需求与目的以及必然地、历史连贯地展开的实践状况，共同规定着人的经验及理性、人的生存及实践的价值尺度的历史连贯性”。① 也就是说，文学经典和文学经典在当代的现实价值都是历史延续的价值，并非今人强加附着，而是被历史所预先规定并在历史的不断延续中形成并确定的价值。因此，在当下，无论对经典的质疑、新解显得多么惊世骇俗，无论对经典的改编、调侃显得多么喧哗热闹，其实，都逃脱不了经典价值历史延续性这个磁场的引力。文学经典的价值主要体现在以下三个方面。

其一，文学经典具有重要的精神价值，能为大众和社会中的个体重构精神家园，给予人心灵的慰藉和信仰的寄托，缓解人们信仰焦虑和思想荒芜的危机，找回存在的本真意义，提高人们的生活质量和精神品格，使人诗意地栖居。文学经典可以为人们提供古今中外千差万别的人生境遇，展示不同的人的心灵和命运，并让人们在审美状态中感受、体验和理解它们。这种体验从本质上扩大了人的精神生存空间，让读者在与各种不同类型的人的心灵沟通与碰撞中，在对复杂纷纭的命运之旅进行感悟与评价中，在对异质文化的人情世态进行体认和想象中，使他们的思想、情感和心态得到拓展、丰富和补偿。经典能丰富和革新人的认知范式并优化人的情感体验和生存空间。文学经典的精神深度主要体现在对人类终极意义的追寻、对永恒理想的追求、在内心世界和灵魂深处产生震撼人心的审美体验(如崇高、悲壮等)方面，使人不至于沉沦于消费主义的漩涡，使人们心灵生活有一个更高的方向和定位。

在大众对“红色经典”的怀旧热情中，不仅显示了大众对“红色理

① 高楠：《文学经典的危言与大众趣味权力化》，《文学评论》2005 年 6 期。

想”年代的眷顾，也体现了他们对崇高理想和英雄主义精神的呼唤，尤其是对市场经济条件下见利忘义和道德滑坡现象的厌恶和焦虑，对昔日那种乐于奉献大公无私精神的歌颂和渴望，从深层上体现了他们为弥补当下现实生活中精神荒芜、信仰匮乏的尝试和努力。

现代工业社会带来物质生产高度繁荣的同时，也造成了人的“异化”。鳞次栉比的高楼、华灯璀璨的广场、琳琅满目的商品、豪华时尚的汽车，这些只能满足人们物质层面的需求，却满足不了人们更高层次的精神需求。在当前这个物质空前富饶的社会，当长期充斥耳目的是灯红酒绿的奢腐糜烂、肮脏堕落的钱权交易、时尚性感的美容健身和矫情缠绵的出轨恋情时，人们不仅会感到一种意义的空虚，也会产生一种人生的失落和精神贫血。文学消费者不会永远只满足于低层次、平面化、感官化的情感刺激，在躁动喧哗的欲望迷途中，人们更需要一个精神的港湾，一块远离各种物质欲望缠绕、摆脱身心俱累状态的净土，灵魂在此休养，感情在此寄托，空虚在此补偿，境界在此升华。经典具备丰富而深刻的思想，能给陷入物质迷茫中的人以启蒙和滋润，让人在物化现实中重建对未来的希望与信心。文学经典中蕴含的前人的人生智慧是文学艺术中最有价值的因素，是经典中永远鲜活的东西。在消费主义思潮中，人们面临着信仰缺失、精神空虚和物欲膨胀、理想迷茫的困境，开掘这些东西，让经典延续并参与今人的精神建构，能有效地发挥经典的精神价值。

在当下，随着市场经济的深入发展，市场机制下对利润的追逐和实利化生存原则使各种良莠不齐的文艺作品粉墨登场，作家的身份地位和价值取向开始发生明显的变化。“为人生而写作或为艺术本身而写作的现实主义和现代主义美学原则一度变成了为市场而写作，或为迎合读者的口味而写作，作家的‘寄主’地位变成了‘寄生’地位。作家已经成了一个市场经济时代向读者献媚的乞食者，已不是高高在上的精神领袖或人生导师。在这时代，‘救救孩子’，‘掀翻这人肉的宴席，毁坏这厨房’，已成了遥远的历史回声。”①于是，一些过去严肃的精英知识分子作家自愿放弃启蒙话语的立场，放弃对现实人生的剖析思考和对生命状态的终极关怀，从启蒙人民大众的文化精英转变为市民社会中随波逐流的一员。有的甚至丧失社会良知不惜一切手段追逐金钱，刻意制造“卖点”，向商业意识形态表现出奴颜媚骨的嘴脸。在这种物欲横流的残酷现实面前，包括红色经典在内的许多文学经典中包蕴的严肃认真的社会责任感、正直无私的艺术良知和清醒执著的现实主义原则更显得异常可贵！它们能给人以精神的支撑和灵魂的净化，改善现代人的精神处境。

消费文化以否定祛除文艺的内在精神意蕴和形而上的超越意义为基本特征，使原本应该强调独创性、不可重复性的文艺创作变成一种机械复制和批量生产，以意义的放逐和深度模式的消解为代价迎合人们的惰性心理和瞬间享乐。心理学家弗兰克称当代人生活所面临的主要困境是无意义生活之痛苦。“在转型期社会，信仰的问题主要表现在理想褪色，热情淡化，精神因素稀薄，导致精神状态的世俗化、物化，价值虚无已成为我们时代的流行情绪。”②但是，人不能生活在一个信仰匮乏的空白边缘，经典中蕴涵的批判精神、反思精神和超越精神能唤醒人们在轻松愉悦与休闲享乐中不忘本真的诗性存在，使人们在商品经济大潮中保持一种清醒的批判激情和反思能力，避免精神的荒芜、信仰的茫然和生命的萎缩。

其二，文学经典是一个民族的文学与文化传统的载体与结晶，是一个民族认识回忆自身历史的一面镜子，蕴含了一个民族长期发展过程中的兴衰与荣辱、理想与激情、追求与挫折、崇高与尊严，体现了一个民族衍变的踪迹和心路历程，成为民族精神的象征，能够凝聚民

① 许文郁等：《大众文化批评》，首都师范大学出版社2002年版，第73页。
② 邢建昌：《信仰情怀与形上追求》，《文艺理论与批评》2003年第5期。

族意志和力量，增强民族文化认同感，避免历史虚无主义和文化虚无主义。经典往往体现了一个民族的思维方式、审美风尚和美学观念，艺术地反映了一个民族的历史、物质、文化和精神生活，暗含着一个民族最深层的“集体无意识”。如纪念抗日战争胜利60周年之际，大量红色经典被改编成影视作品，搬上屏幕，让人们重温那段“激情燃烧的岁月”，延续和强化中国人民的抗日战争记忆，再现了一大批为救亡图存而赴汤蹈火的可歌可泣的英雄人物，体现了一个伟大而古老的民族为世界反法西斯战争的胜利所付出的牺牲和代价，更表现了中华民族自强不息和英勇不屈的精神。特别在消费文化思潮带来人们价值观念多元化的今天，在西方文化的强势渗透下，不少人对好莱坞大片中的美式英雄盲目崇拜，对民族文化和民族英雄逐渐淡忘，红色经典有利于在新的历史时期唤醒人们对民族文化和民族英雄的记忆，激起人们的民族自信，增强民族凝聚力和向心力。

以红色经典为例，尽管它并不以再现历史为目的，但是在客观上它却比历史更能提供给当代更多的东西。正如《红楼梦》比它同时代的任何一部历史著作都更能使我们感受到历史的真实和意味一样，红色经典保留了我们这个民族历史上最鲜活最生动的记忆，因为红色经典的作者大都是作品中描写的斗争和战争的亲历者和参加者。如《红岩》的作者罗广斌、杨益言都是新中国成立前夕被国民党反动派囚禁于重庆歌乐山下“中美合作所”集中营的共产党员，经历过白公馆、渣滓洞中的牢狱生活；《林海雪原》的作者曲波担任牡丹江军分区部队的团副政委，曾亲自率领一支小分队深入到东北的林海雪原中进行剿灭国民党残匪的斗争；《青春之歌》的作者杨沫出生于北平一个大学校长兼大地主的家庭，为了逃脱封建家庭的包办婚姻，她曾独自离家出走谋生，先后做过小学教师、家庭教师和书店店员，在迷茫和求索中走向革命。而且，红色经典创作动机来源于对当年志同道合的亲密战友或逝去的英雄的光辉业绩的追忆，他们的文学理论素养虽然有欠缺，但是写出来的作品有一种在场的历史感和震撼人心的真实。从严格意义上讲，或许这些红色经典都称不上革命历史典籍，但是它们具有显著的历史认知功效，承载着历史叙述的重任。“当中国现代性已经走到今天的时候，从今天的高度对整个中国现代性进程进行一种新的总体认识，已经变成一种需要。这一总体认识不是单一的，而是多维的、多方面的，需要历史型文本（史料体系）、哲学型文本（观念体系），也需要文艺型文本（形象体系）。‘红色经典’正是进入这种新总体认识的一个重要的组成部分。”在此意义上讲，“‘红色经典’的核心意义在于它代表着共和国前期的一种文艺模式，一个时代的心灵和主调，一种历史此在性的原汁”。①

文学经典包含着深厚的文化内蕴和独特的美学韵味，是一个民族取之不尽、用之不竭的思想艺术宝库，是我们继承与发扬民族文学与文化传统的范本与载体。红色经典一方面在艺术创造上由于缺乏足够的心理准备和必要的审美距离，以及对政治纲领和阶级斗争的演绎强调而带有明显的时代局限和意识形态痕迹；另一方面它又包含着超越时代背景、超越具体描写的精神因素，如对理想主义和革命英雄主义的推崇与礼赞，对崇高人生追求的肯定与赞扬，对舍生取义价值的张扬与讴歌，能鼓励人们不断抗争困难和艰苦，将人们从物化世俗生活中的随波逐流和庸碌麻木中唤醒，激发人们奋进向上的热情和坚韧品格，使每一个时代的人们都能从中得到教益。在 20 世纪，正是依靠这种民族精神才取得了革命的胜利，在新时期，依然需要弘扬这种精神才能实现中华民族的伟大复兴。

其三，经典具有丰富而重要的文化价值和构造民族国家文化认同的功能。面对汹涌澎湃的全球化浪潮，经典是一个国家、一个民族历史上遗留下来的宝贵财富和文化遗产，代表了一个民族文学发展的高

① 张法：《“红色经典”改编现象读解》，《文艺研究》2005 年第 4 期。

度和思想创造的深度，是使一个国家的文学获得世界地位和荣誉的重要筹码，也是使该国文学和文化具有与世界文学和文化对话的可能性的重要保证。尤其是在当前西方发达资本主义国家凭借其强大的科技与经济实力向广大发展中国家进行文化输出、兜售其民主与文化观念的情况下，我们更应该利用民族的文学经典熏陶我们的青少年，用文学经典中的英雄主义、集体主义和革命情操来教育感染他们。文学研究者、高等院校中文专业教师和研究生要大力倡导研读经典文本，新闻出版机构乃至政府文化部门都有责任向全社会推广经典。

经典作为民族语言和思想的象征符号，不仅体现了民族的精神气质和该民族在思想上所取得的不朽成就，而且在民族历史中代代相传，对各个时代的成员的思想观念起着塑造作用。当前，以美国为首的西方国家用自己的“强势文化”反对所谓的“多元文化盛行”，极力推行文化霸权主义，推广资本主义意识形态。他们通过报刊、影视、电台等各种形式，利用各种场合宣扬其民主观念、政治理念、价值理想和文化生活，使发展中国家的人民尤其是年轻一代的价值观念、生活方式、思维方式、行为方式受到不自觉的侵蚀，极大地削弱了他们对本国民族文化的认同感。而红色经典恰恰可以充当中国向现代民族国家转型过程中的重要文化资本，能建立民族国家的文化认同，确证国家意识形态的合法性。这也是为什么在以否定文革为主要语境的20世纪80年代红色经典遭受冷落一度沉寂，而到了90年代，在主流意识形态和商业话语的共同操纵下，重新以文化资本的形式和面貌出现，并引发改编中的争议的一个重要原因。在历史上，“红色经典”以精神方式参与了中国革命和变革的过程；在今天，“红色经典”是证明政权合法性的重要文化资源，能有效地构建国家民族文化认同。

酒井直树就曾指出过，所谓“现代性”其实是一个以民族国家为框架的“同质化”世界的建构过程，“一个民族国家可以采用异质性来反抗西方，但是在该国民中，同质性必须占优势地位。如果不建立黑格尔所称的'普遍同质领域'（universal homogenousphere），就成不了国民。所以无论我们喜欢还是不喜欢，现代国民的现代化过程应该排除国民内部的异质性"。① 安德森也认为，"民族国家"是"想象的共同体"，他指出："它（指民族——引者注）是一种想象的政治共同体——并且，它是被想象为本质上有限的（limited），同时也享有主权的共同体。""它是想象的，因为即使是最小的民族的成员，也不可能认识他们大多数的同胞，和他们相遇，或者甚至听说过他们，然而，他们相互联结的意象却活跃在每一位成员的心中。"②"民族国家"是一个现代的范畴，它的存在需要社会成员的认同和某种共同的感情来维系，需要通过共同的价值、历史和道德理想来符号性地建构出来，有时甚至需要借助想象和虚构来寻找和"想象"共同的历史意识。1949 年中华人民共和国的成立仅仅完成了现代民族国家的社会制度层面的政权建立，而作为现代民族国家的文化理想和价值规范的精神现代性诉求却远未完成。红色经典的创作机制以及其中隐含的基本理念就是对民族国家的想象。

《红旗谱》《青春之歌》《创业史》等就以其对新中国合法性的论证与新的民族国家精神的建构而参与了现代民族国家想象的进程。以《红旗谱》为例，根据梁斌的回忆，他在酝酿、创作《红旗谱》整个过程中，就曾经"反复学习了毛主席的《湖南农民运动考察报告》《中国革命战争的战略问题》《新民主主义论》《论持久战》《论联合政府》等著作，认真学习了党的各个历史时期的政策和文件"。③ 在小说的故

---

① 酒井直树：《现代性与其批判——普遍主义和特殊主义的问题》，见张京媛主编《后殖民主义与文化批评》，北京大学出版社 1999 年版，第 408-409 页。

② ［美］本尼迪克特·安德森著，吴叡人等译：《想象的共同体：民族主义的起源与散布》，上海人民出版社 2003 年版，第 5-6 页。

③ 梁斌："谈创作准备"，载《春潮集》，上海文艺出版社 1980 年版，第 64 页。

事情节中，正是在“反割头税斗争”之后，朱老忠加入了共产党，他才把个人报仇雪恨的夙愿提升到为整个阶级的解放而斗争的觉悟，从自发反抗走向自觉斗争。这时，作为小说高潮的“反割头税运动”已经不是传统的农民与地主之间的利益之争，而是新民主主义革命时代共产党领导的农民与国民党政权之间的政治斗争。李希凡就看到了《红旗谱》中的朱老忠形象具有承前启后的价值和意义：“对于旧中国革命的农民来说，朱老忠是一个性格的‘总结’；而对于20世纪30年代的革命的中国农民来说，它又展示了一个新的起点。它详细地论证了中国共产党所领导的以农民为主力同盟军的伟大的新民主主义革命的历史动力。”①梁斌正是以他自己坚定信仰的政治意识形态言说框架来筛选、整合、组织各类生活素材，以达到对历史的表述和想象。

总之，不管未来科学技术和社会经济如何发展，对文学经典产生怎样的影响和改变，但以真善美来启迪人们的心灵，对人的社会存在与命运进行深刻的反思与本质的揭示，对一个国家的民族文化进行高度凝聚和整合，这些都是文学经典特定的价值和意义的体现，是无法湮灭与消解的。

第二节　文学经典在当代语境中的重构

文学经典与消费文化思潮、图像文化不仅有对立龃龉的一面，也有相融共存的一面。在当今时代，没有必要牺牲经典的特性和品位来迎合消费文化中的流行趣味，来附和图像文化的感性时尚。文学经典与高科技媒介、消费文化和图像文化并非存在不可逾越的鸿沟。事实上，文学经典可以通过内容与传播方式上的调整改变，在不断熔铸时代的精神文化取向中，达到满足当代人们的心灵与情感需求的目的，

① 李希凡：《革命英雄典型的巡礼》，《文学评论》1961年第1期。

开拓和重构属于经典自身的生存位置与意义空间。在当今这个消费时代，既然有生产，也就有消费，文学经典同样不应回避消费。历史一再证明，真正具有永恒生命力和不朽价值的经典是经得起市场检验的，那些靠商业炒作的赝品只会遭到无情的淘汰。消费文化和市场选择使传统精英文学及文学经典遭受考验，被重新审视，能为经典的重构铺平道路。另一方面，现代电子媒介能使经典得到更迅速更广泛的传播，扩大经典的影响和接受，经典又可以改造和提升传媒的品位，促进以影视为主体的图像文化的高雅健康发展。著名导演 C. 格拉西莫斯说得好，一个电影导演是可以从崇高的文学典范中学到很多东西的。这两种艺术之间存在着联系，而且这种联系应该得到加强。伟大的文学所积累的经验能够帮助我们电影工作者学会怎样深刻地去研究复杂多样的生活。文学经典与消费文化、图像文化完全可以形成良性互动，确保人类精神之火代代相传。前苏联电影理论家波高热娃曾感慨过，没有莱蒙托夫和托尔斯泰、陀思妥耶夫斯基和巴尔扎克的作品的改编，那么电影的历史是不堪设想的。可见，在消费文化和图像文化语境中，经典面临着重构的机遇和空间。该如何重构经典呢？我们认为：

其一，要用马克思主义的辩证眼光——历史标准和美学标准的统一——来重新审视文学史上既定的经典，对经典进行科学恰当的定位，借助现代文化产业中的传媒机构营造话语空间，建构并传播经典。为此，首先要正确认识经典具有的历史和时代局限性，既要勇于质疑，不盲从迷信经典，又要善待经典。的确，经典的产生及其内涵的界定离不开具体的社会文化环境，具有地方性和历史性，经典总是一定的民族文化与历史观念相结合的产物。随着时代环境、价值观念和审美趣味的变化，昔日的文学经典难免会暴露出一些缺陷，遭受冷落，正所谓“一代有一代之文学”。但是任何经典都不是永恒的，不是完美无缺、毫无瑕疵的，对此我们不能轻率地、简单地予以全盘否定。要运用马克思主义历史唯物主义和辩证唯物主义的眼光来批判分析，透过历史的迷雾，揭示出经典的生产机制和产生的社会原因，去掉其神秘的面纱，剖析经典背后隐藏的权力话语逻辑，不盲从大师，不迷信经典，不"厚古薄今"。但同时更要珍惜经典，善待经典，因为大凡经典都在人类精神史上树立了一座丰碑，包含人类对自身最深刻的反思，提供着富于文明和道德的启发与暗示，是彼时彼地文化精神的结晶，曾经滋养过几代人的心灵。要避免在时髦的西方理论话语面前和形形色色的后现代主义思潮影响下抹煞了经典原有的思想魅力和艺术价值。

有人从现代文学理论中"圆形人物"和"扁平人物"的角度出发，认为红色经典中英雄人物的刻画存在概念化、类型化等缺陷，对主人公的描写存在拔高、神化倾向。殊不知，"红色经典"是在当时那个特殊的、非常态的历史条件下形成的，正是它的局限性造成了它的成功和不可重复，或者说，它的时代性决定了它的独特性和局限性，如果丢掉"红色"就不再是"经典"了。每个时代都有自己的集体记忆和审美理想，"红色经典"以艺术形象的方式记载了共和国历史上那段波澜壮阔的风云画卷。不可否认，红色经典由于对理想主义和革命英雄主义的高扬而缺少对人物性格丰富性和内心世界复杂性的揭示，但是在复杂严峻的国际背景下，面临帝国主义的封锁和包围，在建立现代民族国家的艰苦征途中，身处民族生死攸关的残酷战争中，时刻面临是跪着生还是站着死的严峻考验，怎么可能允许作品去渲染英雄个人的儿女情长？怎么可能对革命英雄的情感欲求着墨描绘？对它们的舍弃和排斥具有历史的合理性。不但表现了革命者忠贞不渝的共产主义理想和革命乐观主义精神，而且体现了革命得以胜利的宝贵的内在精神要素——革命者坚定的信仰、高尚的情操、不屈的意志和崇高的献身精神。而这些，正是革命政权得以建立的精神支柱，也是政权合法性的内在情感逻辑支撑，是永远闪耀着的精神之火，永远不会过时，是不允许乱改的，更不容糟蹋。所以，在今天，对红色经典进行任何形式的改编、改写，都不能脱离当时的历史氛围，都不能消解其中的革命英雄主义精神，否则在制作技术上无论怎么先进高超都很难成功。

对经典的正确科学定位是首要的，只有认清一部经典的价值大小和艺术得失，才能决定和选择那些具有“潜在资源”特性的经典并予以激活。也只有对经典有一个设身处地的体察分析，才能客观有效地让经典与当下现实建立某种内在联系，更好地延续经典的精神价值。很显然，由于当今时代不同阶级、不同阶层、不同集团、不同区域、不同年龄、不同地位的人的知识结构、教育程度、观念趣味、生活方式的巨大差异，知识分子的学术话语权力不断分化，依靠过去那种自上而下的政治手段来重构人们对经典的热情已经不可能了，但是可以利用文化传媒机构的巨大能量来施加影响。在今天，随着文化产业体制改革的不断推进，包括出版社在内的传媒机构已由过去的政府拨款的事业单位转变成自主发展的企业单位。相对于一些畅销书的盛行一时而言，文学经典的出版是保证出版社盈利稳定发展的一个长线支撑，可以规避风险。在新的文化体制下，经典的出版已不再是政府部门的计划命令，而是出版社根据文化消费市场的需求自主决定的一项选择。成熟灵敏的消费文化市场可以让真正具有艺术价值的经典经久不衰。而且，出版社的经济实力越强，其在市场中的话语权和影响力、导向性就越强，其推出的经典就越能获得广泛的接受与认同。另一方面，经典的成功推介和重构又能给出版社带来可观的经济效益，二者相互促进。在消费时代，文化产业不断发展壮大，传媒通过经典带来的收益可以发展成为一个兼具经济盈利性与精神建构性的集团，在文化市场上占有重要地位，从而可以利用自身在社会公众心目中的公信力把握文化消费的话语权，通过引导提升社会的阅读品位来重新建构经典在消费者心中的地位。

其二，要用当今时代的新的眼光来重新阐释历史上遗留下来的经典，要回到经典形成的社会历史语境中去，把经典之所以成为经典的历史语境与经典的深刻意义和美学内蕴阐发出来。要根据经典的类型和特点选择适应的阐释视角，而不能误读经典、曲解经典。克罗齐说得好，一切历史都是当代史。历史上遗留下来的经典不是文明的化石，也不是故纸堆，不是摆在书柜上的装饰品，它需要当代的读者凭借自己的“前理解”去与之对话，去填补其中的空白，从而达到“视域融合”。对经典的阐释总是随着历史的发展而不断丰富和深入，这其中既有创造性的阐释，也难免有片面的误读。也就是说，尽管经典召唤着当代读者去回应和积极参与，但对经典的阐释也不是纯粹的主观随意行为，而是有其历史延传性和稳定性的一面。对经典的阐释不能脱离经典形成的历史语境，不能抛弃作者动机和文本实际。新批评派的维姆萨特和比尔兹利提出的“意图谬见”和“感受谬见”就完全割断了文本与历史语境、作者动机、读者反应和社会效果等因素的联系，陷入了绝对、孤立的文本中心主义。如对于“红色经典”的再解读，必须将作品还原到当时的社会语境和革命现实中，必须回归产生“红色经典”的特定年代，否则，无论是采用民间立场还是采用福柯的知识考古学，都会不可避免地对经典造成“误读”或“过度阐释”。正如有的学者所言：“在我看来，从今天的所谓新的理论与思想的角度来批判旧的文学经典，并不能被证明肯定是高明的方式。理解才是沟通和对话的中介与方式，才是人文学科研究所应有的目标。”①

在今天，对经典的阐释，我们要敢于打破陈见，将经典置于当代更为广阔的社会文化空间中，以当今时代新的审美眼光和标准去阐释过去的经典，从而更好地审视和继承经典中包含的优秀艺术精神和思

① 陈太胜：《文学经典与理论：变与不变的辩证》，《天津社会科学》2005 年第 3 期。

想精华，做到古为今用，让经典映照出时代的光辉。历史向着未来无限延伸，一个时代有一个时代的审美眼光，谁也不敢断定经典的标准将一成不变，谁也不能说经典的神韵已经一览无遗。重新确认经典与阐释经典的工作将伴随着历史的发展而向前演进，真正的经典需要时代的噪音，也能够在岁月的冲刷和淘洗中经得起重新解读而变得更加牢固和辉煌。重读经典也不是简单地去经典化，不是走向虚无，而是为发现新的经典和创造新的经典提供契机。西方 20 世纪的语言学转向和形式主义文本批评为解构经典提供了语言学和文本学的依据，但却忽视了文学经典的人文思想内涵，忽视了意识形态和权力话语等多种复杂因素对经典的影响。如果放任各种后学思潮对经典戏仿、拼贴甚至恶搞，只会导致经典的崩塌和意义的虚无。

对经典的重构并不意味着可以肆意阐释经典，可以主观随意地误读经典。有学者指出："对现代文学经典的阐释和重释，是一种历史性的活动。其中既包括因历史的变动而引起的价值取向和判断标准的变化，也包含有这种阐释和重释活动的历史本身存在的矛盾和冲突所隐含的一种阐释的契机或可能性。任何违背这种历史原则的现代文学经典阐释和重释活动，都有可能把这种阐释和重释活动导向阐释者个体的现代生活经验的表达，从而引发一种阐释的主观性和随意性的倾向。"①当前的解读真正有创见的发现很少，脱离文本的自由演绎较多，追求一时的轰动效应，哗众取宠，借此扬名或争取学术上的话语权。在这个消费时代，在商业利润的怂恿和出版社的策划炒作下，不少中青年学者大胆"质疑"和"挑战"权威经典，其背后隐含的功利目的十分明显。殊不知，经典的重释拒绝浮躁和功利。重构经典必须重视文本的仔细阅读，静下心来注重文本分析，而不是观念先行，盲目套用某个新潮理论，把解读经典变成一种个人理论观念的演绎，生吞

① 於可训：《阐释的历史与历史的阐释》，《江汉论坛》2005 年第 2 期。

活剥经典，得出看似新颖实则荒谬的结论。

其三，要跳出纸质文本是文学经典唯一生存方式的狭隘视野，适应多元电子媒介发展的需要，拓展经典文本生产与传播的途径和媒介。红色经典要适应消费主义文化思潮和图像文化的挑战，而不是迎合屈就。尽管红色经典的改编引发热烈的争议，但饶有趣味的是，有关行政部门并没有武断地全盘“封杀”红色经典的改编，只是增加了申请立项、审查批准等程序，要求改编者谨慎从事，认真对待，也就是说，“可以改，但不能乱改”。其实，主流意识形态也希望通过改编得较好的红色经典影视剧的热播来进行一场潜移默化的革命精神教育，进行一场不动声色的文化整合教育，巩固革命意识形态的地位。“红色经典的原著本身就是权力的产物，而不是所谓‘真实历史’的体现，历史的所谓‘真实性’从来是改写历史、建构历史的一个合法性口时而已。对于红色经典原著的维护不是为了维护什么真实或历史的本来面目，而是维护红色经典原著中叙述的那个历史与真实以及它所体现的意识形态。”①新历史主义认为，历史的真实性和客观性不再存在，它们已经被“文本化”了，永远处在被叙述、被解释中，历史的整一性、连续性也不再存在，它们是多元的、不连续性的，所谓历史的整一性、连续性、和谐性等，不过是主导的意识形态从自身利益出发，强加于历史的神话而已。对此，福克斯·杰诺韦塞一针见血地指出，即使不再确切，我们仍然用历史来指代我们心目中所想象的那些曾经实实在在发生于过去的事情，以及具体作家在撰写它们时所采用的方法。而当代的批评家却不适当地认为，历史只是历史学家描述过去的方式，至于历史上曾经发生过的事情，他们则不管，他们认为历史主要是由一套文本及释读这些文本的策略组成的。官方和主流意识

① 陶东风：《红色经典：在官方与市场的夹缝中求生存(下)》，《中国比较文学》2004 年第 4 期。

形态担心红色经典改编中改变原有的历史叙事，解构历史的言说逻辑，重新形成新的“历史文本”，破坏人们心目中的革命历史集体记忆。因为“文学本来就是历史的一部分，历史和文学从来就不能被割裂为两个泾渭分明的领域。文学事实和历史事实同处于符号化的思想空间之中。在这个共同的空间中，文学参与了历史的进程，历史也参与了文学的构塑”。①

在消费时代，文化生产存在同质化倾向，而观众则对电视剧日趋娱乐化倾向存在越来越明显的需求，再加上求新求变的心理，观众希望看到与众不同的东西，这些都让红色经典的改编处境艰难。确实，红色经典的影视改编投资者在改编过程中，不得不考虑“消费者”的因素和市场机制的作用，但是影视这种文化产品的生产毕竟不能简单地等同于消费品的生产，作为一种精神产品，其价值并不能简单地以市场的接受程度和利润回报来衡量。这就反映了商业话语与政治话语有矛盾的一面。

那么，在今天这个消费时代的语境中，在商业话语的氛围中，如何重新演绎昔日的革命英雄主义叙事呢？米兰·昆德拉关于小说之于历史的论述发人深省：历史背景是人活动的舞台，但所叙述的历史须有利于揭示人物的存在境况，同时历史本身也应作为存在境况而被理解和分析。② 陈晓明先生在其《表意的焦虑》一书中提出了“历史的总体性”这个概念。“在相对的意义上讲，任何时代都可以归结出它的历史总体性，不管是高度整合还是多元分化的时代，总有某种历史的共同性决定一个时代的总体特征。历史总体性显然有显性和隐性的两种基本形态，前者是社会强势集团掌控意识形态权力而在精神领域进

① 黄念然：《历史维度在当代西方文学理论中的展开》，《江海学刊》2005 年第 3 期。

② ［捷］米兰·昆德拉著，孟湄译：《小说的艺术》，三联书店 1992 年版，第 35-36 页。

行整合的结果；后者则是一个时代的思想潜在地从不同的方位无意识地形成的一种精神趋向。”①我们认为，红色经典在改编过程中，要符合时代的历史总体性要求，服从时代的历史总体性建构，要尊重红色经典原著的核心精神内蕴，重视其中包含的英雄主义和崇高精神，只有这样，将红色经典再现屏幕，才有利于重建和激活红色经典，有利于弘扬主旋律，促进先进文化建设。

以获得好评的《红旗谱》为例，该剧历经几次波折，最后终于在2004年9月在央视黄金时间播出。其主要突破和创新之处表现在，与当年老电影只将视角瞄准《红旗谱》中“反割头税”斗争一段不同，此次电视剧将小说的姊妹篇《播火记》和《烽烟图》与《红旗谱》融合在一起，使得艺术表现的空间更加广阔，线索更为繁复，故事感更为强烈。针对原著和电影《红旗谱》受到上世纪五六十年代政治环境的影响，把重点放在表现阶级斗争上的特点，改编后的电视剧《红旗谱》则摆脱了过去的窠臼，在吸取优秀思想和借鉴成功经验的基础上，有了更新的高度和更准确的认识，着重表现一代共产党人真正为农民舍生忘死的高尚品格和一批农民不甘被奴役、为翻身解放跟着共产党走的艰辛历程，揭示只有共产党才能拯救中国、解救大众的真理。同时，导演胡春桐还表示，绝不迎合少数观众的口味，不戏说，不花哨，而是忠实于原著的精神，具备历史的厚重感，将朱老忠还原于他存在的那个年代，而不是带有当今时代特色的朱老忠。与老电影中将朱老忠刻画得完美而高大不同，电视剧塑造这一人物不仅要将他塑造成英雄，还要让人信服地刻画出他是怎样在特定的历史环境中逐步成为一个英雄的。

陈晓明先生曾说过，20世纪中国文学的重要特征就是它与革命历史、社会现实和众多读者的期待心理相互激荡，这是特定时代的文

---

① 陈晓明：《表意的焦虑》，中央编译出版社2002年版，第6-7页。

学生产所规定的。离开了这些，对“红色经典”的再解读及影视改编都很难成功。改编后的电视剧《红旗谱》之所以能引起强烈反响，获得好评，就在于它与当下现实有一种契合，以进步的历史观念理解过去(只有跟着共产党，农民才能翻身解放)，隐含着对当今现实的定义认同和对未来合法性趋势的预设(在“三农”问题异常尖锐复杂的今天，在新时期，同样只有共产党才能带领中国农民走上富裕文明的小康之路)，从而加强了历史与现实的关联性，再一次强化了启蒙意识，高度暗合主流意识形态的愿望，有利于时代总体性的建构。特别是在当前城乡贫富差距不断扩大、农民因征地与政府有关部门摩擦冲突严重的环境下，该剧有利于增进农民阶层与执政党的感情，疏导其中少数社会成员的不满心理和愤懑心情，缓和对立情绪，弥补社会裂痕，促进社会稳定协调发展。尽管剧中道具服装方面有几处细节疏忽，但这是红色经典以娱乐形式(改编成影视剧)进入当今现实语境的一次成功尝试。

其四，要树立当代人的经典意识和价值尺度，勇于发现并遴选当代文学史上和当前文学创作中的经典。当代人的经典意识和价值尺度对一个文本的经典化过程起着十分重要的奠基作用。在当前，当代文学有没有经典以及当代人能不能确立经典正成为一个棘手和尖锐的问题。有学者指出：“在当今时代，对经典的追怀和崇拜正在演变为一种象征性的精神行为，人们幻想着通过对经典的回忆与抚摸来抵抗日益世俗化和商业化的物质潮流。在这一过程中，一方面，经典作为人类文学史和文明史的基石与本源，其价值得到了充分的认同与阐扬，另一方面，经典的神圣化与神秘化又构成了对于当下文学自觉地遮蔽和否定。”因此“我们应该理直气壮地呼唤和确立当代‘经典’，不仅如此，我们每一个作家都首先应该有追求‘经典’、成为‘经典’的勇气，而且每一个读者也应该是一个‘经典’的确立者和命名者。……文学的经典化过程，既是一个历史化的过程，又是一个当代化的过程，它不应该是‘过去时态’，而应该是‘现代进行时态’。文学的经典化时时刻刻都在进行着，它需要当代人的积极参与和实践”。① 在今天这个消费时代，社会价值观日益多元化，各种思潮激荡更迭，社会很难形成一个相对稳定的价值系统，于是有学者认为传统的文学经典机制式微，一种后文学经典机制正在崛起。② 更有学者预言“21 世纪是一个没有文学经典的世纪”。③

这实际上牵涉两个重要问题：在价值观念日益多元化的当代，确立经典的标准和尺度是什么，文学的经典化究竟需要多长时间。尤其是有学者认为当代文学不能写史，④ 并且文学经典的形成应是一个漫长的历史时期。⑤ 这样一来，确立当代文学史上的经典就显得更加困难和复杂。事实上，正如本书第一章论述的那样，文学经典的建构是一个流动的过程，当代文学史的时间虽然不长，但并不妨碍我们在现阶段以当代的审美理想和价值尺度对其作出应有的哪怕是有局限性的判断和鉴别。因为经典的形成是一个主观的建构过程，经典的价值只有在不断的阐释中才能逐步呈现出来，它需要当代读者的积极参与和审美响应，才能从数以万计的文本中脱颖而出，不至于被埋没尘封。经典不应该只是成为一种缅怀和瞻仰的过去，而应该涌现在呼唤大师渴望经典的当代。把经典限定在前人的历史创作之中，虽然强调了时间的检验和淘汰作用，但也忽视了当代读者的建构意义。当然，需要指出的是，当代文学经典的形成机制已经发生了显著的变化。为此，

① 吴义勤：《我们应该为经典做点什么？——“2004 年度小说经典”序》，《小说评论》2005 年第 2 期。

② 张荣翼：《文学经典机制的失落与后文学经典机制的崛起》，《四川大学学报》1996 年第 3 期。

③ 孟繁华：《新世纪：文学经典的终结》，《文艺争鸣》2005 年第 5 期。

④ 唐弢语，参见《文汇报》1985 年 10 月 29 日及 12 月 2 日中的内容。

⑤ 陈思和语，参见陈思和：《我不赞成“红色经典”的提法》，《南方周末》2004 年 5 月 6 日。

有人认为，“在当代社会，文学确实不再单纯以传统经典的形式出现，文学愈渐与其他艺术互渗沟通，人们对文学的接受日渐多元化，对文学的理解也逐渐扩大了。在这种情况下，人们过去所习惯的、耳濡目染的文学及其经典必然会受到挤压和疏远，因此，对传统的文学制度所认可的‘文学’的概念及其‘经典’的标准进行反省和调适也是必要的”。① 但是，笔者相信，“文学的经典在发生裂变，它已容纳了一些边缘话语力量和一些不登大雅之堂的东西。通过一段时间的考验和历史的筛选，其中一些糟粕必然被淘汰，而其中的优秀者则将成为新的经典。这就是历史的辩证法，同时也是经典形成和重构的辩证法”。② 经典的重构必将经历一个否定之否定的过程。

虽然早在 1994 年，钱理群等学者就曾发出“现代文学必须经典化”的强烈呼吁，但是在当前，关于当代文学能否经典化依然存在着激烈争议。程光炜在《当代文学中的“鲁郭茅巴老曹”》中就指出：“当代文学也应该推出自己的‘鲁郭茅巴老曹’来。对当代文学六十年，至少在我个人对‘后三十年’的文学评价中，贾平凹、莫言、王安忆和余华的文学成就，已经具有了经典作家的意义。即使在 1917 年以来的中国现代文学中，他们的成就似乎也不应该被认为逊于已经被广泛认可的‘鲁郭茅巴老曹’。”③随后，有学者撰文针锋相对地指出，现代文学史“经典作家”排序需要重新解读，经典的“累积形成”是一个漫长的过程，只有具有“强有力”的原创性才具有经典品质，并大声疾呼：“经典之所以是经典，是因为是世世代代的人民发自内心地喜爱它，不愿舍弃它。在看不清‘庐山真面目’时，理智的态度是，索性离‘它’远一点。我实在不希望我们的学界再犯上世纪五六十年代的错误，高歌猛进地把一些作品封为‘史诗性的经典作品’，才过

① 陈雪虎：《当代经典问题与多元视角》，《天津社会科学》2005 年第 3 期。

② 王宁：《文学的文化阐释与经典的形成》，《天津社会科学》2003 年第 1 期。

③ 程光炜：《当代文学中的“鲁郭茅巴老曹”》，《南方文坛》2013 年第 5 期。

了几十年，回眸一瞥：那些作品已经成了在重症病房深度昏迷的‘伪经典’。”①与此相似，有学者认为，当今时代是一个文学十分泛滥而经典却极度匮乏的时代。原因在于：“当下中国文学面临的现实处境并不乐观。一方面，从事文学写作的人正以前所未有的热情和激情越写越多，互联网的兴起更让文学几成泛滥之势，但面对时代的复杂与斑驳、荒诞和疼痛，多数作家却‘自愿放弃心灵对某种真实的探求，不去主动让灵魂抵达社会现实的最内部，抵达人的最真实的内心’，而是选择和市场同流，与世俗合污，以致出现‘回避崇高，情感缺失，以量代质，近亲繁殖，跟风炒作，权力寻租，解构经典，闭门造车，技术崇拜，政绩工程’的恶俗景象。因此，真正属于这个时代的好作品仍然匮乏；另一方面，耐着性子阅读文学作品的人越来越少。在当下许多人的阅读生活中，成功学、厚黑学、养生学类读物占据了主流，即使涉及文学，也基本局限于玄幻、盗墓、官场、职场为主题的类型文学。一言以蔽之：‘务实性’成为时尚，‘娱乐化’成为流行。”②

鉴于此，吴义勤教授认为，很多学者之所以不敢承认当代文学可以成为经典，或者说当代文学不能经典化，是因为，在学理上陷入了三大误区：第一个误区，是对经典神圣化和神秘化的误区；第二个误区，是经典会自动呈现的误区；第三个误区，是经典命名权的误区。他认为，这三个误区给中国当代文学评价造成了极大困惑与困难。因此，他主张：“作为文学研究者或文学出版者，参与当代文学的进程，参与当代文学经典的筛选、淘洗和确立过程，更是一种义不容辞的责任和使命。说到底，经典是主观的，经典的确立是一个持续不断

① 陈歆耕：《当代文学的“鲁郭茅巴老曹”在哪里?》，《文学报》2014年3月20日。

② 陈劲松：《文学的泛滥与经典的匮乏》，《文学报》2014年5月8日。

的‘过程’。”并澄清：“‘经典化’不是简单地呈现一种结果或对一个时代的文学作品排座次，而是要进入一个发现文学价值、感受文学价值、呈现文学价值的过程。所谓‘经典化’的‘化’，实际上就是文学价值影响人的精神生活的过程，就是通过文学阅读发现和呈现文学价值的过程。”①

仔细分析，上面关于当代文学经典化的争议，反对者主要从现当代文学产生的历史时间较短，作品缺乏公认的原创性，文学价值不一定经得住检验这个角度出发，反对人为主观制造出“伪经典”；而支持者主要是从文学批评的角度和阅读态度出发，要求通过文学史的叙述和评价，大胆作出建构经典的努力和尝试。经典的建构过程本身是一个不断变动的社会化过程，只有积极主动发掘作品的文学价值，释放作品的精神影响力，才有可能促使经典的形成。评论家霍华德·费尔普林也说过，正如被称之为文学的写作没有作者是不可想象的，这种写作的制度化研究没有一个经典书目也是不可想象的。没有一个经典书目、一种作为样本的文本，就没有诠释的群体。所以无论我们正确的标准是道德的、政治的、历史的或是修辞的，构建经典书目的必要性不是来自我们阅读合适的文本的重要性，而是来自我们阅读同样文本、或是有足够的同样文本的需要，唯有如此才能使这个诠释的群体的话语得以继续。文学作品数量浩瀚，需要文学研究者、出版者做出筛选和评判，这样有利于社会公众作出更好的阅读选择，有利于划分文学经典与非经典的界限，有益于文学经典的脱颖而出。

弗兰克·克莫德说过：“无论人们认为经典应该遭到反对是由于它的形成很偶然，或是因为其以牺牲其他利益为代价而服务于某些利益；还是认为经典的内容是凑巧选择出来的，但不容置疑的是，如果

① 吴义勤：《当代文学“经典化”：文艺批评的一个重要面向》，《光明日报》2015年2月12日。

不求助于经典，我们就找不到各种方式来整理我们对文学和艺术之历史的思考。”①在克莫德看来，经典以预先决定的价值塑造了过去，使过去变成从人的角度可以利用的、易于接近的现代。经典帮助我们保留了过去时代有价值的东西。因此，重构经典不是可有可无的文化个案事件，而是重建人类生存和精神生活的历史维度的必要选择。就中国当代文学而言，“中国当代文学经典化研究，实质上是文学研究对于‘中国话语’的寻找、探索与建构；本质上是对‘当代中国’的文学确认，对‘中国当代文学’生成土壤，成长机制，作家创作与文本内涵等诸多问题的深度体认，重新抉发，再度阐释。”②中国当代的社会转型和文化土壤能为作家创作提供丰富的生活经验、文化形态、艺术灵感和话语形式创造。重构经典也不是对现有经典全部推倒重来，而是以经典意识和眼光，既对现有经典进行重估和评判，也对未来潜在经典进行大胆阐释和定位，从而有效地丰富、扩展、补充现有文学经典，也更好地让文学沟通历史和现在，让传统生生不息，让当代人们的生存更富诗意和深度。

第三节　现代主义、后现代主义嬗变中的文学经典与文学风格

从当代文化实践和大众文化变迁的角度开展文学经典研究，目前学术界的研究主要集中在大众文化对文学经典的审美稀释和挪用揶揄，而相对忽视了文学经典与文学风格的互动共生。中西方文学史上，文学经典都代表了一种稳定的文学风格和美学规范。文学风格是

① ［法］热奈特等著，阎嘉编：《文学理论精粹读本》，中国人民大学出版社2006年版，第58页。

② 李俊国、李勇：《当代文学经典化：问题、理念与路径》，《小说评论》2014年第2期。

作家在创作实践中所表现出来的鲜明艺术特色，是经典作品的文本形式和作者话语实践的个人独特标志，也是理解和阐释经典文本意义和深度模式的一个重要尺度。当下文学创作实践中，文学风格的式微和衰退已是一个亟须引起深思的现象。本节拟从现代主义到后现代主义的美学嬗变这个逻辑角度，分析指出，现代主义创作追求艺术天才和个性风格，强调作品的独特性和纪念意义，这有助于文学经典的独特气质的形成和建构。而后现代主义则追求复制、拼贴和戏仿，强调主体的去中心化和零散化，突出文本中语言游戏的异质性，由此导致了文学风格的淡薄和销匿，也妨碍了文学经典的建构和读者的阅读认同。

一、问题的提出

风格，无论在古典文艺还是现代文艺中，始终是一个重要的美学范畴，是作家或艺术家通过精雕细琢，追求细节的独特与独创，使作品烙上自己鲜明的个人标志，成为他人不易摹仿的审美创造。同时，风格也构成了作品意义的个人标志，也是理解和阐释文本意义的一个基本尺度，它使一部文学作品成为一个包蕴复杂含义的结构，它赋予一部作品以与意义阐释相关的深度美学特征。童庆炳主编的《文学理论教程》认为，"文学风格是指作家的创作个性在文学作品的有机整体中通过言语组织所显示出来的、能引起读者持久审美享受的艺术独创性。"①文学风格是文艺理论中的一个基础问题，但是也是一个近年来未受到足够重视和充分探讨的重要问题。已有的研究主要围绕文学风格的构成因素、文学风格概念与含义、西方风格理论的历史嬗变、文学风格与作家个性等。例如，有学者指出："由于创作个性对文学

① 童庆炳：《文学理论教程》(第四版)，高等教育出版社2008年版，第281页。

风格质的规定，使创作个性成为决定文学风格总体发展趋向的根本和核心因素。现代文学风格的演变表明，张扬个性是风格繁盛的前提，丧失个性则导致风格的单一和贫弱。”①这类研究阐明了作家主体个性对文学风格形成与革新的影响，但是缺乏一种宏阔视野，拉尔夫·科恩指出：如果人们希望追溯现代主义与后现代主义之间的关系，如果人们希望理解区分后现代小说与后现代超小说、同为当代却非后现代的虚构浪漫故事和间谍故事的多种方式，那么，风格研究就是实现这一目标的最合适的手段。② 因此，本节拟从20世纪西方文艺思潮中一个重要逻辑轨迹——现代主义到后现代主义的美学嬗变这个视角，阐明文学风格深刻裂变背后的意义表征和理论范式转型变化。

二、文学风格：滥觞与形成

在西方文艺史，对文学风格的探讨，与美学的发展和美学范式的变革密切相关。在最初的古代美学中，由于当时理论家只是关注审美的客观标准问题，对创作者的个人风格并未重视和深入思考。古希腊罗马时代，盛行“摹仿”说，没有风格可言。德谟克利特提出了“文艺摹仿自然”的观点；柏拉图把艺术摹仿自然贬低为照镜子，即使看到了文艺创作中的灵感现象，也认为，诗人只是在迷狂中，在神灵的启示和感召下，才能创作出诗。亚里士多德直接把现实作为文艺摹仿的蓝本。在他的理论中，对被摹仿的现实而言，作家必须忠实于现实、反映生活，处于臣仆的地位。中世纪的托马斯·阿奎那更是把美和艺术的源泉归结为上帝，作家更是毫无主观能动性可言，成为神学的奴婢。文学风格问题的提出，与浪漫主义对主体性的张扬和表现主义文

① 周燕芬：《个性的张扬与现代文学风格的演变》，《陕西师范大学学报》（哲学社会科学版）2004年第6期。

② 阎嘉：《文学理论精粹读本》，［法］热拉尔·热奈特等著，中国人民大学出版社2006年版，第316页。

学观念的出现有关。在 18 世纪后半叶形成的浪漫主义文艺运动，受文艺复兴中的人文主义、启蒙运动中的理性哲学和德国古典美学的影响，在西方文论史上第一次“向内转”并“转向主体”，从传统摹仿说对外在世界的“再现”转向对作者内心世界的“表现”，强调在文学作品中表现作者的主观感情和自由想象，抒发作者自我的理想，凸现出强烈的个人感情色彩。

作为德国古典美学代表人物之一的康德，从文学艺术是美的形式出发，把作者放到审美的形式创造主体地位，从而将作者看作是审美创造中的关键因素。从传统的对外在理性的追求，转向具有审美艺术的“理性自我”，使得作品和作者都具有了美学价值和意义，而作者则成为作品意义的创造者和美的源泉，成为评判和读解作品的最终阐释标准和权威。作者是道德的评判者，审美的鉴赏家，全知全能的天才。他一反流行的摹仿说，认为美的艺术就是天才的艺术，而“天才是和摹仿的精神完全对立着的”。在康德的眼中，天才具有天赋的独创性，他创造出的作品是独特的，不同于任何别人的作品，天才是自由的，是发挥自己独具的才能进行自由的创造。康德这种对天才的强调，其实是对古典主义教条的否定，为浪漫主义作家极力发挥主观能动性，实现自由的、无拘束的文学创作提供了理论支撑。

黑格尔也指出“浪漫型艺术的真正内容是绝对的内心生活，相应的形式是精神的主体性，亦即主体对自己的独立自由的认识”。① 浪漫主义手法注重表现作者的主观感情和自由想象，抒发作者自我的理想，常常以第一人称的手法，凸显出强烈的个人感情色彩。华兹华斯认为：“一切好诗都是强烈感情的自然流露。”他在回答“诗人是什么”这个问题时，曾说过：“诗人是以一个人的身份向人们讲话。他是一

① ［德］黑格尔：《美学》（第二卷），朱光潜译，商务印书馆 1997 年版，第 276 页。

个人，比一般人具有更锐敏的感受性，具有更多的热忱和温情，他更了解人的本性，而且有着更开阔的灵魂；他喜欢自己的热情和意志，内在的活力使他比别人快乐得多；他高兴观察宇宙现象中的相似的热情和意志，并且习惯于在没有找到它们的地方自己去创造。除了这些特点以外，他还有一种气质，比别人更容易被不在眼前的事物所感动，仿佛它们都在他的面前似的；他有一种能力，能从自己心中唤起热情。”①在浪漫主义作家的作品中，作者不再是文学的载体或工具，而是成为了最终的表达目的，文学不再以摹仿作家之外的客观世界为旨归，而是把关注的焦点指向了作家内在的精神情感世界，批评家爱德蒙·威尔逊对此进行了恰如其分的总结：“任何一部虚构作品中的真实成分，当然就是作者个性中的那些成分：他的想象具体表现在人物、情景和景象的意象之中，他本性中的根本冲突以及他常常经历过的那些阶段的循环。作者笔下的人物是他形形色色的冲动和情绪的人格化：他作品中的人物之间的关系其实就是他各种冲动和情绪的关系。”②

在拉曼·塞尔登看来，浪漫主义作家将“独创性”观念传给了现代思想，近几十年来这种观念被默默接受，被当作所有艺术共有的一种不言自明的特性。但是，显而易见，没有一种话语是起源于自身的，一切话语与其说是个人的，毋宁说是社会的。浪漫主义作家重视天才的独一无二性和个性，而贬低所有艺术和文学的共性。实际上，这与资本主义现代性的发展密切相关，体现了资本主义社会文化发展进程中的某种锐气和变革的冲动。“在某种意义上，现代主义对永不

① 刘若端：《十九世纪英国诗人论诗》，人民文学出版社1984年版，第13页。

② ［美］艾布拉姆斯：《镜与灯——浪漫主义文论及批评传统》，郦稚牛等译，北京大学出版社2004年版，第281页。

止歇的变化和发展的需求中包含着对资本主义气质的信奉。”①现代主义作家以鲜明独特的个人化写作批判资本主义意识形态，在他们看来，传统现实主义的反映论无法揭示高度组织化、官僚化的资本主义统治幻象，需要极端激进的文学实验和个性技巧去戳穿资本主义意识形态的神话，需要高深复杂的深度模式去表征现实生存的迷惘困境，现代主义作家正是通过审美现代性传达出现代社会中人们的不安和焦虑体验。

由此，“现代”这个概念在19世纪成为美学、文艺学的范畴，逐渐蕴涵了“主体”、“自我确证”、“理性”和“自由”等内涵，呼唤人不再受制于神性权威，与启蒙运动谋求的以理性确证人的主体地位高度契合。“现代主义艺术家因此被驱使去创造伟大的作品、巨著以及他们独特的风格。天才、里程碑主义、与众不同的风格和洞察力因此成为现代主义美学的固有特征。人们可以很容易地辨识出莫奈或凡·高的绘画；卡夫卡或海明威的散文风格；勋伯格或斯特拉文斯基的音乐；皮兰德娄或布莱希特的戏剧；国际风格的建筑。现代主义艺术作品也表达了艺术家个人的洞察力，他们个人的独一无二的对世界的看法；现代主义杰作试图去创造一种新的艺术模式以及观察和思考世界的新的方法。”②

三、现代主义向后现代主义的嬗变及其对文学风格的影响

从上面分析不难发现，文学风格这个命题的提出与凸显，与哲学上人的主体性地位的确立密不可分，与天才、灵感、自由创造、现代主义深度模式等也有着内在的逻辑关联。20世纪西方文艺理论和美

① ［美］贝斯特、［美］科尔纳：《后现代转向》，陈刚等译，南京大学出版社2002年版，第162页。

② ［美］贝斯特、［美］科尔纳：《后现代转向》，陈刚等译，南京大学出版社2002年版，第163页。

学发展演变的一个重要转型就是从现代主义范式到后现代主义范式的转变。这种转变，既反映了资本主义历史发展进程在文艺思潮领域的深刻折射，也体现了文学风格在当代资本主义文艺实践中遭遇的危机和困境。

在贝斯特和科尔纳看来，从现代主义向后现代主义的嬗变，主要体现在，现代派对有纪念价值，伟大的或原创性作品的关注让位于后现代的反讽的主题，现代主义的“严肃”让位于后现代的“游戏”。后现代感觉促成了“作者的死亡”和伟大作品的终结。如果说“现代主义写作追求革新、独特性和具有纪念意义，诸如卡夫卡、海明威、乔伊斯、艾略特、庞德等现代主义作家发现了表现他们非凡的想象力的独特的风格”，那么，作为对现代主义美学的批判和超越，“对许多后现代主义者而言，激进的现代主义美学走完了它的行程，耗尽了它的可能性。艺术作品作为一种只能被专家理解的符号的观念被拒绝了，而欢迎更好理解的、平民主义的写作风格。作者作为一种表现整体性意识的概念被拆除了，取而代之的是使写作主题局限于一个密集的、社会建构的、文本际的不着边界的模糊领域内。”①后现代主义美学对现代主义美学的概念命题作了清理和批判，解构了现代主义的写作秩序和美学原则，强调文学文本意义的不确定性和阐释的无限延宕。

现代主义写作追求艺术天才和个性风格，在审美领域坚定不移地坚守作者主体的自律，后现代主义更多的则是突出主体的去中心化和自我的零散化，导致创造性个性风格的丧失。罗兰·巴特认为，在文学方面，作为资本主义意识形态的概括与结果的实证主义赋予作者“本人”以最大的关注，是合乎逻辑的。作者至今在文学史教材中、在作家的传记中、在各种文学杂志的采访录中，以及在有意以写私人

① ［美］贝斯特、［美］科尔纳：《后现代转向》，陈刚等译，南京大学出版社2002年版，第167页。

日记而把其个人与其作品连在一起的文学家们的意识本身之中，到处可见；人们在日常文化中所能找到的文学的意象，都专横地集中在作者方面，即集中在他的个人、他的历史、他的爱好和他的激情方面；在多数情况下，文学批评在于说明，波德莱尔的作品是波德莱尔这个人的失败记录，凡·高的作品是他的疯狂的记录，柴可夫斯基的作品是其堕落的记录：好作品的解释总是从生产作品的人一侧寻找，就好像透过虚构故事的或明或暗的讽喻最终总是唯一的同一个人即作者的声音在提供其“秘闻”。在罗兰巴特看来，当代作家以极端破碎的方式力求打破作家与其人物的关系，不把自己的生活放入小说之中，而是彻底加以颠倒。文学语言的陈述过程是一种空的过程，文本是由各种引证组成的编织物，是多种写作相互渗透、相互戏仿、相互挪用而形成，作家俨然一个抄写员，所以不需要考察关注作者的社会功能，而应以读者替代作者。

当个体、自我和主体消失时，人们面对的是一个缺乏深度意义的时代，天才、创造性和个性风格便是奢谈。杰姆逊在探讨文化艺术从现代主义向后现代主义转变时，概括出了四个基本特征：从深度时间模式转向平面空间模式；从中心化的自我焦虑转向非中心化的主体零散化；从个性风格的追求向仿像的机械复制转变；从自律的审美观念向消费逻辑转变。他论证了现代主义对天才个性和风格追求的内在必然性，“现代主义中有一个很核心的主题，那就是表达，这与语言及情感的性质有关”。① 在他看来，现代主义艺术家之所以面临着表达的危机，主要是面对着不断平均化和大众化的文化，面对着语言的贬值和污染，如象征派诗人和现代小说家之所以去追求那种艰深晦涩的语言就是为了实现对日常标准化语言的背离和疏远，力图恢复语言的

---

① ［美］杰姆逊：《后现代主义和文化理论》，唐小兵译，陕西师范大学出版社1987年版，第15页。

纯粹性和有机活力。现代主义的艺术家之所以面临着表达的危机，还在于他们对不可表达的东西的追求。也就是对普遍性和绝对性的追求。而这恰恰是后现代主义所反对的。后现代主义艺术家沃霍尔直言不讳地宣称"我们不需要天才，也不想成为天才，我们不需要现代主义者所追求的个人风格，我们不承认什么乌托邦性质，我们追求的是大众化，而不是高雅。"①如果说现代主义艺术家是在表达的危机中寻找个性风格的话，那么，后现代主义的艺术家则是在复制中寻找满足。杰姆逊发现，在后现代主义艺术中，个性风格消失了，"后现代主义最基本的主题就是复制"。②

后现代主义消除了作者的权威和主体功能，也祛除了意义表达的深度模式，过分强调语言的能指滑动，甚至模糊了艺术与非艺术的界限。德里达指出："所指概念决不会自我出场，决不会在一个充分的自我指涉的在场中出场，从本质和规律上来说，每个概念都刻写在链条和系统内。其中，概念通过系统的差异嬉戏，指涉他者，指涉其他概念。这样一种嬉戏，延异，因此就不再简单是一种概念，而是概念化的可能性，是一般的概念过程和系统的可能性。"③在他的解构哲学中，对文本的理解永远无法把握确定的意义，因为"在场者变成符号的符号，踪迹的踪迹，它不再是每一次指涉归根结底所指涉之物。它变成一个普遍化的指涉结构中的功能，它是一个踪迹，是抹擦踪迹的踪迹"。④ 既然文本意义都无从追寻确定，就更无法追寻作者的主体理性和统一风格。

适应西方社会文化、艺术走向商品化、大众化的趋势，后现代主

① ［美］杰姆逊：《后现代主义和文化理论》，唐小兵译，陕西师范大学出版社1987年版，第150页。

② ［美］杰姆逊：《后现代主义和文化理论》，唐小兵译，陕西师范大学出版社1987年版，第198页。

③ 汪民安等：《后现代性的哲学话语》，浙江人民出版社2000年版，第75页。

④ 汪民安等：《后现代性的哲学话语》，浙江人民出版社2000年版，第88页。

义美学取消了审美与非审美、艺术与非艺术的界限，这样一来，也消解了现代主义美学中审美自律性所建构的文学风格和统一秩序。按照杰姆逊的说法，由于后现代文化中艺术家已处于一种“耗尽”(burn-out)状态，自我已经丧失，于是，后现代艺术中出现一种“Pastiche”现象，即一种无主体的混杂文化。后现代主义正是通过消除现代主义那种有风格的深度美学，以达到一种无风格的平面美学。“后现代主义是混杂的。它了解缺点与不足，知道通货膨胀和贬值，于是它引用、提炼、寻找和重复利用过去的东西。它的方法是综合的，而不是分析的。后现代主义即风格自由(style-free)和自由风格(free-style)。它风趣而充满怀疑，但不否定任何事物。它由于不排斥模糊性、矛盾性、复杂性和不一致性而丰富多彩。它模仿生活，承认笨拙和粗糙这一事实，并采取一种业余爱好者的态度。”①文学风格的形成和建立，离不开作家的生活经验和文学经验，中外文学史上众多知名作家之所以形成独特的个人风格，就在于他们与众不同的生活体验和深刻感悟。这种生活体验和深刻感悟的获得需要作家作为审美主体超越日常生活的表象和感性而提炼上升到哲学层次的沉思。

四、文学风格消解的利弊与反思

后现代主义作品通过戏仿式互文性(审美上和历史上的)真正地戳穿了人文主义的一切主体性和原创性观念，也无情地消解和摧毁了作家在创作实践中可能形成的文学风格。后现代主义这种对作者主体性和风格的解构，一方面消弭了由于作者权威崇拜带来的文本阅读和评价中的等级偏见，但是，另一方面，也造成文学创作的雷同化、空心化、浅表化和戏谑化。

---

① [美]金·莱文：《后现代的转型——西方当代艺术批评》，常宁生等译，江苏教育出版社 2006 年版，第 9 页。

文学风格与作家对“有序的世界”的叙述表达和意义追求密切相关，也离不开社会历史背景的介入和融汇。互文性理论解构了文本中作者的独创性，使得叙事技巧、思想意识和形式创造都不复重要。罗兰·巴特提出：“文本是文学作品的现象表层，是进入作品并经安排后确立了某种稳定的且尽量单一意义的词语的编织网。”①在这种观念的主张下，文本不是作家匠心独运的创造，而是与众多文本互相指涉、互相参照、互相吸收、互相挪用的结果。“作为任意文本之条件的互文性，当然并不浓缩为某种源泉或影响问题；互文文本是无名格式和无意识引语或自动引语的总场域，无名格式的源起很少能搞清，而引语被引用时也不加引号。在认识论方面，互文文本概念给文本理论带来了社会性容积：此即进入文本的先前的和同时代的整个言语，该言语不是按照可核查的承启途径和自觉模仿途径，而是按照扩散途径进入文本的，扩散这一形象保障了文本的生产力身份，而非再生产形态。”②

克里斯蒂娃更是明确指出，文本概念的提出，使得“成义过程成了无限的差异过程，后者的组合无边无涯，永无止境，‘文学’/文本避免了主体与所传达言说的同一，并以同一运动打碎反映某外在事物之‘结构’的镜子的布局”。③ 福柯也认为，“作者”概念的出现构成了人类思想、知识、文学、哲学和科学史上个人化的特殊阶段。当代写作已经使自身从表达的范围中解放了出来。“写作只指涉自身，但也决不局限于其内在的疆域，并与它自身无限敞开的外在性是一致的。这就意味着符号的相互作用与其说是按其所指的旨意还不如说是按其

① ［法］罗兰·巴特：《文本理论》，史忠义译，史忠义等主编《风格研究 文本理论》，河南大学出版社 2009 年版，第 297 页。

② ［法］罗兰·巴特：《文本理论》，史忠义译，史忠义等主编《风格研究 文本理论》，河南大学出版社 2009 年版，第 302 页。

③ ［法］朱丽娅·克里斯特瓦：《文本与文本科学》，史忠义译，史忠义等主编《风格研究 文本理论》，河南大学出版社 2009 年版，第 312 页。

能指的特质建构而成。写作就像一场游戏一样，不断超越自己的规则又违反它的界限并展示自身。在书写中，关键不是表现和抬高书写的行为，也不是使一个主体固定在语言之中，而是创造一个可供书写主体永远消失的空间。”①在福柯看来，作者只是一种意识形态的产物，是人们用以标明我们惧怕意义膨胀形式的意识形态形象。因此，一本书永远没有明确的边界：它的边界不限于从标题、开始几行到最后一个句号这一范围之内，也不限于其内部的结构和自主的形式，它陷入了其他书、其他文本、其他句子的一个指涉体系之中：它是一个网络里的中心节点。

后现代主义这种对作者主体性和风格的解构，一方面消弭了由于作者权威崇拜带来的文本阅读和评价中的等级偏见，拉尔夫·科恩就指出，后现代的批评家们力图在没有任何风格理论的情况下去从事批评。像“文本”和“圣书”这样的词语，就有回避了风格的分类。“而这样做的原因，是要努力废除由风格带来的等级区分，为了回避设想的风格的固定性以及社会和文学权威所实施的各种限制，拒绝分类中社会的和主观的因素。”②戴维·哈维也认为：现代主义艺术始终都是本雅明所称的那种“有韵味的艺术”。在这种意义上，艺术家必须设想出一种创造性的韵味，一种奉献给为艺术而艺术的韵味，以便生产一件文化物品，它将是原创的、独特的，由此以一种垄断的价格而在市场上很有销路。“从文化生产者们的角度看，其结果经常是极为个人主义的、贵族式的、倨傲的（特别是对通俗文化来说），甚至是傲慢的，但它也表明了我们的现实可以通过美学上的构成活动来建构与再

① 王岳川、尚水：《后现代主义文化与美学》，北京大学出版社 1992 年版，第 288 页。

② ［法］拉尔夫·科恩：《后现代风格存在吗?》，《文学理论精粹读本》，［法］热拉尔·热奈特等著，阎嘉编，中国人民大学出版社 2006 年版，第 305 页。

建构。”①但是另一方面，也消解了文本中由于作者主体性和风格特性而拥有的深度蕴藉和韵味诗意，读者也无从感受和领悟作家的原创与独特风格了。“互文性用读者—文本的关系取代了饱受质疑的作者—文本的关系，把文本意义的位置放在话语自身的历史里。实际上再也不能认为文学作品具有原创了；假如有的话，对读者来说可能毫无意义。文学作品只是以前话语的组成部分，一切话语都是从这种话语获得意义。”②互文性理论强调了文本意义与其他文化符码、社会背景和表意实践的复杂关联，超越了新批评和结构主义。但是，也使文学创作和意义表达向着相对化、虚无主义和不可知论发展，文本创作及其意义永远处在一个多维流动、无休止的互文网络之中。作者风格、精心构思和艺术独创性等都无从追溯和确定。

在西方的文学传统中，尤其是自启蒙运动以来，作家被看做是一个理性的主体，一个拥有独特才华与气质禀赋的创造者。后现代主义认为，作者只是世界中的一个存在，一位历史代言人，处在一个开拓世界的充满了危险的过程之中，被复杂而多变的话语功能所代替。“后现代作者已经意识到作为享有特权的主体的作者或目击者(无论是创造者或是预言家)同占统治地位的文化的优越的经济之间的复杂性，于是他们对作者的权威性提出了质疑。”③后现代主义通过宣布“作者之死”来释放读者的自由创造，但是又无限夸大读者的自由和阅读功能，也放逐了作家应有的责任担当和深度表达。“艺术家则从历史的负担中解放了出来，为任何他们所希望的目的——甚至没有目

---

① ［德］哈贝马斯等著：《文化现代性精粹读本》，周宪编，中国人民大学出版社2006年版，第214页。

② ［加］琳达·哈琴：《后现代主义诗学：历史·理论·小说》，李杨等译，南京大学出版社2009年版，第169页。

③ 王岳川、尚水：《后现代主义文化与美学》，北京大学出版社1992年版，第250页。

的，按自己所愿意的任何方式自由地制造艺术。这是当代艺术的标志。毫不奇怪，较之现代主义，不存在当代风格这样的东西。”①

现代主义孕育了独特的、与众不同的美学风格，而在后现代主义中，机械复制发挥着重要作用，只有“自由漂浮的、非个人”的情感，“个人的风格越来越难以存在”，文艺作品呈现出混乱、不稳定和分裂、冲突的特点，原本独一无二的文本变成了“重复、替代、转换和改变”的语言游戏。在当前全球化时代，文学风格的缺失，势必造成民族文化和审美特色的淡薄，造成作家个人创作的趋同化和艺术潜质的钝化。中国现实审美经验蕴涵中国风格，中国经验需要中国话语来表达。我国当前的文学创作中，每年出版的作品数量可谓卷帙浩繁，但是具有鲜明个性和独特风格的作品越来越少。造成作家作品文学风格的淡薄和缺失的原因，有学者已经从文学经验的同质化、文化修养的贫弱、文体意识的匮乏和商业化、娱乐化的诱惑等因素展开思考。② 本节从西方文艺理论和美学范式——从现代到后现代转型的宏阔角度展开研究，更有力地揭橥了文学风格式微和削弱的深层学理原因，也引发我们对西方后现代主义美学与文艺理论的反思与诘问，引导鼓励当代作家更好地创造具有中国风格和中国气派的作品，从而更好地建构我们自己的文学经典。

当然，现代主义跟文学经典形成的关系很复杂。就中国现实而言，有学者指出：“有相当多的具有经典化意义的中国现代文学作品尽管含有明显的现代主义因素，而且这些现代主义因素也成为经典性作品的价值构成，但人们确认其经典性价值的基本依据却常常主要不是它的现代主义特色，而是其在现实主义意义上的社会批判、文化批

① ［德］哈贝马斯等著：《文化现代性精粹读本》，周宪编，中国人民大学出版社2006年版，第313页。

② 李冰：《文学创作风格都去哪儿了》，《人民日报》2014年7月18日。

判功绩。”①在本书看来，现代主义不仅仅只是等同于先锋派等实验性的创作风格，现代主义更多的应该体现在以现代审美观念和价值观念来表现传达现代生活体验和现代人的情感经验和心理结构。因此，可以这么认为：中国现代主义文学没有产生自己的具有深刻的经典性的作品，也就是说，没有产生像西方的波德莱尔《恶之花》和卡夫卡的《变形记》等文学史上经典之作，并非中国现代主义文学发展过程中没有明显的经典化倾向或取向所致，而是中国现代主义文学发达的时机尚未成熟，造成这种尚未成熟的原因很复杂，既有作家对文学、审美与社会、政治的简单化理解，也有中国语境对西方现代主义的变形与规约；同时，现代主义作家的生活积累、对人生和命运的沉思感悟以及艺术技巧等各方面还有待加强。

陈晓明曾指出，在20世纪80年代的中国文学界，几乎每个有创新欲望的作家身后都站着西方大师，马原背后是海明威、博尔赫斯，莫言身后是川端康成、卡夫卡、福克纳、马尔克斯，等等。“在与西方现代主义的对话中，中国小说进入到现代层面，小说艺术提升到一个高度。在叙述方法、小说结构、语言、人物性格和心理的处理等方面，都远远超出中国既有的现实主义的规范。”②由此，我们可以清醒地看到，现代主义对于提高中国现当代文学作品的经典性具有明显的促进作用，使得中国现当代小说突破了传统小说美学特质，进而以观念的革新和艺术手法的变革获得强劲丰富的美学张力和审美内涵。

---

① 朱寿桐：《论我国新文学中的现代主义》，《文学评论》1996年第2期。

② 陈晓明：《小说何以要“现代”》，《人民日报》2014年9月5日。

第四章　当代文化与文论视域中的文学经典

面对形形色色的西方当代文论，曾经被认为是承载了人类普遍性的审美价值和道德价值的文学经典遭遇很大挑战。文学经典的权威性、独创性、恒定性等遭遇诸多质疑。当然，这些形形色色的西方文论也给文学研究和文学经典带来新的视域和参考。本章主要讨论互文性理论、文学误读理论和文化研究对文学经典和经典研究产生的影响。在本章，我们首先要简释两个重要概念："作者"与"文本"。这两个文学理论术语直接与本章的讨论内容相关，因为关于作者的观念与理论，和文学经典密切相关。"在最终的分析中，我们对作者和作者观念的认同，还要通过文学虚构自身的形式。我们可以揣摩、幻想并告诉我们自己关于作者的故事，但是作者只是一个虚幻的影子。坚持作者是一种仍然需要的幽灵观念，我们就能认为伟大的文学文本的确是那些作者的幽灵出没的作品。最有震撼力的文学作品，是那种既被认为是独一无二的，没有其他人能写出的作品，但是在不只一种意义上，它们的权威就是这幽灵性。"①关于文本的观念和理论，同样与文学经典密切相关。20 世纪西方的语言学转向、结构主义理论以及后结构主义理论共同促使了"文本"概念走出传统含义，具备了全新

---

① [英]安德鲁·本尼特、尼古拉·罗伊尔著，汪正龙、李永新译：《关键词：文学、批评与理论导论》，广西师范大学出版社 2007 年版，第 25 页。

的现代涵义。20世纪西方文论中的“文本”概念强调了语言自身的自主性，强调意义取决于语境，意义来源于延宕和游戏。这实际上削弱了作者在文学经典中的地位和作用，也阻隔了经典作品与外在社会现实的紧密联系。

作者(author)，源于中世纪术语(auctor)，主要指一个作家的话语受到尊重和敬仰。从词源学上来追溯，“作者”一词起源于四个词汇：拉丁语中动词agere，即“行动或呈现”的意思；auieo，“捆系”的意思；augere，“生长”的意思；以及希腊语中的名词autentim，“权威”的意思。在中世纪，修辞学、雄辩术、语法三学科中每一学科都有“作者”，在其他重要学科中也是如此。“作者”为这些不同的学科建立了基本的原则和规范，并且在最普遍的意义上树立了中世纪文化的道德和政治权威。① 自15世纪到20世纪前50年，“作者”一词享有的社会地位逐渐提高。在这段时间内，作者的作品也潜在进行一系列相关的变化——从一种与其他文化活动的相互的日常联系变成“天才”的领域，它完全超越了普通的文化工作。天才构筑了一个与政治经济领域完全背离的文化领域，他们称之为“纯艺术王国”。在这个领域内，天才似乎又恢复中世纪作者(auctores)的文化权威，且逐渐提升为整个文化的价值规范和源泉。随着文化从政治经济领域的根本分离，作者与作品的分离也不可避免地产生了。文学批评家是这一现象最早的见证人，并声称他们比作者更有权力了解和解释作品。英美新批评家、罗兰·巴特、米歇尔·福柯等都从不同角度解构了作者在文化领域和文学作品中的权威地位。

相对于作品(work)，文本(text)是20世纪文学理论新兴的概念。根据有关学者研究，“文本”概念的提出，是为了消解语言的逻辑性、

① 王治河主编：《后现代主义辞典》，中央编译出版社2004年版，第754-755页。

工具性或叙事性，恢复语言本身的物质性和主体地位，其最终目的是使语言本身解放出来。为达到这一目的，需要做到两点：一是要摒弃语言的陈腐意象，二是要消解说话主体对语言的控制，让说话者和语言成为不同的东西，从而恢复语言自身的自由。① 法国著名学者罗兰·巴特的《从作品到文本》深刻阐释了这一转变。他认为“文本”与“作品”主要有六个方面的不同。第一，“作品”是有主人的，是作者的，有归属，而“文本”则没有主人或作者，存在于具体鲜活的语言情境中。第二，“文本”不等于质量最好的文学作品，也不等于风格上最时髦的作品，“文本”概念是对很多文学分类方式的颠覆。第三，从符号学的角度看，“作品”总是与符号学所说的“所指”紧密联系，而“文本”却只属于符号的“能指”领域。“所指”具有两种类型的意义，一种是显义，另一种是隐义。前者因此成为语言科学研究的对象，后者成为解释的对象。而“文本”所在的“能指”领域具有一种不确定性和无限性，往往在表演、游戏、换位、重叠、变革等活动中展示自身。第四，作者总是被视为作品的父亲和拥有者，而“文本”永远是复数的，这不仅意味着它具有好几个意义，而且意味着它完成了意义的多元化。这种多元性不是来自解释，而是靠“爆炸”和“散播”。第五，作品主要是一种消费品，人们多是凭借作品的质量，而不是凭借真正的阅读活动来对各种书籍作出区别。而“文本”更多的是凭借它的“不可阅读性”，使人们不能对它“消费”，人们要获得“文本”，就要把它重新恢复为一种演奏、一种任务、一种生产、一种实践。第六，作品虽然能引起读者的阅读快乐，但是这种快乐是一种消费者的快乐，只能阅读，不能重写，而“文本”带来的快乐是一种生产与消费、阅读与写作未曾分离的快乐。罗兰·巴特所揭示的这种文本观念使我们认识到，批评的任务不是发现作者赋予作品的意义或作者的原

① 王治河主编：《后现代主义辞典》，中央编译出版社 2004 年版，第 612 页。

义，而是支撑意义的一种结构；不是追溯作者的意图，而是去重新构造那支配意义生产的法则；不是指出作品的全部的或最终的意义，而是指出意义是怎样生成的，为此付出了什么代价，使用了什么手段等。①

第一节　互文性理论观照下的文学经典

文学经典是当前学术界的一个理论关注热点，在研究文学经典的最新路径中，除了文化研究、女性主义和后殖民主义的视角外，在20世纪后半叶出现的互文性理论也为审视经典提供了一种全新的视野。从互文性理论视角观照文学经典，可以有多种层次和多重路径。如文学经典文本之间的互文性；文学经典文本与非经典文本之间的互文性；文学经典文本与其他文本（如历史文本）之间的互文性；文学经典文本与改编的衍生文本（如影视文本）之间的互文性；文学经典文本与戏仿文本之间的互文性。这几种理论路径之间既有联系又有区别。在某种意义上讲，所有的文学文本都是一种互文性关系，互文性可以自觉地发生，也可以不自觉地发生。但是，又不能将互文性无限泛化扩大，这样就模糊了这一理论视角可能带来的独特洞见和特殊价值。本书这里主要探讨作为新批评、结构主义之后的探究文本开放性的后结构主义理论——互文性。互文性强调文本与文本之间的互相编织、渗透、吸收与挪用。

"互文性（intertextuality）"，也译为"文本间性"，是20世纪后期西方文论从结构主义向后结构主义过渡时出现的重要理论概念。这个

① 此处参考了王治河主编的《后现代主义辞典》中第612-614页有关内容，特在此说明。

概念首先由法国著名学者朱莉娅·克里斯蒂娃于20世纪60年代提出，后经过罗兰·巴特、热拉尔·热奈特、雅克·德里达、麦克·里法特尔、希利斯·米勒、哈罗德·布鲁姆等诸多学者的修正、阐释和延伸，与结构主义、后结构主义、女性主义、新历史主义、西方马克思主义等众多理论流派相互激荡吸收，已经演变为一个包含多重意旨的理论概念，成为当代西方文学和文化研究中影响最为深远的理论之一。

互文性理论的产生首先与20世纪形式主义文论对文本客观自足性的关注密不可分。20世纪西方文论中出现的语言学转向使文学理论实现了从关注作者到聚焦文本的范式转型，形式主义文论突出强调了文本的客观自足性，使文本不再是昔日传记批评中作者意图支配的产物，也不是社会历史批评中外部客观世界的表征，而是成为了语言符号内部的自我指涉。这种文本观念的变革为互文性提供了一个重要基础。互文性理论认为，文本不再是作者个人的恣意想象或对外部世界的如实再现，也不是浪漫主义美学宣称的那个独创性的天才式作者的杰作，而是语言符号的编织物。因此，互文性又是对新批评、结构主义那种封闭自足的文本观念的显著的反拨与批评。

索绪尔结构主义语言学和巴赫金对话诗学为克里斯蒂娃的互文性理论提供了重要的启示意义和思想资源。索绪尔倡导建立一种共时语言学，把语言符号作了能指和所指的区分，并且认为二者之间的联系具有任意性。语言符号在系统中的价值取决于它与其他符号的差异关系。这种关系思维成为互文性理论的重要源泉和核心要义。克里斯蒂娃就说过："符号学已成为一种思想方式，一种方法。它今日渗入一切社会科学，渗入与意指方式有关的一切科学话语或理论(人类学、精神分析、认识论、历史、文学批评、美学)中，并位于科学和意识形态在其中相互斗争的场所内。”①这样一来，由语言符号所编织成的文本也是由一个文本与其他文本之间的关系决定的，任何文本都没有独立存在的可能，都是对其他文本的转换、组合、借用、变形和映射。

巴赫金在研究陀思妥耶夫斯基小说创作时，借鉴索绪尔语言学的共时性分析方法，并将其与社会学研究方法结合起来，发现在陀氏的小说中，每个人物的性格、思想的作用和意义相当于语言中的一个个话语，是相对独立的。他认为陀思妥耶夫斯基的小说是由许许多多这样的话语之间的对话所构成的，进而明确提出，“文本的每一个词语（每一个符号）都引导人走出文本的范围。任何的理解都要把该文本与其他文本联系起来”，“文本只在与其他文本（语境）的相互关联中才有生命”。② 克里斯蒂娃在吸收索绪尔和巴赫金的理论思想的基础上，从符号研究出发，认为：“任何一篇文本的写成都如同一幅语录彩图的拼成，任何一篇文本都吸收和转化了别的文本。”③她还将文本分析从单一文本的封闭体系中解脱出来，转变为符号、意义、心态、文学风格和社会文化间相互交流的场域，认为在不同的文本和文化产品之间，始终都存在多种多样的对话，而这种对话会导致文化本身的不断更新和再生产。克里斯蒂娃的互文性概念，不仅指那种可以求证的某一具体文本与其他文本的关系，例如，典故、引文、自传、史料等，还包括这一文本与赋予其意义的各种知识、代码和表意实践的整体关系。

后起的解构主义思想家，从各自的解构主义哲学和思维方式出发

① 转引自罗婷：《克里斯蒂娃诗学研究》，中国社会科学出版社 2004 年版，第 31 页。

② 巴赫金著，白春仁等译：《文本对话与人文》，河北教育出版社 1998 年版，第 379-380 页。

③ 转引自［法］蒂菲纳·萨莫瓦约著，邵炜译：《互文性研究》，天津人民出版社 2003 年版，第 4 页。

进一步发展深化了互文性理论。罗兰·巴特认为，文本是一种织，任何文本都是互文本；在一个文本之中，不同程度地并以各种多少能辨认的形式存在着其他文本。如先前文化的文本和周围文化的文本。德里达指出，由于一篇作品里的符号与未在作品里出现的其他符号相关联，所以，任何文本都与别的文本互相交织，没有任何文本是真正独创的，构成文本的每个语符都与文本之外的其他符号相关联，在形成差异中显示出自己的价值，因此，所有的文本都必然是互文。米勒也认为，一个文学文本自身并不是一个“有机统一体”，而是与其他文本的关系，而其他文本反过来又与另外文本关系——文学研究就是对文本互涉性的研究。因此，有学者认为：“互文本理论是一种后现代文本观，它不同于结构主义文本观，却与解构的文本理论有着密切联系，甚至可以认为是解构理论的别名或进一步发展。”①

正如本书前面所述，目前学术界关于经典的定义众说纷纭，莫衷一是，但是经典的主要品质和共同特征可以简要概述如下：第一，时代性与超越性的统一；第二，民族性与世界性的统一；第三，独创性与典范性的统一。

今天，当我们用互文性理论来观照文学经典时，会发现很多深刻的洞见与启示。“互文性”理论对俄国形式主义、英美新批评和结构主义独立自足的封闭文本系统进行颠覆，打破文本固有的边界，不同话语和类型的文本之间任意指涉，相互参照，形成一个庞大的文学符号的辐射体系。互文性理论注重把经典置于一个广阔的文化坐标体系中予以观照：从横向上看，它将一个经典文本与其他文化文本、潜文本进行对比研究，让经典文本在与其他非经典文本的对话和移位中显露出它的平民特性；从纵向上看，它打破传统文学研究中对前文本的

① 董希文：《互文本：一种挑战传统的文本观念》，《山西师大学报》(社会科学版)2006年第1期。

影响、渊源和承继等探讨，从而获得对文学史和文化传统的系统认识。用“互文性”来描述经典文本之间的互涉问题，不仅显示出了经典文本内部多元文化、多元话语相互交织的事实，而且也呈示出了经典的深广性及其丰富而又复杂的文化内蕴和社会历史内涵。

罗兰·巴特在《作者的死亡》中指出：“一个文本不是由从神学角度上讲可以抽出单一意思（它是作者与上帝之间的‘讯息’）的一行字组成的，而是由一个多维空间组成的，在这个空间中，多种写作相互结合，相互争执，但没有一种是原始写作：文本是由各种引证组成的编织物，它们来自文化的成千上万个源点。”①这实际上告诉我们，作者创造了文本只是一个假象，特定文本总是由多个写作构成，并不存在一个单一的起源。文本没有中心，甚至没有作者，作者只是文本符号网络上的一个结点，不再设计、决定、控制着作品的意义。

互文性理论认为，任何文本的内容和结构都必须在文本间加以考察，所有的文本或明或隐地都引用了其他文本，都是以其他文本为基础不断建构和生成的。这种视角就祛除了经典的神秘面纱，打破了经典独创性的神话，使我们看到了文学经典文本与社会历史文本的互动和建构，对非经典文学文本也存在着吸收借鉴和改写挪用现象，也使我们正确看待非经典文本对经典形成的影响作用。例如民间文化和口传文学为经典文本提供了重要的素材和原型，莎士比亚的很多经典剧作就多取材于历史记载、小说、民间传说和老戏等已有的材料。“‘互文性’有双重焦点：一方面，它唤起人们注意先前文本的重要性，它认为文本自主性是一个误导的概念，一部作品之所以有意义仅仅是因为某些东西先前就已经被写到了。然而就互文性强调可理解性、强调意义而言，它导致我们把先前的文本考虑为对一种代码的贡献，这种代码使意指作用（signification）有各种不同的效果。这样互文

① 怀宇译：《罗兰·巴特随笔选》，百花文艺出版社 1995 年版，第 305 页。

性与其说是指一部作品与特定前文本的关系，不如说是指一部作品在一种文化的话语空间之中的参与，一个文本与各种语言或一种文化的表意实践之间的关系，以及这个文本与为它表达出那种文化的种种可能性的那些文本之间的关系。因此，这样的文本研究并非如同传统看法所认为的那样，是对来源和影响的研究，它的网撒得更大，它包括了无名话语的实践，无法追溯来源的代码，这些代码使得后来文本的表意实践成为可能。"①以《西厢记》和《莺莺传》这两个互文本为例，互文性解读策略不是去考究王实甫的元杂剧怎样受到唐朝元稹的传奇《莺莺传》的影响，而是指出两者作为互文本，后者作为前文本为前者的解读提供了参照，前者的出现也丰富和加深了读者对于《莺莺传》的理解。读者在对《西厢记》进行互文性解读时，可以激活古今中外所有与《西厢记》有关的文本，而无须顾及它们之间有无事实上的影响联系。同样，《三国志》与《三国演义》，《红楼梦》的各种版本，《水浒传》《西游记》及其各种话本之间也是如此。

艾略特曾指出："假说我们研究一个诗人，撇开对他的偏见，我们却常常会看出：他的作品中，不仅最好的部分，就是最个人的部分也是前辈诗人最足以使它们永垂不朽的地方。我并非指年轻易感的时期，乃指完全成熟的时期。"②就个人与传统关系而言，艾略特认为，传统是一个同时共存的秩序。在这秩序中，先前的经典文本一律为今人共享。每一件新作品的诞生，无疑都受到以前全部经典的影响。也就是说，任何艺术作品都会融入过去与现在的系统，必然对过去和现在的互文本发生作用。在此前提下，它的意义也需依据它与整个现存秩序的关系加以评价。因此，不存在独创性的文本，而只有文本之间

---

① ［美］乔纳森·卡勒：《符号的追寻》，康奈尔大学出版社 1981 年版，第 103-104 页。

② ［美］T. S. 艾略特：《传统与个人才能》，《新批评文集》，赵毅衡编选，百花文艺出版社 2001 年版，第 28 页。

的关系，也就是说只有互文本。一个经典的文本，看似作者建立的，其实它是文学史上无数历史流传物的回响和重复。约翰·弗洛说过："互文性的概念要求我们不要把这个概念理解为一个自治结构，而理解为拆分的和历史的结构。不是由内在时间而是由各异的瞬时性构成的文本……因此，文本不是当下的结构而是他性的踪迹和追寻……它们是由其他文本结构的重复和改造而构成的……这些缺失的文本结构既限制着文本，又在文本之内，通过文本再现出来……互文结构的再现形式是从清晰到含混……互文指涉的过程是由它参与其中的话语构型的规则来控制的……对一个互文本的认同是一种阐释行为。"①互文性揭开了文本的多元开放性和复杂交错性，打破了传统的简约化的文学创作论、作品本质论和浪漫主义标榜的"天才"说。作者不能赋予文本全部意义，他只是对前文本或潜文本进行阅读与创作，文本意义处在无休止变化的踪迹之中，读者是文本的写作者，参与了文本意义的生产和建构。"一个文本是由多种写作构成的，这些写作源自多种文化并相互对话、相互滑稽模仿和相互争执。但是，这种多重性却汇聚在一处，这一处不是至今人们所说的作者，而是读者：读者是构成写作的所有引证部分得以驻足的空间，无一例外。一个文本的整体性不存在于它的起因之中，而存在于其目的性之中，但这种目的性却又不再是个人的：读者是无历史、无生平、无心理的一个人，他仅仅是在同一范围之内把构成作品的所有痕迹汇聚在一起的某个人。"②传统意义上的作者依靠独一无二的天才和想象能力创造了文学经典的这一观念受到严重冲击并面临消解。

传统的文学史写作，认为一部文学史就是一部经典作品辉映更迭的历史，把文学史理解为由一系列独创性经典文本组成的原子链，在

---

① ［美］于连·沃尔夫莱著，陈永国译：《批评关键词：文学与文化理论》，北京大学出版社 2015 年版，第 154-155 页。

② 怀宇译：《罗兰·巴特随笔选》，百花文艺出版社 1995 年版，第 307 页。

文学史的叙述中给予经典更多的优先特权，而忽视了处于“边缘”地位的作品，或者以经典作品的体裁样式来标记文学史，这些都割裂了研究对象自身的整体性存在方式。毕竟还有一些经典文本，并不是凭借文学的最主要功能——审美特征而获得经典地位，而是依靠对当时历史文本的阐释和政治路线的注解而得到主流意识形态的认可。时过境迁，这些经典引发人们持续的争议。互文性理论把时间和空间杂糅重组，使时空平面化，从而有效地清理了作为一种“话语建构”的文学史叙述中“经典”与“边缘”的生成方式和不平等地位，由此找到一种唤醒历史中被尘封和被排斥的沉默的“他者”文本，从而超越单个的经典研究，寻求文本中所体现的社会文化各层面和历史各领域的张力关系，发现那些“被压抑”“非主流”和“潜在写作”等作品的文本存在状态，实现多元共生，以丰富人们对文学总体和历史规律的认识。尤其在触摸历史文化脉络的过程中，在文本的裂缝或表征中揭示出经典背后的权力结构，发现其中的断裂、矛盾与张力，实现文本与历史的互动与融合。特里·伊格尔顿指出：“莎士比亚并不是现成地就在手边的伟大文学，于是就这样被文学制度幸福地发现了：他之所以是伟大文学是因为文学制度将他构成为这样。这并非意味着他的作品并不是‘真正的’伟大文学，亦即，所谓伟大文学只不过是人们对他的看法而已，因为，离开了作品在种种特定形式的社会生活和制度生活中所受到的种种对待方式，就根本无所谓‘真正’伟大的或‘真正’如何的文学。”①

互文性理论带来了我们对作者、文本和读者关系的重新思考，三者都是文本的互文网络中的一个功能节点和环节，都不具有决定性的主体意义。迈克尔·沃顿和朱迪斯·斯蒂尔指出：“互文性理论坚持

① ［英］特雷·伊格尔顿著，伍晓明译：《二十世纪西方文学理论》，北京大学出版社 2007 年版，第 204 页。

认为，一个文本(权且在狭隘的意义上理解之)不可能作为诠释的或自足的整体而存在，因此不具有封闭系统的功能。这有两个原因：首先，作家是各种文本的读者，因此，艺术品必然贯穿着各种指涉、引文和影响……其次，文本只有通过阅读的过程才存在——阅读的时刻所产生的东西是读者携带的各种文本对一个组装文本(比如一本书)进行异花授粉的结果。对读者所不知的、因此未受到注意的一部作品的一点点暗示会在那种阅读中占主导。另一方面，读者对某种实践或作者所不知的理论的经验能引发全新的阐释。”①任何特定文本的互文增殖和意义诠释都与读者的阅读密不可分，作者对文本意义的阐释并没有特权。文学经典不是作者单方面创造决定的，而是历史上或同时期各种材料、原型、典故、改编、传说、故事、文献等的交织混合，文学经典的意义来源也不具有完整意义上的独立性，而是与赋予其意义的各种知识、代码和表意实践处在一个复杂庞大的关系网络之中。

当然，互文性理论也抹杀了经典文本此时此地的独一无二性和原创性，忽视了经典文本的审美特质和经久不衰的魅力。即使我们承认一个经典文本是对社会、历史、文化和文学等前文本的选择映射和引用重组，但是文本不会自动生成，这个过程中作者主体的作用依然甚至是更显著地存在，他的构思意图、审美创造和物化技巧等决定了经典文本具有与众不同、出类拔萃的内在品质，要不《红楼梦》怎么是曹雪芹“批阅十载，增删五次”的呕心沥血之作？而鲁迅的《狂人日记》虽与果戈理的《狂人日记》同名、同文体、同人物，但是鲁迅以其鲜活的中国经验和独特的审美个性突破了外在形式的相似，实现了对后者的创造性转换和原创性超越。可见“文本之间的对话首先表现为新文本从已有的文学文本中选择情节、文类、意象、叙事方式和套语

① ［美］于连·沃尔夫莱著，陈永国译：《批评关键词：文学与文化理论》，北京大学出版社2015年版，第155页。

等。但是，文本之间的对话不仅仅表现为承续，它还更多地表现为戏仿、颠覆等多种形式。文本的作者不光是被动地取用前文本，更重要的是对前文本的超越与创新”。① 克里斯蒂娃也认为，互文性的引文从来就不是单纯的或直接的，而总是按某种方式加以改造、扭曲、错位、浓缩或编辑，以适合讲话主体的价值系统。从文学人类学的角度来看，不同民族、不同时期的文学经典在主题、原型、情节等方面之所以有某种内在相似或一致性，这与人类拥有相似的审美情感和心理结构有关，还与文化传统的绵延演变相关，并非互文性理论所能解释的。在用互文性理论观照文学经典的同时，不要忘了原作者对经典文本话语形式的开创之功，毕竟文学的本性是排斥复制和模仿的，失去了独创性、创新性也就失去了文学的存在价值，提倡文学的独创性也是张扬生命的独特性、不可重复性和唯一性。

第二节　误读理论与文学经典重读

误读，是当前文化生活和文学研究中一个使用极其广泛的概念，如“文学翻译中的误读”“消费者对广告文本的误读”“欧洲知识分子对中国文化的误读”“庞德对李白诗歌的误读”“于丹对论语的误读”等。本书所指的误读，是在狭义意义上使用的误读，指的是20世纪在解构主义思潮影响下西方文艺理论和研究中出现的一个术语，它最先由哈罗德·布鲁姆提出，吸收综合了哲学阐释学、接受美学、读者反应批评和解构主义等思想，成为影响深远的一个理论命题。

传统文学理论认为误读是与作者原意或文本内容相偏离的错误性阅读，是谬见和失误，是正确阅读的反面，是应该极力避免和消除

① 李玉平：《互文性新论》，《南开学报》(哲学社会科学版)2006年第3期。

的，因而也是贬义的、消极的。① 它建立在文本总是具有一个客观稳定意义的前提之上，并且这个意义也是可以精确把握和表达的。西方文论中自古希腊以来形成的模仿说和传统文学研究中的作者意图决定论是其实践基础。时间进入到 20 世纪，伴随着解构主义对西方传统形而上学的质疑和颠覆，学者开始纷纷对文本意义的确定性和作者意图的支配性持怀疑态度，进而怀疑“正读”的可能性，并赋予“误读”以全新的含义和积极的作用。如解构主义认为，误读是一种创造性阅读，是一种打破既定权威的革命性阅读，是一种本体性存在。但是，事实果真如此吗？因为误读可能频频出现，但是不能因此否认我们能站在公正立场上克服主观偏见，在某种程度上达到正确的或共同的阐释。为此，本书主要探讨“误读”理论产生的原因，剖析“误读”理论的盲视和意义，以纠正解构主义误读理论的矫枉过正之弊。

误读理论的兴起，首先具有重要的哲学思潮背景。20 世纪是个风云激荡充满巨大变革的世纪，自从 20 世纪初尼采提出“上帝死了”“重新估价一切价值”以来，西方人文社会科学界一直涌动着一股否定权威、怀疑真理、颠覆秩序的思潮。在尼采哲学、海德格尔现象学和欧洲左派批判理论的启迪下，产生于六七十年代的解构主义思潮颠覆了传统的二元对立，反对逻各斯中心主义，认为世界上不存在客观稳定的意义，语言和文本没有固定的意义，所谓真理只是人对客观世界的主观理解。他们宣扬主体消解、意义异延和能指自由，认为文本的意义是不确定的，并且作者言说的意义在不同语境中有不同的意指。在此背景下，误读这种全新的解读文本的策略和方法应运而生。哈罗德·布鲁姆吸收当时诸家学说，在其《诗论四部曲》(《影响的焦

① 如牛津词典对“误读”的解释是：“read or interpret（text, a situation, etc.）wrongly”，即“错误地阅读或阐释文本或某一情境等。”并且传统文论对“正读”“误读”的区别标准主要在于是否符合作者原意。

虑》《误读图示》《传统与批评》《诗歌与压抑》）中率先拉开了误读研究的序幕，“一切阅读即误读”成为响彻一时的解构宣言。

保罗·德曼在其《盲点与洞见》和《阅读与寓言》中较早地为误读寻找根据并肯定误读，他认为文学语言的根本特征是它的修辞性，“文学特征的标准不在于文风的散漫或紧凑，而在于语言修辞的程度，文学语言的决定性特征事实上是比喻性，即广义的修辞性”。①文本语言本身的这种修辞性给了文本无限大的空间和不确定性。所以即使我们用各种方式对文本的主题意义进行阐释也不能消除它本身的模糊性。对德曼而言，阅读意味着对修辞语言的一种阐释，而修辞本身根本不会指向单一的或确定的意义，那么所谓的确定性阅读对具有修辞性的文学文本本身来说就不会存在。因此，阅读只会产生无限的意义。既然文本没有绝对固定的意义，相应地，阅读也就没有一个特定的中心意义，也就是说真正的阅读是具有开放性和流动性的。修辞使文本的固定意义成为不可能，所以在德曼这里，阅读总是一种误读，阅读就是要解构文本的盲点，变盲点为洞见。只有误读，才能获取洞见。

在《影响的焦虑》中，布鲁姆运用弗洛伊德的精神分析理论，结合尼采的超人意志论和保罗·德曼的文本误读思想，提出了自己独树一帜的理论：“诗的影响——当它涉及两位强者诗人，两位真正的诗人时，总是以对前一位诗人的误读而进行的。这种误读是一种创造性的校正，实际上必然是一种误译。”②布鲁姆认为当代诗人就像一个具有“俄狄浦斯情结”的儿子，面对诗的传统这一父亲形象，两者是绝对的对立。“父亲”企图压抑和毁灭“儿子”以保证自己的传统地位，后者必然奋起反抗，以树立自身的强者身份。而“误读”即是以作为

---

① ［美］保罗·德曼：《盲视与洞见》，明尼苏达，1983年版，第137页。

② ［美］哈罗德·布鲁姆著，徐文博译：《影响的焦虑》，江苏教育出版社2006年版，第31页。

儿子的当代诗人对抗传统父亲的方式，来贬低前人和否定传统的价值观念，从而达到树立自身的目的。当代诗人处于“一切诗歌的主题和技巧已被前辈诗人用光”的焦虑中，误读即是他们超脱影响的焦虑的手段。在《误读图示》里，布鲁姆指出，文学文本是修辞性很强的文本，充溢着意象、象征、寓言、隐喻等，最易产生歧义，从而使明确、稳定、单一的意义成为一种幻想。文本既然存在着意义的不确定性和巨大的意义空间让后人进行阅读，那么后人的阅读也只能是一种基于自身认识程度和自身阅读目的上的误读了。

德里达从索绪尔的理论中引出了“异延”这个独特的概念，“‘异延’不是一个名称，不是一个纯粹的命名单位，它在一个区分和延搁的替代之链中永不停息地自我移位”。① 这就为文学批评提供了一个否定作品恒定结构、瓦解固定意义的拆解工具，语言符号的阐释并无终极，意义永远处于运动状态，从而颠覆了传统观念中意义的稳定性和恒定性，为误读奠定了理论基础。既然文本并无确定的意义，也就无所谓“正读”和“误读”了。同时，福柯的权力话语理论认为，在话语即历史所标示的客观性背后，具有鲜明的意识形态性，对文本的阐释并不是客观中立的，总要受到占支配地位的强势话语的规约，因此，要重视发现文本阐释历史中的沉默声音、边缘话语和异质观点，而误读正好可以揭示那些被掩盖和遮蔽的因素。

其次，20 世纪西方文论中的“非个人化”倾向对作者主体中心地位的动摇为误读理论奠定了理论前奏或提供了思想借鉴。从艾略特的“非个人化”到维姆萨特和比尔兹利的“意图谬误”，从结构主义的普遍规则到罗兰·巴特的“作者之死”，从克里斯蒂娃的“互文性”到福柯的“作者功能”，都有一个鲜明的倾向，就是去主体化，也就是消

---

① 汪民安等主编：《后现代性的哲学话语》，浙江人民出版社 2000 年版，第 90 页。

解浪漫主义和近代理性确立的全知全能式的作者主体。艾略特认为，在一个诗人的作品中，“不仅最好的部分，而且最具有个性的部分都是他前辈诗人最有力地表明他们的不朽的地方”。① 因此，他大胆宣称“诗不是放纵感情，而是逃避感情，不是表现个性，而是逃避个性”。② 维姆萨特和比尔兹利提出：“就衡量一部文学作品的成功与否来说，作者的构思或意图既不是一个适用的标准，也不是一个理想的标准。”③在他们的理解中，“意图谬见”在于将诗和诗产生的过程相混淆，其始是从写诗的心理原因中推演批判标准，其终则是传记式批判和相对主义、结构主义以寻找文本普遍存在的深层结构和规律代替了作者对文本的绝对支配权力。罗兰·巴特认为：“一个文本不是由从神学角度上讲可以抽出单一意思（它是作者与上帝之间的‘讯息’）的一行字组成的，而是由一个多维空间组成的，在这个空间中，多种写作相互结合，相互争执，但没有一种是原始写作：文本是由各种引证组成的编织物，它们来自文化的成千上万个源点。”④在他眼里，作者的意图与理解文本无关，它不是文本的本源，也不具有比其他因素更重要的特权地位，作者不再被认为是文本的操纵者，只是文本网络中的一个节点，于是大胆地断言“作者之死”。克里斯蒂娃指出，任何一篇文本的写成都如同一幅语录彩图的拼成，任何一篇文本都吸收和转化了别的文本。

再次，以伽达默尔为代表的现代哲学阐释学为“误读”提供了重要的方法论启示。阐释学作为一种理解文本意义的学问，经历了从方

① 艾略特著，卞之琳译：《传统与个人才能》，见朱立元总主编，张德兴主编：《二十世纪西方美学经典文本》第1卷，复旦大学出版社2000年版，第512页。

② 艾略特著，卞之琳译：《传统与个人才能》，见朱立元总主编，张德兴主编：《二十世纪西方美学经典文本》第1卷，复旦大学出版社2000年版，第518页。

③ 赵毅衡编选：《新批评文集》，百花文艺出版社2001年版，第234页。

④ ［法］罗兰·巴特著，怀宇译：《罗兰·巴特随笔选》，百花文艺出版社1995年版，第305页。

法论到本体论的转变。作为本体论的阐释学认为，文学文本的意义总是相对的，它不可能为作者的意图所穷尽。阐释只是一个历史过程，永远不会终结，而是向着未来无限开放和敞开。每一个时代的阐释者总是根据自己的需要对文本作出新的解释，从这个意义上说，理解总是“生产性的”，总是“别有所解”。伽达默尔还对美学中的“游戏”这个概念作了考察，认为艺术作品的存在类似于游戏。游戏者只有摆脱了自己的主观意识与目的，消除了自己的紧张情绪后才能真正游戏。游戏的真正主体不是游戏者而是游戏本身，是游戏本身在游戏，与之相应，作品的真正主体不是作者而是作品本身，是作品本身借作者的写作来表现自己。正如游戏的存在方式就是自我表现一样，作品的存在方式也是自我表现。游戏和作品的自我表现都需要观众，只有在这种观看中这种自我表现才能实现并存在下去。

最后，20 世纪西方文论中对文学语言表征功能变化的认识深化了人们对文学文本自身的诗性语言特质的看法，为误读理论的出现从语言视角提供了启迪。20 世纪的西方文论抛弃了传统的语言表征模式，认为语言不再是外在现实的模仿，不再是意义的载体，不再能反映“真实”。世界上本来就不存在什么先验、客观的真实和意义，所谓的真实不过是语言构造的一个幻影，所谓的意义仅仅产生于语言言说本身。由于任何文本不再能反映所谓的客观真实，不再有统一的意义核心，而是在无穷无尽的“能指”的迷宫中漫游，阅读和阐释便不再是真实或意义的“发现”和认识，而成了一种发明。

与此相关，20 世纪自然科学领域出现了巨大的变化，“测不准原理”“相对论原理”等理论对哲学产生了巨大的冲击。德国物理学家海森堡 1927 年就提出了测不准原理，许多科学家认为主体的存在对科学研究有很大影响，即研究的客体要受研究主体实验操作的制约，这种思维也影响了人文社会科学中的意义研究。

通过以上对误读理论的发生学和渊源分析，不难看出误读主要从以下三个方面来解放文本的意义。第一，在文本与作者的关系上，割断作者与文本的联系，排斥作者意图对文本的规约和界定。德里达“文本之外一无所有”的新文本观强调文本是一个自我指涉的体系，也从根本上割断了作者与文本的关系，使之不再受到作者意图和公开宣称的目的的制约。第二，在所指与能指的关系上，片面强调能指，否认文本的所指，把文本变成一个自我指涉的游戏，否认文本与外部客观实在世界的联系。第三，在文本与读者的关系上，采用开放性和解构性的阅读策略，使读者获得全权阐释文本的自由。

误读理论曾经风行一时，追随和倡导者络绎不绝，但对其缺陷和不足进行反思批判者甚少。殊不知，由于脱胎于解构主义的思潮，正如解构主义过分强调语言文本的隐喻性和修辞性，从而实际上否定了语言的表意和交际功能，走向了文本意义的虚无化一样，“误读”理论也存在显而易见的纰漏和缺陷。当语言的指涉性和阐释的正确性被否定时，阐释也就成了永无止境的符号游戏。伊格尔顿指出：“问题只是，一种似乎完全把人类主体挤掉了的意义理论是非常奇怪的。以前种种理论的狭隘之处在于，它们顽固坚持说者或写者的意向对于解释来说始终是至高无上的。但是，在反击这种教条主义时，却不必根本否定意向的存在。只需指出认为意向总是话语的统治性结构这一主张的武断之处就够了。”①在阐释的无政府主义包围中，艾柯提出了“作品意图”这一概念，来规约文本阐释具有的无限丰富的可能性。“我对瓦莱里‘根本就不存在文本的原义这样的东西’一说表示怀疑，但我接受文本可以有许多不同的阐释这样的观点。我反对那种认为文本可以具有你想要它具有的任何意义的观点。”②

---

① ［英］特雷·伊格尔顿著，伍晓明译：《二十世纪西方文学理论》，北京大学出版社 2007 年版，第 113 页。

② ［意］艾柯等著，［英］柯里尼编，王宇根译：《诠释与过度诠释》，三联书店 2005 年版，第 151-152 页。

自从伽达默尔的现代本体论阐释学产生以来，其反对质疑之声就不绝于耳。赫施就旗帜鲜明地提出了“保卫作者”的口号，他把文学意义区分为“意义”(meaning)和“意味”(significance)两部分，“一件本文具有着特定的涵义，这特定的涵义就存在于作者用一系列符号系统所要表达的事物中，因此，这涵义也就能被符号复现；而意味则是指涵义与某个人、某个系统、某个情境或某个完全任意的事物之间的关系”①。也就是说，“意义”是由作者意图所决定的客观存在，是可以复制再现的；而“意味”则是读者在阅读中由于不同的前见和阅读语境的变化而体验到的主观感受，“作品对作者来说的意味(Bedeutung)会发生很大的变化，而作品的涵义(Sinn)却相反地根本不会变”。赫施还认为，“迄今为止，解释学理论中所出现的巨大混乱，其根源之一就是没有作出这个简单的然而是重要的区分”。② 在赫施看来，文本的意义由作者开始形成，无论何时，意义总是附隶于一系列词语之上，回避作者是不可能的，对于各种类型的有效解释来说，都必须以对于作者所意指的东西的再认识为基础。虽然作者的意图无法绝对再现和重复，但是赫施的明智之处还是在于看到了作者对于文本意义的阐释有着制约和导向作用，文本尽管允许不同的有效阐释，但是，这些可能的有效阐释必须限定在作者的意义所允许的“典型期望与可能性体系之内”。

需要指出的是，在当下中国文学批评实践中，很多后起的年轻学者打着“走近”“重读”“新解”的旗号，对孔子、鲁迅、钱锺书等进行

---

① [美]E. D. 赫施著，王才勇译：《解释的有效性》，三联书店 1991 年版，第 16-17 页。

② [美]E. D. 赫施著，王才勇译：《解释的有效性》，三联书店 1991 年版，第 17 页。

肆意妄为的歪曲误解①，看似有惊世骇俗、耸人听闻之势，其实质恰恰是由于对西方"误读"理论的盲目尊崇和片面理解而进行的信马由缰式、随意性极大的误释或过度阐释。这是一种不折不扣地对"误读"的严重误用和滥用。其主观目的是争夺文学场中的话语权，借此捞取更多的文本资本。殊不知，真理往前跨越半步就成了谬误。任何阅读只能以文本为起点，受文本内容的制约。尽管"哈姆雷特"可以解读出"一千个"形象特征，但毕竟还是哈姆雷特，而绝不是贾宝玉。况且，当前在西方国家，特别是在德国，作为本体论的阐释学并不具有压倒性的优势，作为一种方法论，传统的阐释学日益重新受到广泛重视。因为我们尽管无法绝对无误地重复作者的意图，也不可能完全复原文本的意义，但是依然要把获得"更好的"理解作为一个努力追寻的目标。

经典与误读，是当前后现代主义文化思潮中一个突出问题。文学经典需要也允许重读，② 但文学经典不允许随意脱离文本客观实际的

---

① 近年来，这方面的文化事件很多，如自诩是"对当下中国文学的一次暴动和颠覆，把获取了不当声名的'经典'作家拉下神坛"的《十作家批判书》(朱大可等著，陕西师范大学出版社 2004 年 5 月出版)将当代文坛的顶尖级人物包括钱锺书、汪曾祺、余秋雨、贾平凹、王蒙、梁晓声、王小波、苏童、北岛、王朔等 10 人在内的作家逐一进行了批判。认为《围城》是中国当代小说中的一部伪经；汪曾祺是捧出来的老佛爷；余秋雨抹着文化口红游荡于文坛；贾平凹呢，纵万种风情，肾亏依然；王蒙的小说探索不过是旧瓶装新酒；梁晓声则纯粹在作秀等。因为书中对文本的解读错讹甚多，被学界指责为"颠倒黑白、混淆是非"。还有，由中华书局精心包装的仅 6 万多字的《于丹〈论语〉心得》，讲了"天地人之道、心灵之道、处世之道、君子之道、交友之道、理想之道、人生之道"七个题目，据相关学者考证，除去音韵、文字、语法等低级错误不说，其误读、曲解经典的硬伤有一百多处。

② 2014 年 10 月 26 日，"重读经典 · 倡行价值阅读"研讨会暨"经典名著 · 大家名作"丛书出版座谈会在著名的出版机构商务印书馆举办。此次活动由商务印书馆联合北京师范大学文学院、中国人民大学文学院、北京智慧熊文化传媒及部分著名作家、学者等共同发起。与会专家认为，经典阅读在这个碎片化阅读的时代，不仅不能减弱，反而要不断提倡，不断得到加强。

主观随意阐释，不允许那种为追求轰动效应的非理性重读。经典需要重读，这跟经典自身的特性和读者自身的变化有关。

宋人黄庭坚在《书陶渊明诗后寄王吉老》一文中谈自己读陶渊明诗歌的体会时说：“血气方刚时读此诗如嚼枯木，及绵历世事，每观此诗如渴饮水，如欲寐得啜茗，如饥啖汤饼。”①即使读陶渊明的诗，也有开始时“厌其枯槁”，后来随着人生阅历的增长才读出真味道的。汪元量《草地寒甚毡帐中读杜诗》云：“少年读杜诗，颇厌其枯槁。斯时熟读之，始知句句好。”杜甫的诗，要领略其佳处，必须经历人生世故的磨练和洗礼。近人吴宓《读散原精舍诗笔记》则云：“宓夙不喜江西派之宋诗，故虽平生久敬散原先生……而多年读《散原精舍诗》未有心得。今于一九四三年二月再取读之，乃深觉其佳。”②时间的推移，可以让阅读者的兴趣和对经典的感受发生改变。郑骞《题旧藏〈十八家诗钞〉》云：“予初读此书时，最欣赏者为陆放翁诗，次则元遗山，最不能欣赏者为谢康乐，完全不知所云。二三十岁后，渐不喜放翁之甜熟刻露，康乐诗则直至五十左右始了解其佳处所在，亦太晚矣。”③随着人生境遇和心境的变化，阅读者的审美趣味和对经典的喜好也会发生变化。因此，经典召唤重读，重读可以释放经典的深微意义韵味，让经典文本历久弥新，可以让读者领略不同的人生要义和生命体验。

但是经典又反对随意误读。经典的产生环境包括特定的历史环境和作家的生活环境。特定的历史环境是经典植根的土壤，是经典借以呈现的宏大背景。不管历史如何变迁，材料如何散佚，总能找到对经典的理解起到印证或参照作用的其他作品或文字材料。因此，虽然我们不能穷尽经典的丰富意蕴，但是还是要力争接近经典的真实意义。

---

①　《黄庭坚全集》，四川大学出版社 2001 年版，第 1404 页。

②　《吴宓诗话》，商务印书馆 2005 年版，第 284 页。

③　郑骞编：《永嘉室杂文》，辽宁教育出版社 1998 年版，第 143 页。

历史上不同时代的读者对经典的阅读，尽管有分歧，但是还是形成了一个大致趋同的意义指向。特别值得注意的是，当前西方对中国经典的误读不计其数。《西游记》《金瓶梅》等经典著作均陷入被误读的怪圈，这里面既有文化鸿沟和民族文化心理差异使然，也有商业炒作和恶意追捧的因素。在对外文化交流过程中，我们必须坚决反对经典误读。

经典反对解构式和虚无式误读，那种误读受后现代主义思潮影响，对经典进行任意的拼贴、戏仿甚至恶搞，只会造成对文学经典审美品质的挤压，对经典中宏大叙事的嘲讽，对经典中崇高精神的藐视，把人类文化进程中美好的东西都挤兑掉了，带来文化精神的荒原。

那么，究竟该如何看待“误读”理论的是非功过呢？我们认为，从理论设想的角度讲，正如物理学中的测不准原理一样，任何具体的阅读行为都不能完全排除主观性，都不能达到对文本的绝对准确认识，都只是对作者创作意图和文本客观内容的接近，都会产生偏差和离心。但这并不意味着阅读和理解的相对可能性因此就被彻底否定。绝对的“正确解读”固然不存在，但相对的有效解读却是人类一切阅读实践中的不懈追求。“误读”只有被放到这种正当的不懈追求中去认识才能彰显其意义与价值，毕竟对一个文本的阅读总有相对的共识和普遍性，否则就走向无政府主义和虚无主义。任何发现性、独创性的阅读都是建立在对文本的细读分析和合理推定之上，而绝不是率性而为的信口雌黄。所以，我们坚决反对解构主义那种“一切阅读都是误读”的口号，因为那样只会导致话语膨胀和意义贬值。同时，综观前面“误读”理论产生的知识系谱，不难看出，解构主义最初的理论动机主要源自一种方法论意识或策略选择，其目的在于以激进的姿态颠覆根深蒂固的正/误二元对立思维模式，质疑传统的“正读”对作者中心论的屈从，否定文本背后隐藏的绝对真理和终极意义，鼓励对文本进行多元化、尝试性、创造性的阐释，把文本的意义从那种定于一尊的独断专制中解放出来，拓展文本阐释空间，促进文学意义增殖。误读，绝不是文学阅读的本体性存在，而是一种解放文本意义的策略，其意义与价值也正体现在这个层面上，这也是我们中国当代文学批评在借鉴运用西方误读理论时需要注意辨别的。诚如贝蒂所说，我们作为精神科学的守护者之职责便是：捍卫这样的客观性，而且揭示其认识论意义上的可能性条件。

第三节　文化研究与文学经典

兴起于西方20世纪后半叶的文化研究，以跨学科的视野和方法，打破了20世纪初期以来的西方文学研究中形式主义的牢笼和窠臼，质疑解构了传统的文学、美学、文化等观念，改变了固有的文学文本考察和分析方式，突出了文本生产和嬗变过程中的生成性因素，给文学经典和经典研究带来了深刻影响。这种影响，既体现在对文学经典形成与嬗变过程中的文学观念、文学制度、文学体制等的历史考察上，也体现在对经典生成和建构背后的知识、话语权力的蠡测和揭橥上。美国学者莱斯利·菲德勒在《文学是什么？》中感叹："大众文化异军突起，我甚至未及做好充分准备来给它唱一支赞歌。可是'经典'这个概念本身，随着大众文化的崛起，也成了质疑的对象。我同样没有想过，在不远的将来，现代主义者的'伟大传统'定义需要修正，其意义之深远一如他们对他们继承的维多利亚时代相关定义所作的修正。"①也就是说，大众文化和文化研究的兴起，冲击了昔日正统和"经典文学"研究的路径，尽管这条路径带有浓厚的阶级、政治、

① ［美］莱斯利·菲德勒著，陆扬译：《文学是什么？高雅文化与大众社会》，译林出版社2011年版，第162页。

性别和意识形态色彩。

那么文化研究如何影响文学经典呢？首先我们要探讨文学经典的形成与“经典文学”这一文学观念的建构与嬗变之间的密切关系。英国学者彼得·威德森（Peter Widdowson）在他的《文学》一书中，根据《牛津英语词典》（The Oxford English Dictionary）和《牛津英语指南》（The Oxford Companion to the English Language）将“literature”的基本概念概述为四种含义：“1. 有关文本的知识；2. 全部文字作品与专门的语言艺术；3. 审美的语言艺术（创造性的、想象性的、人道的、高雅的、有普遍价值的、超历史的、超阶级的）；4. 意识形态的语言艺术（历史的、阶级的、政治的、权力的、有偏见的）。”①美国著名文学理论家韦勒克在《什么是文学？》一文中也进行了这种类似的概括：1. 文学一词最初的含义指读写知识（the knowledge of reading and writing）；2. 其后指一切文字作品（all writings）；3. 文艺复兴以后，文学一词也被用来特指那些具有重要意义的文字作品（the writings of some significance），即具有某种智性的、道德的、审美的、政治的、民族的价值与品质的文本，尤其是指那些“具有审美价值的”文字作品，为此，人们特地在具有这种价值的“文学”（literature）前面加了一个限定词“美的”（fine，aesthetic），即所谓“美的文学”（fine literature，aesthetic literature）。②

西方历史上，大写的文学（Literature）的出现与“文学”（literature）一词的含义的衍变有关。根据彼得·威德森的考察，该词的特指涵义“具有审美价值的文字作品与写作”出现在 19 世纪初，“由于‘审美化’这个词界定了一个特殊的写作品种，即有‘创造性’‘想象性’的作

① ［英］彼得·威德森著，钱竞、张欣译：《现代西方文学观念简史》，北京大学出版社 2006 年版，第 5-13 页。

② Rene Wellek，“What is Literature?” in What is Literature? ed. Paul Hernadi，Bloomington & London：Indiana University Press，1978，pp. 16-17.

品，实际上也就开始将一种新的、更高的价值赋予了这一可以区别辨认的品种”。① 自此以后，为了把具有审美价值的文学与不具有审美价值的文学区别开来，19 世纪下半叶的一些批评家如阿诺德等人就用大写的文学(Literature)表示那些具有审美价值的文字作品与写作，用小写的文学(literature)表示全部文字作品及其生产。这种文学观念的变革在 19 世纪以来的西方文学批评史上产生了深远影响，不仅导致了一种特殊的“文学研究”学科与“文学教育”专业的产生，还形成了主导性的“文学”批评方法。

韦勒克在《比较文学的名称与实质》(1968)一文中曾描述，“文学”一词在 18 世纪中叶经历了一个“民族化”和“审美化”的过程。这个时期在法国、德国、英国、意大利等国家出现的“文学”一词开始指称以这些国家的语言写成的、具有审美想象性的民族文学作品。比如，伏尔泰在《路易十四时代》(1851)中使用了“文学体裁”和“文学传统”等短语，指的就是诗歌和散文等文学作品。莱辛在《有关当代文学的通信》(1759)中同样也涉及现代意义上的文学。

要理解文学为什么会经历“民族化”和“审美化”这样一个大写的过程，必须了解西方现代性进程中的两个至关重要的背景：“其一是文艺复兴以来建立民族国家的努力；其二是基督教信仰衰落后重建价值基础的努力。”②在 18 世纪晚期和 19 世纪初期，随着“民族—国家”在欧洲的形成，与之相伴的是想象的文学形式和主题。一方面，现代民族主义的政治任务引导着文学的进程，它通过“民间人物”和“民族语言”的浪漫主义概念，把文学导向独特的民族文学。另一方面，通过创造“民族的印刷媒介”——报纸和小说，文学也参与到“民族—国家”的建构中。随着 19 世纪对民族性的崇拜，文学变成了把民族限定

① ［英］彼得·威德森著，钱竞、张欣译：《现代西方文学观念简史》，北京大学出版社 2006 年版，第 36 页。

② 余虹：《文学知识学》，北京大学出版社 2009 年版，第 14 页。

为“想象的社群”的关键因素。如美国学者本尼迪克特·安德森就指出，一个民族通常建立在有利于其成员进行联结的一系列想象的观念基础之上，使该团体区别于其他团体，从而能够使其成员之间产生彼此认同的感觉。“它是一种想象的政治共同体——并且，它是被想象为本质上有限的，同时也享有主权的共同体。它是想象的，因为即使是最小的民族的成员，也不可能认识他们大多数的同胞，和他们相遇，或者甚至听说过他们，然而他们相互联结的意象却活跃在每一位成员的心中。”①

随着技术进步和工业发展，印刷资本主义的兴起推动了报纸、小说等通俗刊物的流行，导致了拉丁文作为神圣书写语言特权地位的衰落，而本地语言或口头语言也不再是第二位的了。在整个欧洲，以人们熟悉的日常语言来书写的大众文本的出现，加速了宗教帝国的崩溃瓦解。“自文艺复兴以来，民族文学意识一直在强劲地增长着。这种意识全面吸收了文化民族主义及其现实成就的正面力量，由此它感受到了各民族自身语言的‘伟大’与‘辉煌’(而在文艺复兴以前，各民族语言只能在‘古典’语言系列面前表示习惯的谦卑)。”②在推动建立民族国家的人看来，以俗语为载体的民族文学可以凝聚全民族的文化价值与情感，它是民族认同和建立民族国家的精神基础。对民族文学价值优越性的强调最先推动了对文学中一部分作品(民族文学作品)的大写。这种大写有两个指向：相对于中世纪普世的拉丁文学，民族文学具有价值上的优越性；相对于别的民族文学，本民族文学具有价值上的优越性。文学的“民族化”运动在18世纪达到高潮，这时，“民族的”就成了“伟大的”“优秀的”“美好的”的代名词，“民族文学”也

① [美]本尼迪克特·安德森著，吴叡人译：《想象的共同体：民族主义的起源与散布》，上海人民出版社2005年版，第6页。

② [英]雷蒙德·威廉斯著，王尔勃、周莉译：《马克思主义与文学》，河南大学出版社2008年版，第54页。

就成了事实上的“大写的文学”。对此，威廉斯指出：“很快的，民族文学便不再是作为历史而是变成了一种传统。甚至从理论上讲，它也并不是指所有已写出的作品或所有的写作方式。‘民族文学’指的是一种选择结果，正是依赖那种由‘批评’所确立的‘文学价值’，人们才完成了这种推选，而选择的结果又反过来确定着这种‘文学价值’。”①

文学大写的另一过程是文学的“审美化”运动，这一运动与基督教信仰衰微后重建价值基础的努力有关。文学概念“审美化”运动的理论基础是浪漫主义美学，浪漫主义美学对现代意义上文学观念的确立功不可没。德国古典美学作为浪漫主义运动的理论基础和前导，以康德、席勒、费希特等为代表，强调艺术创作中的天才、灵感和想象，为审美的、大写的文学观念的出现提供了理论诱导。尤其是康德，他从人的主观情感体验角度出发，提出了美是形式的主观的合目的，将审美判断从认知领域和道德领域划分出来，认为审美判断是完全独立和自主的，进而将美分为依附美和纯粹美。他对纯粹美的偏爱，使得在他的理论话语中，“审美的”(aesthetic)意味着“超越的”(超功利、超概念、超历史、超个人、超阶级、超民族等)，“审美活动”与道德判断无关、与认知分析无关。在这种纯粹的审美活动中，人们会超越任何与自己有关的现实功利动机与偏见，而只欣赏对任何人都普遍有效的美，这种纯粹审美活动的突出表现就是天才的艺术。对文学观念的变革而言，康德美学提供了这样的理论洞见：文学创作需要特殊的心灵禀赋，天才是一种天赋的才能，它的主要特征是独创性、神秘性和自由创造性；天才的文学在价值上高于常人的文学，天才的文学中隐含着超越的价值。“天才的文学”就是“大写的文学”。

① ［英］雷蒙德·威廉斯著，王尔勃、周莉译：《马克思主义与文学》，河南大学出版社 2008 年版，第 55 页。

被康德看作大写的天才的文学成为18世纪以后，尤其是19世纪以来的主导性文学观念也与基督教信仰的衰微有关。基督教信仰的衰微(即尼采所说的“上帝死了”)意味着它为西方提供的超越价值或普世价值已经失效(即尼采所说的“最高价值的贬值”)，其后果是西方世界出现了普遍的价值真空，曾经维护西方世界精神信仰和价值纽带的基督教再也不能给世人提供精神寄托与心灵归属。面对即将陷入混乱的世界，18世纪以来的浪漫主义艺术家纷纷把目光投向了文学与艺术，尤其是康德所说的审美的艺术，他们相信这种艺术中有着超越的普世价值。到19世纪，“审美代宗教”“艺术救世”的观点开始流行，文学具有了类似宗教那样的某种救赎功能。时任牛津大学英文教授的乔治·戈登说过，英国文学现在有三重任务，虽然我认为它仍然可以给我们以娱乐和教益，但更重要的是，它拯救我们的灵魂并治愈我们的国家。① 阿诺德更是大声疾呼：“我们应当把诗歌看得很有价值，远较习俗看得更高。我们应当认识到诗歌具有更高的用途，负有更高的使命，远远超出迄今为止人们对它的一般估计。人类将愈来愈多地发现必须求助于诗歌来为我们解释生活，安慰我们，支持我们。没有诗歌，我们的科学就会显得不完备，而我们现在视为宗教与哲学的大部分东西也将被诗歌所取代。”②阿诺德对诗歌在当时社会中的功用寄予莫大希望，因为在当时的维多利亚时代，“非利斯主义”(Philistinism)(或称市侩作风)流行，一般中产阶级沉湎于金钱的贪欲和物质的享乐，既漠视高尚文化，又缺乏道德庄严，整个社会失去了精神准则和行为方向，而这种审美化的文学具有无可比拟的巨大

① 转引自周小仪：《文学性》，见赵一凡等主编《西方文论关键词》，外语教学与研究出版社2006年版，第596页。

② 转引自 Peter Widdowson, Literature , London and New York, 1999, P37. 对照英文原文译文略有改动。英文原文见 M. Arnold, “The Study of Poetry” in M. H. Abrams, ed. , The Norton Anthology of English Literature, vol. 2, 1962, p. 948.

力量。

对文学审美特性的强调，还与19世纪自然科学取得的长足进步，科学主义思潮甚嚣尘上有关。当时的科学主义思想已经向传统的人文主义提出了挑战，给文学艺术带来了严重冲击。托马斯·亨利·赫胥黎就宣称整个社会的教育应该建立在自然科学的基础上，查理·罗伯特·达尔文也认为宗教和诗歌毫无用处。对此，凸显文学的人文价值就成了对抗科学主义思潮的重要砝码。阿诺德在《文学与科学》(1882)中充分肯定了文学的人文价值，认为文学并非是徒有其表的"美文"，而是人类教育的基础。"假如我们现在通过经验认识到高尚的文学具有激励情感的无可否认的力量，那么高尚的文学在人类教育中的重要性就不会减弱，而是会变得更加重大。"①

经由文学概念的"民族化"和"审美化"，一种价值优越的文学形象于是从众多的文学现象中凸显出来而具有至高的地位，那就是"民族文学"和"审美文学"。而民族文学由于其民族主义的局限而低于具有普遍超越性的审美文学，因此，审美性而非民族性成为了大写的文学的本质规定。"到了19世纪下半叶，一个充分审美化了的、大写的'文学'(Literature)概念已经流行起来。"②自此，文学开始具有了让人顶礼膜拜的价值。

通过上面的梳理，我们知道，西方文学观念的形成有一个发展演变和体制化的过程，具有浓厚的意识形态背景。文学并非生来就比其他文献读物高出一等，浪漫主义诗人以及后来的人文批评家之所以赋予文学崇高的价值，文学之所以具有审美性、创造性、想象性、情感性等只是现代社会和思想知识构造的结果。这种精英主义的文学观，

① M. Arnold, "The Study of Poetry" in M. H. Abrams, ed. , The Norton Anthology of English Literature, vol. 2, 1962, p. 980.

② [英]彼得·威德森著，钱竞、张欣译：《现代西方文学观念简史》，北京大学出版社2006年版，第38页。

就是利维斯等提倡的少数人的“伟大传统”，虽然可以抵抗通俗文化(尤其是美国文化)的冲击和泛滥，但是与当时大多数劳动阶层以及霍加特、威廉斯等任教的成人夜校学生的审美趣味和情感结构并不契合，甚至可以说有隔膜。因为后者生活在一个由通俗音乐、通俗报刊、漫画、广告、电影、小说等组成的、与传统精英文化大不相同的“大众文化世界”。所以，文化研究的兴起，一开始就是从研究工人阶级和普通大众的“活的文化”出发，反对当时的精英主义文学研究，具有强烈的跨学科性和现实关怀意识。

经过1968年席卷欧洲的“五月风暴”和60年代以来在美国持续了20多年的“文化战争”，文化研究不仅动摇了大写的文学概念，还在根本上影响了西方的文学教育。“19世纪70年代，英国国家学术奖委员会(CNAA's)批准新的多学科工科大学‘英文’课的唯一强制性要求是必须包括莎士比亚研究。20世纪90年代该委员会消亡，‘做英文’而丝毫不读莎士比亚已经完全可能。‘有文学性的’或‘批评理论’课程在英国的每个学位课程中几乎都是礼节性需要，只有牛津还例外。上述课程成了学位课程。‘写作’(writing)一词已经取代了大写‘文学’(literature)。”①20世纪80年代的英国教学大纲中扩充收录了一直受到忽视的亚类型：哥特文学、罗曼斯、科幻作品、工人阶级写作、女性写作、黑人写作、流行小说等。

作为文化研究的先驱和奠基者，英国著名新左派代表人物威廉斯在其研究中发现，英文中的“文学”(literature)一词开始表示的是“书写”(writing)与“阅读能力”(reading ability)“阅读经验”(reading experience)。也就是说，原先的“文学”是混沌未分的，既包括诗歌，也涵盖了哲学、历史及散文随笔等。马丁·科里所编的关于文学与批评

① [英]彼得·威德森著，钱竞、张欣译：《现代西方文学观念简史》，北京大学出版社2006年版，第73-74页。

的百科全书也认为，从中世纪晚期到18世纪早期，“文学这个词主要指的是一个人的知识财富：文字的知识、书本的知识和语言的知识就叫文学。”①现代审美意义上的“文学”观念形成于18世纪中期，它将文学定义为人类整体经验的表达，其特征是强调文学的“趣味”与“感受力”的审美品质，突出文学的“想象性”与创造力，并张扬一种“民族文学”的观念。这种文学观念的出现与资产阶级作为一个阶级的兴起有很大的关系。“在社会历史的发展视野中，这些‘文学’概念和‘批评’概念就成为某一阶级对一般社会实践进行特指和控制的形式，成为对于由此而引起的许多问题进行某种阶级限定的形式。”②由于这种文学观念及其关于文学的定义，使文学与某种受过教育并经过审美与艺术训练的“特别的少数”人联系在一起，有很大的局限性。威廉斯注意到，从17世纪开始，少数人利用所学的标准，自觉地运用“品位”“敏感性”和“辨别能力”进行文学评论。他不满批评也变成了少数人的玩物，因为少数人制定的批评标准过分地强调文学的“想象”或者“虚构”，导致情感与思想、主观和客观、个体和公众、有意识和无意识等领域的分离，使文学与生活脱离，失去原有的阶层意义：维护自身阶层的统一；提供社会标准，以及在一定程度上主导社会走向。

在威廉斯看来，文学的概念指称范围逐步专业化且局限化，使文学失去原有的活力，文学类型、审美、语言和创作等其他文学本体概念和实践活动也遭受同样的命运。在梳理它们的发展史的同时，威廉斯从这些文学的本体概念着手，彰显文学重新面向大众和面向社会的切实有效的途径。从文学类型来说，应该关注文学形式的多样性，并

① Martin Coyle, Encyclopedia of literature and criticism, London: Routledge, 1990, p. 7-8.

② ［英］雷蒙德·威廉斯，王尔勃、周莉译：《马克思主义与文学》，河南大学出版社2008年版，第52页。

不只是虚构的和幻想的文学，而是真正的创造性和想象性文学。关注文学实践活动的层次性(主流的、联系的、从属的)，而不是对文学本身进行等级划分(优与劣、伟大与普通等)；研究文学整体，而不仅仅是少数伟大的作品。把文学审美客体还原到特定的社会历史语境中，把文学还原成具有现实审美目的(aesthetic intention)，能激起审美反应(aesthetic response)的特殊艺术形式，即把审美艺术真正地马克思主义化，以马克思主义历史唯物观，剖析艺术以及文学的审美客体、审美功能和审美价值等，实现融合马克思主义和艺术审美，摆脱资本主义文学观的束缚，建立真正的马克思主义文学。①

威廉斯作为英国文化研究的奠基人，他向我们揭示了大写的审美性的精英文学观念形成背后所暗含的政治寓意、文本环境、生产体制和社会历史等动态关联因素。这既体现了文化研究给文学研究带来的新视野和新观念，也蕴涵着文化研究给文学经典研究带来挑战与质疑的重要学理根据。在我们看来，文化研究给文学经典观念和经典研究带来的变化主要体现在以下三个方面。

第一，文化研究破除了文学经典的精英观念和等级身份，揭示了经典形成过程中的政治观念、惯例、体制、传播方式、权力等外在复杂因素的影响。

文化研究在起源上与文学研究有亲缘关系，但是在价值取向上，则与当时的文学研究——利维斯主义传统分道扬镳。霍加特《识字的用途》、雷蒙德·威廉斯的《文化与社会》和《漫长的革命》、E·P. 汤普森的《英国工人阶级的形成》是文化研究的奠基之作。威廉斯的相关著述和思想，前面已论述。霍加特《识字的用途》分析了通俗文化对工人阶级形成的塑造功用。与威廉斯一样，工人阶级的出身和底层

① Tony Bennett, Formalism and Marxism, London and New York: Routledge, 2003, pp. 82-83. (first published1979 by Methuen & Co. Ltd)

文化生活体验，成人夜校的教育实践经历使得他不适应大学里正统的学科体制和规范，于是“他试图将文学批评、社会学分析和各种通俗文化样式对工人阶级的影响缝合在一起，创造出一种不符合现代大学学术体制规范与学科体制的文化研究方法”。① 这使得文化研究一开始就具有浓厚的反对现代大学学科体制壁垒的特征，也为文化研究在价值取向上与传统精英文学研究的分道扬镳埋下伏笔。

历史上，文学经典与精英文化观念是紧密联系在一起的。盛行于英国 20 世纪上半叶的利维斯主义文学批评就是精英文学批评的典范。利维斯在《伟大的传统》中极力推崇并阐述了乔治·艾略特、亨利·詹姆斯、约瑟夫·康拉德等“几个出类拔萃”的小说大家，希望通过“经典”文学文本去研究并弘扬“少数人文化”，“在任何时代，明察秋毫的艺术和文学欣赏，始终都只能靠很少数人”。面对当时方兴未艾的通俗文化和大众文化，利维斯留恋工业革命之前的 17 世纪的“有机社会”，反对工业革命带来的技术变革和通俗文化的兴起及泛滥，企图通过精英文学传统维持社会的道德水准。正视通俗文化和大众文化的兴起，并将其引入神圣大学教育体制，正是霍加特等不同于利维斯的地方。文化研究对精英文化观念的冲击和改变，改变了对文学经典的推崇和膜拜。诚如巴莱特所说，“文化研究大胆地打破了高雅文化与低俗文化的二元对立，提出了新的理论和方法，向我们展示了二者的共性，以跨越这个充满价值的分界，向等级制自身以及作为‘高雅文化’产品之属性的价值发起挑战”。②

现代意义上的文化概念出现在 16 世纪的西方，它是与作为“主体”的人(类)的概念共生的。文化作为被认知的客体，被看作人创造

① 阎嘉：《如何理解文化研究的跨学科性：以霍加特〈识字的用途〉为例》，《文艺理论研究》2015 年第 2 期。

② ［美］于连·沃尔夫莱著，陈永国译：《批评关键词：文学与文化理论》，北京大学出版社 2015 年版，第 51 页。

的精神成果，包括伦理、宗教、哲学、科学和文学艺术等，这些精神成果使人脱离“自然”转变为文明的“人类”。按照黑格尔的说法，自然使人停留在必然王国，而文化则使人进入自由之域，在艺术作品中自然因素越多，它就越低劣，而纯粹形式的作品摆脱了自然的束缚，是最高的文化结晶。所谓精英文化与大众文化的分野即滥觞于此。利维斯在《大众文明与少数人文化》中认为，文化对社会整体来说总是至关重要的，对生活本身来说也是至关重要的。但是只有“极少数人”才能在任何时候对艺术和文学都具有深刻的鉴赏力。这些少数人是“聪明”的少数人，也就是那些具有“成年人”的评判和鉴赏能力的人，他们能对文学和艺术作品作出“自发的、直接的评判”，他们代表了维护标准的正统“权威”。其妻子 Q. D. 利维斯在《小说与读者公众》中进一步分析指出，当大多数人没有选择余地时，他们的鉴赏力与那些有教养的少数人一起发展；通过让他们随时接触撰写出来的最优秀作品，这些有教养的少数人指导大多数人的生活。但是，到了 20 世纪，由于人们空闲的时间花在看电影、浏览杂志和报纸、听爵士乐上，这种“正常的发展”受到了阻碍。除此之外，“思想敏锐的少数人”处在文化等级最上层的正常地位受到威胁。因为文化精英不再被尊崇为文化的唯一权威，同一种族的公众唯一标准来源，它正面临着“消亡”的威胁。它不再被允许把社会提高到它那更高雅的水平。①

尽管霍加特不同意利维斯夫妇的精英主义文学观念，但是在研究方法上还是受到利维斯夫妇那种“把细致分析的文学方法与探究更加普遍的社会意义和社会变迁结合起来”方法的影响。但是，文化研究又超越精英主义文学研究方法，在研究当时涌现的好莱坞电影、自动

---

① ［澳］约翰·多克尔著，王敬慧、王瑶译：《后现代与大众文化》，北京大学出版社 2011 年版，第 43 页。

唱片机、侦探小说、粗俗杂志、流行歌曲、摇滚乐等通俗文化样式时，把阶级、性别、权力、意识形态引入进来，这种跨越单一学科的多学科视角启示了我们对经典形成的反思。经典的构成既不完全是一个根据其价值而确定的客观事物，也非纯粹的机遇，而是一个还有着其他意义的程序，在这个程序中，某类作家和作品从一开始就比另外一些人更具有入选的权利，无论他们是否拥有那些内在价值。在政治、经济与文化因素的影响下，许多作家与作品甚至文学体裁，因为具有影响力的经典制定者与其支持者的意识形态成见而失去了进入经典的机会。经典因此成为"一个社会里带有文化意义的独特历史叙事"。"文学经典之争"一度成为"文化权力之争"。

第二，文化研究打破了文学经典研究中的文本阐释路径和文本中心主义分析模式，认为依据何种观念看待文本和分析文本，较之观照和分析方式本身更重要，拓宽了文学经典研究的视野和方法。20世纪以来的西方文学研究，在研究方法的专业化方面取得了长足进展，从俄国形式主义到英美新批评，从注重"文学性"到强调文本"细读"，都表明了专业知识分子在提高文学研究和批评的自律性和科学性方面表现出巨大的激情与所做的努力。俄国形式主义者孜孜追寻文学之所以为文学的"文学性"，立论的基础不再是过去的传记批评和社会历史批评，而是文学文本内在的语言特性。"我们在建构诗学时的任务是，从绝无争议的材料出发，不受有关艺术体验的体制问题的牵制，去研究审美对象的结构，具体到本文就是研究艺术语言作品的结构。"①他们纷纷不满当时的文艺社会学、文艺心理学等传统文学批评模式，把焦点放在了文学自身的语言和结构上。在俄国形式主义者看来，文学只是一种自我指涉的人类活动，文学存在的合法性只能依据

---

① ［俄］什克洛夫斯基等著，方珊译：《俄国形式主义文论选》，三联书店1989年版，第219页。

文学内在的自身标准来加以说明，“艺术总是独立于生活，在它的颜色里永远也不反映出飘扬在城堡上那面旗帜的颜色”。①

英美新批评把形式主义文论推向新的阶段，其理论巨擘韦勒克和沃伦就把文学研究分为外部研究与内部研究，主张把文学批评从传统的渊源研究中分离出来，寻求不考虑“外在”因素的纯文学批评，把关注的重点放在文学文本客体本身。二人在其合著的《文学理论》中就旗帜鲜明地指出：“文学研究的合情合理的出发点是解释和分析作品本身。无论怎么说，毕竟只有作品能够判断我们对作家的生平、社会环境及其文学创作的全过程所产生的兴趣是否正确。”②维姆萨特和比尔兹利在他们合作的《意图谬见》中更进一步指出，“就衡量一部文学作品的成功与否来说，作者的构思或意图既不是一个适用的标准，也不是一个理想的标准”。③“意图谬见”直指传统的传记批评、社会批评和心理批评，而“感受谬见”直指感受式批评和印象式批评。在他们的理解中，“意图谬见”在于将诗和诗产生的过程相混淆，其始是从写诗的心理原因中推演批判标准，其终则是传记式批判和相对主义。他们有关“意图谬误”的提法凸显了语言意义的自足性和能产性：“一首诗只能是通过它的意义而存在——因为它的媒介是词句——但是，我们并无考察哪一部分是意图所在，哪一部分是意义所在的理由，从这个角度说，诗就是存在，自足的存在而已。”④这种批评方法实际上确立了文本中心主义的批评模式，忽视了文本与外在广泛的社会历史的联系，看似客观，实则是一种意识形态策略。

新批评家们把文学经典改变为异常难懂的经典作品，这些作品在

---

① 转引自张隆溪：《二十世纪西方文论述评》，三联书店 1986 年版，第 80 页。

② ［美］雷·韦勒克、奥·沃伦著，刘象愚等译：《文学理论》，三联书店 1984 年版，第 145 页。

③ 赵毅衡编选：《新批评文集》，百花文艺出版社 2001 年版，第 234 页。

④ 威廉·K. 维姆萨特、蒙罗·C. 比尔兹利著，赵毅衡译：《意图谬见》，见《新批评文集》，赵毅衡编选，中国社会科学出版社 1988 年版，第 210 页。

语言和形式上的难度保证了它们作为文学的价值，同时也保证了文学经典教授和批评家的价值，因为教授和批评家的模式化细读是理解经典作品所必需的。在学术界提升文学研究的地位，把曾经的消遣(即阅读俗语文学)转化为新的学科，也就是某种诗歌语言的科学，这是新批评改良主义的作用之一；同时，它的另一个作用是使文学在学术界孤立起来。① 因此，新批评并不是一种客观独立的文学批评，它具有特殊的时代背景和诉求。在科内尔·韦斯特看来，战后美国经济的腾飞带来了人文学科教学的职业化和专业化，因而推广了新批评派的细读技巧——这种技巧是从他们保守的有机主义者的反资本主义意识形态中切割出来的。“新批评像特里林修正了的阿多诺的批评一样，一心关注着悖论、反讽和多义性，这种学术思想不仅促成了现代派文学的经典化，而且为新的文学研究者提供了一种形式的整饬和思想的活力，以支撑陷入一种扩张的技术中心主义文化围剿的人文主义的自我形象。”②文化研究打破了这种精英主义、形式主义的文学批评和研究方法。“文化研究的话语必须抵抗学术学科及院系中已确立的利益。它必须质问捍卫各类学科与院系的学术现状的知识要求与理智性模式常出现的围绕着不许在学术学科领域内提出的问题的利益。”③

第三，文化研究质疑了文学经典形成过程中的不平等和权力因素，为经典更新和拓宽经典提供了契机和动力。杜林在《文化研究批评导论》中归纳指出：“文化研究运用于三个不同的层面。其一，是在其所观察到的蓄意的排外、非正义和存在偏见层面。它倾向于将自

① [美]约翰·杰洛瑞著，江宁康、高巍译：《文化资本：论文学经典的建构》，南京大学出版社2011年版，第4页。

② 罗钢、刘象愚主编：《文化研究读本》，中国社会科学出版社2000年版，第204页。

③ 罗钢、刘象愚主编：《文化研究读本》，中国社会科学出版社2000年版，第91页。

身定位在弱势群体的一边，即获取社会结构所提供的资源最少的群体。由此，这种‘运用’是政治性和批判性的。其二，它旨在以分析某些繁多文化形式的娱乐性交际以及背后的社会支撑点的方式，来强化和赞美不同的文化经验。其三，作为与其他学术真正不同的标志，它旨在以非客观化方式将文化视为日常生活的一部分。事实上，文化研究本身渴求加入、并参与到世界之中。”①文化研究与权力的关系由来已久，葛兰西的文化领导权理论揭示了文化领域内部既相互冲突斗争又相互妥协吸收的复杂纠葛，使得文化研究关注表意实践过程中的意义生产和分享机制。正是注意到权力在文化研究中的地位和作用，伯明翰学派文化研究走出了利维斯精英主义、阿尔都塞学派的结构主义模式，打破了庸俗马克思主义的经济决定论和法兰克福学派的悲观论调，开辟了大众文化研究的新格局。“文化研究寻求扮演的是一个去神秘化的角色，剀陈文化文本的建构特质，以及深植于其中的各种神话和意识形态，希望藉此创造出新的主体位置，以及有能力反抗自身被支配宰制的从属地位的主体。作为一种政治理论，文化研究希望组织各类异质的反对运动，使他们形成一个介入文化政治（cultural politics）的结盟力量。”②

福柯在《权力的解释》中认为，权力与知识的生产密切相关，他指出：“哲学家，甚至知识分子们总是努力划一条不可逾越的界线，把象征着真理和自由的知识领域与权力运作的领域分隔开来，以此来确立和抬高自己的身份。可是，我惊讶地发现，在人文科学里，所有门类的知识的发展都与权力的实施密不可分。当然，你总是能够发现独立于权力之外的心理学和社会学理论。但是，总的来说，当社会变

① Adams, Hazard, et al. eds. Critical Theory since 1965. Tallahassee: UP of Florida, 1986.

② ［澳］克里斯·巴克著，罗世宏译：《文化研究：理论与实践》，五南图书出版公司2004年版，第41-42页。

成科学研究的对象，人类行为变成供人分析和解决的问题时，我相信这一切都与权力的机制有关——这种权力的机制分析对象(社会、人及其他)，把它作为一个待解决的问题提出来，所以人文科学是伴随着权力的机制一道产生的。”①

20 世纪 70 年代以来，西方的女性主义、马克思主义、后殖民主义和新历史主义者提出了拓宽现有经典的要求。他们认为，在过去选择文学经典的过程中，意识形态和政治偏见起了主导作用，因此，入选的经典，很多都是欧洲的、白人的和男性作家的作品。他们认为，现有的西方文学经典带有种族歧视、男权偏见和文化帝国主义色彩，并对少数族裔、妇女和劳动阶层边缘化的过程起到了推波助澜的不良作用。他们要求拓宽经典，“以使经典代表多元文化，而不是欧洲中心，并且包括更多的女作家和少数族群作家的作品”，② 甚至提出要改变经典认定的标准，去掉经典遴选过程中的精英文化意识和等级观念，把好莱坞电影、电视连续剧、通俗歌曲、报刊和畅销小说等都纳入经典，这与文化研究中的大众文化观念不谋而合。这种打开经典的文学运动，实际上也是整个 20 世纪西方争取性别、阶级和种族平等的多元政治和文化潮流的一个组成部分。但是这种拓宽经典运动背后遴选经典的标准和原则同样不是纯粹的美学和审美标准，而是带有浓厚的政治反叛色彩。可见，文化研究思路影响下的经典探讨带有鲜明的解构主义色彩。因此，文化研究给文学经典带来的影响复杂深远，理论研究尚在路上。

---

① 王治河主编：《后现代主义辞典》，中央编译出版社 2004 年版，第 496 页。

② 赵一凡等主编：《西方文论关键词》，外语教学与研究出版社 2006 年版，第 283 页。

第五章　红色经典及其影视改编

红色经典热是20世纪90年代以来一个突出的文化现象。近年来，由红色经典改编的一些影视作品相继热播，引发了观众和文艺评论界的高度关注和广泛争议。2004年5月23日在纪念毛泽东《在延安文艺座谈会上的讲话》发表62周年之际，中国文联、中国剧协、中国影协、中国视协联合主办了一场"红色经典"改编创作座谈会，学者李杨、唐小兵、程光炜、董之琳、蓝爱国、余岱宗、阎浩岗等人纷纷著书，对这一时期的文学作品的历史定位进行价值重估。① 同年12月18日由《文艺研究》在京召开"'红色经典'改编问题"研讨会。与此同时，学术界也纷纷发表文章分析这一现象。《当代电影》在2004年第6期就集中刊发了4篇探讨"红色经典"改编问题的文章。②

---

① 李杨:《50—70年代中国文学经典再解读》，山东教育出版社2006年版；唐小兵:《再解读：大众文艺和意识形态》，北京大学出版社2007年版；程光炜:《文学想象与文学国家——中国当代文学研究（1949—1976）》，河南大学出版社2005年版；董之林:《旧梦新知："十七年"小说论稿》，广西师范大学出版社2004年版；蓝爱国:《解构十七年》，华东师范大学出版社2003年版；余岱宗:《被规训的激情》，上海三联书店2004年版；阎浩岗:《"红色经典"的文学价值》，人民出版社2009年版。

② 这四篇论文分别为侯洪的《"红色经典"：界说、改编与传播》、彭文祥的《"红色经典"改编剧的改编原则和审美价值取向分析》、戴清的《"红色经典"改编：从"英雄崇拜"到"消费怀旧"——电视剧〈林海雪原〉的叙事分析与文化审视》、熊文泉的《"红色经典"艺术生产的内在机理分析——以作品〈林海雪原〉的生成、改编为例》。

红色经典的影视改编比起其他文学经典的影视改编，能引起社会更广泛地关注和讨论，其背后复杂的奥妙何在？这是学界关注的焦点，也是我们思考的重点。

红色经典热的出现，与中国社会的政治、经济、文化思潮和宏大背景密切相关。在已有的研究中，有的运用西方文化研究理论，有的运用文学体制和文学生产理论，有的运用结构主义和叙事理论，有的运用症候式阅读和意识形态分析，有的运用民间视角，还有的借用了文本细读和分析。这些研究丰富和拓展了我们对红色经典的认识和阐释。红色经典改编是市场经济下大众文化生活中的一个重要内容。

红色经典在承载着革命历史叙述重任的同时，也承载着几代人的青春记忆和理想激情。红色经典的改编牵动着官方、市场、民间和大众的神经。有学者认为，“红色经典”既是政治，又是文学；既是意识形态，又是审美；既是文学现象，又是叙事文本；既是思想载体，又是小说形象；既是历史，又是现实；既是传统，又是现代；既是“红色”，又是“经典”；既是革命话语，又是文学消费。① 在本书看来，红色经典及其影视改编引发的论争，不仅是一个文学研究、影视理论研究、传播学研究中共同面临的话题，也是当代中国文艺理论研究和文化研究中值得继续深入探讨的重要课题。

第一节　红色经典及其概念之争

“红色”一词在中国文化语境中，一直受到特别的青睐和重视。对于现代中国而言，“红色”不只是一个颜色的实指，更多的是革命的象征符号，它表示的是政治上的革命性，而且它是中国特定革命语境下的产物，在中国现当代史的语境中有非常明确的政治含义。“红

① 黄书泉：《“红色经典”长篇小说与文学消费》，《学术界》2014年第5期。

色”被赋予了革命、牺牲和胜利的寓意，成为中国共产党取得革命胜利的象征，也成为中国人民进行革命和建设的巨大精神动力。在现当代中国语境中，“红色”可以解读出激情、英勇、革命、牺牲、光明等多重涵义，同时还引申出合法性、革命性、政治上的正确性等多重涵义。① 有一个细节，1972 年 2 月 21 日，美国总统尼克松访华，拉开了中美两国外交的大幕，在当时，大多数人穿的都是灰色、黑色、麻色，而尼克松总统夫人特意穿了件红色大衣，以显示对毛泽东及其领导的中国的尊重，访问期间，尼克松还以恭恭敬敬的态度观看了革命样板戏《红色娘子军》。可见，红色记忆跨越了东西方意识形态的差异，成为中美政治交流达成共识的载体。红色记忆也成为中国现当代历史上的政治无意识。

红色经典是中国现代革命话语背景下的一个独特概念。它经历了一个由流行歌曲到文学的内涵变迁。“红色”与“经典”的结合要源自 20 世纪 90 年代初期的“毛泽东热”和《红太阳》歌曲的空前流行。当时，革命经典歌曲的走红带动革命电影的重新播放，一度受到否定和批判的“样板戏”甚至登上春节联欢晚会的舞台，被再次传播。因此，“红色经典”最初指“文革”中出现的样板戏，后来泛指毛泽东《在延安文艺座谈会上的讲话》精神指导下创作的反映中国共产党领导的革命和社会主义建设以及普通工农兵生活的典范性作品。属于前者的有芭蕾舞剧《红色娘子军》《白毛女》，现代京剧《红灯记》《智取威虎山》《沙家浜》等；属于后者的有被合称为“三红一创，山青保林”的小说《红岩》《红日》《红旗谱》《创业史》《山乡巨变》《青春之歌》《保卫延安》《林海雪原》等。2002 年人民文学出版社出版的“红色经典”系列丛书还包括《太阳照在桑干河上》《风云初记》《平原枪声》《暴风骤雨》

① “红色”甚至还成为民间喜庆场合喜好选择的颜色和符号元素，象征吉利、喜庆、幸福、圆满等。

《吕梁英雄传》《新儿女英雄传》《野火春风斗古城》等小说。

实际上，根据有关学者概述，红色经典小说的出版经历了三次热潮：新中国成立前后、20 世纪 90 年代和新世纪以来。① 在第一次热潮中，很多作品初版后一印再印，一版再版，发行量十分惊人。据统计，《红旗谱》至 1978 年第四版时印数已达 500 余万册，《林海雪原》在出版一年的时间里印数近百万册，《青春之歌》出版后的一年半内印数达到 150 万册，《红岩》在出版后不到三年的时间里印数高达 400 万册。在第二次热潮中，1994 年京华出版社将浩然的《金光大道》第一、二卷予以再版，并出齐了三、四卷。1997 年人民文学出版社推出了"红色经典丛书"。这些重版的"革命历史小说"，成为发行量高达数万乃至数十万册的畅销书。在第三次热潮中，2001 年，中宣部、文化部等推出了纪念中国共产党建党 80 周年重点献礼文艺作品，在中国各地电视台和电影院热播一大批反映中国革命历史题材的影片和电视连续剧。同时，出版部门大量重印、再版各种革命题材的文学、文艺作品。

2015 年 6 月 18 日，中宣部、新闻出版广电总局召开纪念中国人民抗日战争暨世界反法西斯战争胜利 70 周年出版工作专题会，会上发布了重点选题 120 种，同时启动"百种经典抗战图书"再版计划，包括《小兵张嘎》在内的一批红色经典被确定重印。②

随着经典问题研究的不断深化，以及影视作品中大量出现的红色经典改编现象，红色经典开始受到学术界的重视。但是，当前人们对红色经典改编过程中的一些问题的争论，多是些新闻性、感悟式、印象式的报道或个人评介，即使已有的理论研究文章，也主要认为：红色经典的改编处于一个尴尬矛盾的境地，在消费主义话语与革命政治

① 见王平：《红色经典小说出版热潮的时代密码》，《中国出版》2014 年 2 月下。

② 见《光明日报》2015 年 6 月 19 日 01 版。

话语的夹缝中，“红色经典”也只能在“红色”与“消费”、政治与经济、革命与金钱之间左右不逢源。虽然有学者认为红色经典的价值在于“现代史诗品格的建构”，红色经典之所以能在革命语境中并继续在当代文化语境中脱颖而出，并不断被改编，必然有其文本内部的原因。但这种内部原因是什么？很多文章语焉不详。这就首先需要我们探讨红色经典文本自身的价值和内部结构，这也关系到红色经典改编的合理性、必要性和合法性。

在本书看来，这些红色经典之所以重印，跟红色经典自身的内容、思想价值和艺术特色等密切相关。

第一，从内容上看，红色经典作品主要以新民主主义革命斗争的历史和建国初期的社会主义改造运动及社会主义革命为题材，展示了革命年代和社会主义建设时期波澜壮阔的历史以及革命战士伟大的人生经历。

请看《红岩》第二十九章中面对胜利的曙光和特务最后的疯狂杀戮，作者这样描写：

> 老大哥从每个战友身旁走过，巡视了一遍，又在牢房中央站住。
>
> “我们是在和党失去联系的情况下行动的。”老大哥针对面临的形势，不能不把自己心里的话，告诉朝夕相处的战友们。“条件是困难的。但我们确信，只要一致努力，美蒋特务的重围，是可以突破的。让我们用坚决的行动，实现党的决定。能够胜利脱险的同志们，也请接受战友们的嘱托，代表大家用最坚决的行动，为建设新中国而奋斗，为无产阶级在全世界的最后胜利而献身！”
>
> 老大哥刚毅的声音，更加激励着战友们内心的激情。多少年来，无数战友的希望和嘱托，无数个白天和夜晚的期待和策

划……在这生与死，胜利与牺牲的决斗即将到临的瞬间，全浮现在人们眼前，召唤着，激励着人们。

柳青的《创业史》中有这样几段：

二十年过去了。

一九四九年的夏天，汤河上出现了一九二六年军阀刘镇华围西安以来最大的兵荒马乱。下堡村的人，纷纷收拾北原崖上的暗窑。蛤蟆滩的人，家家户户在院里外人不容易察觉的地方挖地洞。让小伙子和年轻妇女在里头躲藏起来吧！不得了，风声险恶极了。说渭河以北溃退下来的国民党军，见东西就拿，见小伙子就拉，见年轻女人就要糟蹋。阿弥陀佛！他们的末日终于到了！在北原那边，沿陇海铁路和县城的方向，大炮响了几天了。有一天夜间，下堡村、黄慢镇和蛤蟆滩，所有的狗直叫了一夜。梁三和他老婆把闺女和童养媳妇藏起来，老两口蜷曲在草棚屋里，通夜也没合过眼皮，他们听见汤河北岸的马路上，人声、牲口声和车辆声不断，却不敢出街门外去看一看。第二天早晨，汤河两岸死一般地沉寂，没有一个人影。到吃早饭的时候，有人来敲街门，吓得全家人哆嗦，出去到院里一听，原来是梁生宝不知从什么地方跑回家来了。他眉飞眼笑，高兴地跳着，大声喊道："解放啦！——"

……

梁三老汉迷迷瞪瞪，无论如何不能理解生宝的话。后来，他看见生宝在蛤蟆滩和下堡村，满世间跑来跑去，大喊大叫，说一些在他看来是过分大胆的话，他心下很是不安。过了些日子，有一天，生宝从下堡村过汤河来回家吃饭的时候，竟然背一杆亮堂堂的长枪——不是人们在终南山里打野猪、狗熊和豹子的土枪，而是从前拉生宝壮丁的那些人背的那种快枪。梁三老汉看见这东西，心突突地直跳，不让生宝拿进草棚屋里去。

……

果然，第二年冬天，给梁三老汉分下十来亩稻地。老汉如同在梦里一般，晃晃悠悠多少日子。他的老脑筋怎么也转不过这个弯儿来。他曾经日谋夜算过：种租地，破命劳动，半饱地节省，几分几分的置地，渐渐地、渐渐地创立起自己的家业来。但是，他没有办到；生宝比他精明些，也没有办到。而现在，人们只要告诉他一声，十来亩稻地就姓梁了。

无论是《红岩》还是《创业史》，都是对共和国革命历史和新生政权建立的意识形态建构。很多红色经典的作者都经历过残酷的革命战争或新生政权的建立，如《林海雪原》的作者曲波 15 岁就参加了八路军。1946 年冬，作为团副政委的曲波，亲自带领一支小分队，深入东北茫茫林海雪原剿匪，经过近半年的艰苦战斗，终于歼灭了那些顽匪，小说就是根据其个人经历构思创作的。《红岩》的作者罗广斌、杨益言先后被囚于重庆渣滓洞、白公馆监狱，两人均在重庆解放前夕被营救出狱。新中国成立后，为了响应国家对青年进行革命教育的需要，他们将在监狱中对敌斗争的真实经历写出来。《红旗谱》的作者梁斌 1930 年考入保定二师并参加了保定二师的学潮斗争，后来家乡发生了著名的高蠡暴动，此次暴动的经历和见闻对梁斌的生活和创作都有很大影响，甚至成为他的一个心结。新中国成立后，他毅然辞去各种职务，投入写作，终于在 1957 年完成了这部红色经典。而《保卫延安》的作者杜鹏程作为西北野战军的随军记者，亲历了延安保卫战的全过程，走遍了西北的大部分地方，穿过沙漠、草原、戈壁，越过数不清的高山峻岭和大小河川，尤其是对彭德怀将军印象深刻。于是 1949 年到达新疆后，杜鹏程开始着手创作，回忆西北战场，整理战地笔记，数易其稿，小说终于在 1954 年出版。《创业史》的作者柳青 1952 年从北京来到陕西长安皇甫村落户，与当地农民同生活、同劳作，14 年的农村生活体验，成就了小说作品的思想厚重、结构宏伟、气势磅礴。由此可见，这些红色经典大多具备历史、小说与传记合一的史诗特征，作者的亲历见闻或战地采访，增加了小说坚实的社会主义现实主义史诗品格，也使得小说在文学叙事之外多了一份历史叙事的厚重与深刻。诚如旷新年指出，柳青“深刻认识到农业合作化道路对改变小农经济的历史命运的重要意义，他的《创业史》以非凡的气势，精巧的构思，生动的人物形象回答了中国农村为什么发生社会主义革命和这次革命是怎样进行的问题，是社会主义现实主义最杰出的典范作品”。①

第二，从思想角度看，“红色经典”具有强烈的革命性、意识形态性、阶级性，不少“红色经典”还具有浓烈的民间伦理道德色彩。

丁玲的《太阳照在桑干河上》第五十节决战之三在描写批斗钱文贵时有这样一段话：

> 几千年的恶霸威风，曾经压迫了世世代代的农民，农民在这种力量底下一贯是低头的。他们骤然面临着这个势力忽然反剪着手站立在他们前面的时候，他们反倒呆了起来，一时不知怎么样才好。有些更是被那种凶狠的眼光摄服了下去，他们又回忆着那种不堪蹂躏只有驯服的生活，他们在急风暴雨之前又踌躇起来了。他们便只有暂时的沉默。

这段描写，把农民与地主的阶级对立写得入木三分。这种斗争场

① 旷新年：《社会主义现实主义经典〈创业史〉》，《湖南大学学报》2004 年第 5 期。

面描写，带有民间复仇色彩。同样，《红旗谱》中第一卷第八节有这样一段：

冯家大院，是一座古老的宅院，村乡里传说：冯家是明朝手里发家的财主，这座宅院也是在明朝时代用又大又厚的古砖修造起来。经过几百年风雨的淋洒，门窗糟朽了，砖石却还结实。院里青砖铺地，有瓦房、有过厅、有木厦。飞檐倾塌了，檐瓦也脱落了，墙山很厚，门窗很笨，墙面上长出一片片青色的霉苔。青苔经过腐蚀，贴在墙上，像一块块的黑斑。一进冯家大院，就会闻到腐木和青苔的气息。据说冯家大院里有像猫一样大的老鼠，有一扁担长的花蛇，把那座古老的房舍，钻成一个洞一个洞的。院里一棵老藤萝，缠在红荆树上，老藤萝长得很茂盛，倒把红荆树给缠黄了。老藤的又密又浓，遮得满院阴暗的不行。大瓦房的窗格棂又窄又密，屋里黑古隆冬的。但是这样的房，冯老兰却住惯了，他成天价钻在大瓦房里，晴天白日点起油灯，写账簿打算盘。这天听得朱老忠还乡的消息，他不写账，也不打算盘，只是趴在桌上发呆。眼前晃晃地闪着朱老巩的影，仇人的形象是有心人不能忘却的：头上挽着个搪扭儿，光着脊梁，举起铡刀，张开大嘴喊着："大铜钟是四十八村的，今天谁敢捅它一手指头，这片铡刀就是他的对头！"虽然过去了几十年的事情，他多咱一想起来，就趴在桌上，转着黄眼珠，呼噜呼噜地学猫叫。心里纳起闷来："嗯，朱虎，朱老忠，他不是死在关东了？"冯老兰没见过三十年以后的朱老忠，根据幼时的相貌，会把他想像成朱老巩的样。心里悔恨说："剪草不除根，又带回两只虎犊儿！唔！老虎，简直是三只老虎！"他心上异常不安，垂下枯黄的脸，眯瞪眯瞪眼睛，瞧着窗外。

这一段把冯老兰听说朱老忠还乡回到锁井镇的消息后，那种忐忑不安和对即将到来的阶级斗争的惶恐写得惟妙惟肖。梁斌在谈到《红旗谱》的创作时也说过：“我写这部书，一开始就明确主题思想是阶级斗争，因此前面的楔子也应该以阶级斗争概括全书。”①

红色经典中之所以呈现出浓厚的阶级斗争色彩，这与作者的文化背景和毛泽东关于阶级斗争学说的深入人心有关。很多红色经典作家主要接受的是中国古代通俗文学和传奇叙事的影响以及20世纪30年代民族战争、阶级斗争学说的影响，而不是“五四”时期人的学说和外来文化的影响。曲波在谈到《林海雪原》的创作经历时说：“在写作的时候，我曾力求在结构、语言、人物的表现手法以及情与景的结合上都能接近于民族风格。我这样做，目的是要使更多的工农兵群众看到小分队的事迹。我读过《钢铁是怎样炼成的》等文学名著，其中人物高尚的共产主义道德品质和革命英雄主义的气概深深地教育了我，他们使我陶醉在伟大的英雄气概里。但叫我讲给别人听，我只能讲个大概，讲个精神，或者只能讲意会而不能言传；可是叫我讲《三国演义》《水浒传》《说岳全传》，我就可以像说评书一样地讲出来，甚至最好的章节我还可以背诵。这些作品，在一些不识字的群众间也能口传。因此看起来工农兵群众还是习惯于这种民族风格的。”②

毛泽东关于阶级斗争的学说，在当时的解放区深入人心。他在《中国社会各阶级的分析》中所说的“谁是我们的敌人？谁是我们的朋友？这个问题是革命的首要问题”这个论断旗帜鲜明、振聋发聩。红色经典小说的作者又深谙工农兵群众的喜好，用他们喜闻乐见的方式，在革命意识形态的主题思想框架中借鉴、沿用和移植了通俗小说才子佳人模式和忠义侠勇模式。在《林海雪原》《红旗谱》《创业史》

① 梁斌：《漫谈〈红旗谱〉的创作》，《人民文学》1959年第6期。

② 曲波：《关于〈林海雪原〉——谨以此文敬献给亲爱的读者们》，《林海雪原》，人民文学出版社1994年版，第524页。

《铁道游击队》《烈火金刚》等小说中都可以看到《三国演义》《水浒传》以及传统武侠小说的题材模式和体现传统伦理的江湖忠义传奇。但是与此同时，红色经典又将传统小说中的“忠与奸”对立模式置换成阶级对立，决定矛盾冲突的不是传统的善\恶、忠\奸等民间伦理情感，而是无法调和的阶级仇恨和对立。“英雄传奇作者对生活的理解和革命的观察多来自章回小说的伦理概念：对党重‘忠’(忠心耿耿)，对同志重‘义’(两肋插刀)，对革命信仰重‘节’(宁死不屈)，对血腥战争则理解为妙趣横生的斗智斗勇等。”①这样一来，传统民间文化中带有狭隘色彩的自发的打抱不平、为民除害、诛奸除恶等行为在新的历史观的观照下，就转换为党领导下的合理正义的英勇杀敌和为穷苦大众、民族解放浴血奋战的不畏牺牲。“在丰富的斗争生活基础上，我又深深体会到，作者的立场和观点，是个十分重要、丝毫不容苟且的根本问题。爱谁，恨谁，爱什么，恨什么，歌颂什么，打击什么，都不容许有一点含糊。我爱党所领导的解放人民的伟大事业，我爱党所给予我们的光荣的任务，我爱小分队的战友，我爱林海雪原的蘑菇老人、工人和猎手，我爱的每一条河、每一座山，它们是祖国的锦绣河山，是祖国的万宝库，立场鲜明，爱憎分明，是对无产阶级文艺战士起码的，也是最基本的要求。”②党的教育、感化和领导使作者的爱恨情感超越朴素的民间伦理情感，上升到阶级情感，阶级意识的建构超越了狭隘的个人意识，阶级斗争取代了个人仇恨。杨沫在1959年的《再版后记》里回应《中国青年》和《文艺报》等对《青春之歌》初版的讨论，谈到对《青春之歌》进行修改后说道：“林道静原是一个充满小资产阶级感情的知识分子，没有参加革命前，或者没有经过严

① 张均：《中国当代文学制度研究(1949—1976)》，北京大学出版社2011年版，第155页。

② 曲波：《关于〈林海雪原〉——谨以此文敬献给亲爱的读者们》，《林海雪原》，人民文学出版社1994年版，第524页。

峻的思想改造前，叫她没有这种感情的流露，那是不真实的；但是在她接受了革命的教育以后，尤其在她参加了一段农村阶级斗争的革命风暴以后，在她经过监狱中更多的革命教育和锻炼以后，再过多地流露那种小资产阶级追怀往事的情感，那便会损伤这个人物，那便又会变成不真实的了。”①红色经典作品中，革命意识形态成功控制了个人叙事空间，革命理想主导了林道静的爱情选择（她与余永泽、卢嘉川、江华）。

第三，从艺术上看，“红色经典”的文本故事吸收了中国古代小说传统的审美结构特点，在人物关系上，多运用二元对立的分类方法处理，正反面人物性格分明，冲突强烈，矛盾尖锐集中，因而故事性强。作品洋溢着理想主义、集体主义、革命英雄主义和乐观主义的崇高精神。

让我们看一下《小兵张嘎》中这两段：

> 然而就在这场大风暴中，老奶奶却和八路军结下了生死之缘。一来是她老人家心肠火热，赤胆忠心；二来这两间小草房正处在村沿上，地方背，不惹眼，进出方便。于是就常有工作干部和伤病员来家里隐蔽。他们昼伏夜动，黑去黑来；来时吃喝住宿，去时一阵清风。虽有时连模样儿还未看清，一闪便又走了，可她单凭那颗受过万千折磨的心就能知道：这都是些世界上最好的人。他们为国为民流血牺牲，哪怕刀戳在胸口上，眉头儿也不曾皱过一皱。他们在敌人面前像一个铁人儿，可对她这个穷老婆子，却亲妈一样待承，生母一样伺候。有哪个风烛残年的孤苦老人，曾享有过骤然增添这么多孩子的欢乐啊！

① 杨沫：《青春之歌》再版后记，《青春之歌》，北京十月文艺出版社 1992 年版，第 616-617 页。

张嘎子的乐趣，可比他奶奶的还要来得大。那日日夜夜从来过往的工作人员，个个是他的朋友，而又个个是英雄。谁能有这么多的英雄朋友，又能知道那么多的秘密呢？东庄上的岗楼给火烧了，谁知道是怎么烧的？西淀里的据点给摸进去了，谁知道是哪一部分？城里的汉奸半夜里丢了脑袋，谁干的？鬼子的小火轮儿在淀里沉了底，怎么打的？还有，娶媳妇的花轿忽然打了鬼子的伏击啦，算卦的先生砸了鬼子的汽船啦，用笤帚疙瘩就下了"白脖"的枪啦……这一切谁能知道？可是，张嘎子知道！他整宿整夜地听着这些故事，那颗小小的心灵，曾有多少次飞进那战火纷飞的战场上去啊！就这样，一批人来了，又一批人去了，张嘎子既有永远交不完的朋友，又有永远听不完的故事，这些故事又是那么的神奇惊险，趣味横生。他夜间把这些故事听完，白天就悄悄去转述给同村的小伙伴们。小伙伴们在他面前乐得跳脚，他的快乐也因此更加了十倍。以至使得他一天没有八路叔叔在家，便会失魂落魄，没法子排遣那空漠的日月了。

八路军的聪明、英勇、善良与汉奸、日军的胆小、怯弱、愚蠢形成简单而又鲜明的对比。同时，作品洋溢着革命乐观主义精神，格调昂扬进取，充满了革命必胜的坚定信念。同样，还有《创业史》中的梁生宝和姚士杰，也对比鲜明。小说中，梁生宝是忍辱负重、谦虚谨慎、节俭朴实、任劳任怨、重义轻利的形象。而与其构成主要对立面的姚士杰则活脱脱一副"奸"相——表面老实积极，内心阴险狠毒、诡计多端，为了躲避支援贫下中农的任务，偷偷将多余粮食运送出去；施以小恩小惠拉拢富裕中农；引诱贫农的妻子素芳等。

作为特定"历史情境"的必然产物，"红色经典"有明显的时代局限与艺术缺陷。其过于强调文学的政治性、阶级性，在内容描写上很少涉及(或规避)人物的情感生活、家庭生活。正面人物的成长、恋爱和家庭生活不是建立在自然伦理感情的基础上，而是建立在阶级情感和革命志向相同的基础上。《敌后武工队》中的区干部汪霞与武工队小队长魏强的爱情就是这样，而《山乡巨变》中的刘雨生与张桂贞因为入社问题离婚，然后与盛佳秀结合也是相似的。刘雨生和王玉生都是合作化运动的积极带动者，他们的婚姻变化都是通过政治运动事件来反映的，他们和一个不关心集体的女人离婚，而和一个合作化运动的拥护者结合，干部的党性和群众的积极性才是合作化大潮下人物的先进性和共性，小说在此将个人的婚姻日常生活和公共政治生活交织融化在了一起。

红色经典以中国近现代革命和历史进程中正/反力量、先进/落后、忠诚/背叛模式规约人物形象和命运性格，并将这种模式作为人物情爱选择、感情归宿和家庭生活的逻辑依据与区分标准。这样一来，作品中主要正面人物的私人感情和心理意识都被过滤掉了。在人物塑造上，人物性格比较简单，存在着类型化、脸谱化的缺陷。这种缺陷也反映了红色经典小说作者在吸收借鉴中国传统章回体小说时没有很好地创新，将其正反对立人物凝固、刻板化，将正面人物的所有言行置于绝对正义位置加以神圣化，而把反面人物则彻底丑恶化。

正因为红色经典具有上述特征，所以对于"红色经典"这一概念能否成立就有三种观点：反对、赞成、客观中立分析。反对"红色经典"这个提法的以复旦大学陈思和教授为代表，他认为：

> "经典"是被历史证明它代表着人类整个文化传统的根本的一些文本。只有经过漫长时间的考验，千锤百炼，精益求精，才能够成为"经典"，"红色经典"这个概念本身对"经典"这个词是一种嘲讽和解构。①

① 陈思和：《我不赞成"红色经典"这个提法》，《南方周末》2004年5月6日。

陶东风教授看到了“红色经典”这个概念的张力性，并予以客观分析。他从语义学角度看到了“红色经典”这个合成词的有趣之处，他认为，“红色”在中国现当代史的语境中具有非常明确的政治含义：社会主义革命、中国共产党、马克思主义。与“红色”相匹配而组成的词语(如“红色江山”“红色政权”等)在汉语中占有绝对的霸权地位；而“经典”则是一个政治色彩相对淡薄的词，特别是在具有自由主义倾向的美学理论与文学理论的阐释框架中，“经典”通常没有或被着意淡化其政治色彩与党派政治性色彩，它被解释为人类最优秀的普遍文化的结晶，是超越的道德价值与审美价值的体现。于是“红色经典”这个词本身就包含了内在的张力。①

赞成“红色经典”这个概念的一般认为，“红色经典”并非一般的历史叙事文本，而是民族独立解放的历史记忆。“红色经典”的价值元素也不单纯具有文学的审美意义，更具有刻画民族表情、塑造民族人格、展现民族精神图景的文化意义。②

在本书看来，“红色经典”和一般意义上的文学经典不尽相同。虽然在审美上存在着遗憾和缺失，但是作为一种革命话语，它承载着革命历史叙述的重任，以全景式史诗的方式，展示了中国共产党领导下的人民大众同仇敌忾、抗敌御侮、建立民主政权的波澜壮阔的历史，体现了中华民族在困境和逆境中永不屈服、破旧立新、求变图强的历史发展逻辑；作为一种文学话语，它造就并容纳当时那个时代人们的理想信念和精神追求，凝聚了那个时代人们的“感觉结构”和“情感结构”；作为一种集体记忆，它洋溢着理想主义和英雄主义的革命激情，以饱含“情感”和“想象”的文学话语为刚刚诞生的革命中国提

---

①　参见陶东风：《革命与商业的夹缝中的“红色经典”》，http://www.aisixiang.com/data/10884.html。

②　惠雁冰、胡俊生：《“红色经典”传承民族文化的核心价值》，《中国教育报》2015年8月21日。

供了双重的合法化论证。红色经典小说对作为个体存在的人及其情感心理的刻画揭示是存在巨大缺憾和遮蔽效应的，但它却在群体的层面上构建起一种值得后人无限向往、无限怀念的精神内涵。

"红色经典"的特殊和显著之处就在于"红色"二字，这也是红色经典引起争论的焦点所在。一些"红色经典"概念的质疑反对者常认为，"经典"是经过时间淘洗并被历史证明了的，从而确立为代表着一个民族核心文化理念的文本。它意味着这些作品本身的不可超越性，它必然是经得住时间的考验，具有永恒价值的文本，它们不会因为历史变迁而失去生命、失去意义。的确，评定一个文本是不是经典，有一些学界共同认可的基本原则，诸如经典文本所应具有的超越时间性、内涵普适性、民族文化史诗性等品性。实际上，"红色"代表着中国共产党领导下的艰苦卓绝的革命斗争和火热激情的社会主义建设探索实践。"红色经典"不是某一个人的经典，也不是可以任意杜撰和歪曲的，更不应该束之高阁或摒弃，它虽然具有鲜明的时代特征与阶级烙印，但是又具有先进性、理想性、革命性、史诗性和人民性。

伊格尔顿说过："美与崇高所起的作用是意识形态的重要范畴。因为人文主义的意识形态的问题在于如何将意识形态的中心性和抚慰与必要的尊敬和主体的服从统一起来。"①当前大众阅读打着"去政治化"的口号，简单盲目地追求阅读的消遣性、猎奇性、娱乐性和快感性。在这种阅读心理和阅读取向下，"红色经典"被冠以"政治文学"的标签被简单地排斥，这实际上是对红色经典的误解和偏见。红色经典作品的经典化历程，并不完全是政治意识形态和权力话语使然，而是离不开文本自身的审美结构和当时读者的喜好。在中国现代历史

① [英]特里·伊格尔顿著，王杰等译：《审美意识形态》，广西师范大学出版社2001年版，第81页。

上，审美与政治、审美与意识形态、审美与启蒙的关系并不像西方现代主义美学所标榜的那样是对立龃龉的。红色经典的审美价值和文学价值与其思想史价值、政治价值并不完全冲突。红色经典的作家响应并实践着毛泽东提出的“文艺为工农兵服务”的号召，发扬人民美学的品格，坚守民族文学的特色，吸取中国古代文学的叙事精华，创造了中国现当代文学史上的一部部传奇史诗。因此，红色经典不仅仅属于“十七年”，也属于整个中国现当代文学史。剥去红色经典中的意识形态因素和政治话语因子，红色经典依旧具有不容置疑的艺术价值和审美价值，并且这种艺术价值和审美价值，在社会的政治、经济和文化都发生显著变化的背景下，依然光可鉴人、昭然可见。正如有学者指出，我们不必讳言“红色经典”有其自身和时代的局限，但是，在文化和文艺日益多元化的今天，它对于物质至上、欲望横流的警示，它对于正义、平等的吁求，它对于底层的苦难和受压迫民众的同情和尊重，都是当下的许多文艺作品所忽略乃至根本无视的。① 在当今这个浮躁的社会，存在大量欲望化写作、下半身写作，但这无法引导人们净化内心、追求高尚。红色经典并没有因为先锋文学的兴起、现代派作家、新写实主义大行其道而丧失它的丰富性和吸引力。人们对红色经典小说文本的重新青睐，在一定程度上反映了对当下某些低俗、恶俗文化形态和文学生态的厌倦，以及心灵深处追求崇高的审美需求。

“红色经典”这个概念能否成立，不是一个简单的关于“经典”和“文学”自身的论争，而是关系到如何认识“人民性”“人民文学”“人民美学”“民族国家想象”和“社会主义文学”等深层次的重要问题。以《红旗谱》为例，小说中三代农民代表着三个不同的时代，也体现了

① 参见《人民日报》2014 年 5 月 16 日第 24 版，《捍卫文学经典》(文学观象)，对话人：张江、张炜、张志忠、吴义勤、白烨。

中国农民摆脱苦难生活和寻求翻身解放的历史选择。朱老巩代表的第一代农民形象，走的是自发式反抗的旧式抗争道路，其结果必遭失败；朱老忠代表的第二代农民，从个人反抗走向自觉革命、从家族怨恨走向阶级斗争，中国农民进行着艰难的历史转换；而大贵、二贵、运涛、江涛等代表着第三代农民，他们生逢其时，代表觉醒起来的新一代农民形象，在党组织的教育下，已经成长为无产阶级革命的主力军。在一定程度上，《红旗谱》是民族寓言的表征，是对民族国家观念和发展历程的想象再现。

我们认为红色经典具有审美价值和文学价值，很多作品中那种通俗形象的语言叙述、对比鲜明的人物性格、激昂奋进的理想信念、鼓舞人心的崇高精神、气势宏伟的史诗品格，时至今日，依然具有经典的内蕴和魅力。对红色经典的批评和指责主要体现在，认为作品主题先行，概念化倾向严重，带有浓厚的特定阶段意识形态色彩，人物个性单一，正面主人公过于高大和理想化等。这只能说明红色经典具有一定的时代和社会局限性，但是不能全盘否定红色经典的文学价值。中外文学史上，很多经典也具有时代局限性，但是并不妨碍它们成为经典。柳青的《创业史》中那段著名的话“人生的道路虽然漫长，但要紧处常常只有几步，特别是当人年轻的时候。没有一个人的生活道路是笔直的，没有岔道的。有些岔道口譬如政治上的岔道口，事业上的岔道口，个人生活上的岔道口，你走错一步，可以影响人生的一个时期，也可以影响一生”，直到今天依然具有哲理意义，超越了那个具体时代，成为激励、鞭策很多年轻人的人生格言。1952 年，柳青从北京来到陕西长安皇甫村落户，他投身农村，服务人民，开始了他的劳动锻炼创作生涯，“脚上穿着烂皮鞋，裤腿上满是泥点子，手里拿着哮喘喷雾器，没日没夜在村里和田里转”，以实际行动践行着毛泽东在延安文艺座谈会上的讲话精神。面对中国农村所发生的那场轰轰烈烈的合作化运动，他既是参与者、建设者、体验者，也是见证者、记录者、书写者，倾尽毕生的精力，增删数次，创作出了堪称“我国社会主义革命的一面镜子”的史诗性著作《创业史》，刻画塑造出了梁生宝、梁三、郭振山、郭世富、姚士杰、素芳等一批栩栩如生的人物形象，真实生动地书写了中国农民朴实顽强地探索历史道路、改变自己命运、建设幸福美好生活的翻天覆地历程，肯定并赞美了善良勤劳的劳动人民应该享有的人格尊严和追求幸福、创造历史的坚韧与豪情。这在今天依然具有不容置疑的文学价值。在当下这个悬置“价值”“理想”，逃避、放逐“崇高”的时代，重读柳青的《创业史》，更能体会什么叫文学为人民服务，什么叫泥土气息成就作品厚重品质，什么叫火热生活孕育伟大作品。柳青落户皇甫村的 14 年，也是他有意“去作家化”的 14 年，不是做社会的旁观者，而是做现实的介入者；不是做生活的客居者，而是做生活的主人公。今天，在主旋律题材创作中，依然存在如何写好正面人物的问题，这依然是关键性的问题，也就依然有老老实实向柳青请教的必要。“时过境迁，今天我们是否还需要柳青？答案是肯定的。首先，柳青直面时代和社会，介入现实和人生，对时代和社会出现的问题不回避、不遮蔽，以文学的方式进行探索，寻求解决的途径与方式，表现出可敬的艺术探索勇气。其次，柳青的《创业史》，每一章都站在一个特定的人物立场，用个体的眼睛看世界，用个体的身体体验人生，用个体的声音评判社会。不同章节的人物不同，立场不同，声音不同，但最后又都汇集为一种超越单纯个体之上的集体人格洪流，从而实现了艺术的有机合成，表现了生活的本色。可以说，柳青以革命现实主义精神，称颂真善美，鞭挞假恶丑；同时又用理想主义的写作情怀，为社会寻找正能量，表现对社会人生可贵的担当。”①

---

①　参见《人民日报》2015 年 8 月 14 日，《柳青的意义》，对话人：张江、贾平凹、白烨、胡平、段建军等。

陈晓明在《中国当代文学主潮》中谈到革命历史叙事时指出："革命历史叙述确实要清除那些真实的个人生活、个人的记忆，然而，正是它们，给革命历史叙述以一种具体的形象，一种可感知的可体验的存在方式。""在这种客观化的革命历史叙事中，依然有一种主观化的东西在起作用，写作的个体性特征终究难以被政治性完全抹去，这就使得历史化的叙事承受着文本修辞与写作主体艺术个性的双重分解，使得历史化的叙事与文学性之间的悖论关系得以成立。"①在我们看来，正是这种写作的个体性和悖论关系使得红色经典可以突破历史叙事的羁绊和规约，在当时意识形态的夹缝中，凸显作家的个人独创性和鲜活形象的文学性。这种独创性和文学性，成为永远无法抹去的"异质"，成就了红色经典经久不衰的审美价值和文学价值。罗兰·巴尔特在《写作的零度》中说过，"革命在它想要摧毁的东西之内获得它想具有的东西的形象。正如整个现代艺术一样，文学的写作既具有历史的异化又具有历史的梦想：作为一种必然性，文学写作证明了语言的分裂，后者又是与阶级的分裂联系在一起的；作为一种自由，它就是这种分裂的良知和超越这种分裂的努力。尽管不断为自己的孤独感到歉疚，文学的写作仍然是对语言至善的一种热切的想象……文学应当成为语言的乌托邦"。②"红色经典"因其承载着重要的历史叙事，不可避免地带有一定程度的意识形态色彩，但是意识形态并不能全部销蚀作者的主体性和艺术个性。始终处于历史主义与审美幻想之中的作家，能使其笔下文本整体呈现出复杂深厚的文学意味，这种意味能溢出具体时代而具有了历史的恒定性和审美伦理的普遍性。而这，正是"红色经典"得以确认的文学标准和伦理秩序。

---

① 陈晓明：《中国当代文学主潮》，北京大学出版社2009年版，第131页。

② [法]罗兰·巴尔特著，李幼蒸译：《写作的零度》，中国人民大学出版社2008年版，第55页。

第二节 红色经典与文化领导权

2004年3月，随着电视剧《林海雪原》在北京电视台二套节目热播，一阵对于红色经典改编的质疑和批评声音随之而来。同年4月9日，针对改编中出现的问题，原国家广电总局颁布了《关于认真对待“红色经典”改编电视剧有关问题的通知》，禁止戏说“红色经典”，认为一些改编电视剧存在着“误读原著、误导观众、误解市场”的“低俗化”问题。在这份通知中，广电总局列举了“红色经典”改编中出现的“原罪”——有的电视剧创作者在改编“红色经典”过程中，没有了解原著的核心精神，没有理解原著所表现的时代背景和社会本质，片面追求收视率和娱乐性，在主要人物身上编织过多情感纠葛，强化爱情戏；在人物造型上增加浪漫情调，在英雄人物身上挖掘多重性格，在反面人物的塑造上追求所谓的人性化和性格化，使电视剧与原著的核心精神和思想内涵相距甚远。同时，由于有的“红色经典”作品内容有限，电视剧创作者就人为地扩大作品容量，稀释作品内涵，影响了作品的完整性、严肃性和经典性。这实际上是试图通过意识形态国家机器维护“红色经典”的地位和声誉，也就是说，红色经典可以改，但是不能乱改。

与之形成鲜明对比的是，1994年由周星驰彩星电影公司和西安电影制片厂合作拍摄的电影《大话西游》，同样也是对《西游记》中唐僧师徒取经故事的改编，影片中存在大量荒诞不经的情节，诙谐幽默的语言，很多故事情节颠覆了《西游记》的核心故事内容，播出后，风靡一时，影响甚广。近年来，又出现了很多翻拍西游题材的影视剧，甚至出现了孙悟空跟白骨精谈恋爱的剧情。对此，《西游记》中孙悟空的扮演者六小龄童多次明确表示反对——孙悟空是正义的，白骨精是假恶丑。二人谈恋爱，就是人妖不分、是非颠倒，是三俗——

低俗、庸俗、媚俗。这种恶搞，颠覆了观众对人物本质的认识。一个民族的后代，为什么要对先贤恶搞？我们要宣扬正能量的精神，我们希望合理的改编。“《西游记》这样的名著不能戏说恶搞，不能翻拍乱拍，就是用里面的名字或者元素也不行。”但是时至今日，未见有关管理部门就恶搞《西游记》之类的影视作品出台什么规定。可见，红色经典的改编不仅仅只是一个商业行为，它涉及如何面对过去的革命和历史文本，如何进行选择和重释并加以吸纳和利用，更多的是涉及文化领导权建构的过程。

陶东风认为，“红色经典”电视剧的改编、播出、评论以及政府文化部门对此进行的干预，已经成为一个颇有中国特色的文化事件。“红色经典”电视剧作为在“革命”话语与商业话语、官方与市场的夹缝之中求生存的特殊文本，成为官方机构与民间资本从各自的需要出发争夺、共谋、冲突相互交汇的场域，对此的解读有助于我们认识特定时期中国文化场的结构关系。① 这个论断看到了红色经典改编的多重复杂性，但是认为“红色经典”电视剧在官方与市场的夹缝中求生存，这是不太真实全面的。实际上，官方与市场一起兴高采烈地携手打造了红色经典改编电视剧的热潮。张宗伟认为，经典改编与社会之间存在着复杂的“动力学”关系，改编经典不仅意味着对原著“文本”的改动，它同时可能是某种社会情境的一种建构性/解构性的力量，至少在社会意识形态的再生产方面是如此。作为历史文本的“红色经典”乃是镶嵌着或铭刻着复杂的社会脉络、文化权力、历史记忆与不同主体位置的场域，对“红色经典”的当代改编不仅关系着文本曾经讲述了什么，更关系着文本在当下是如何被讲述的。② 这个观点揭橥

① 陶东风：《红色经典：在官方与市场的夹缝中求生存》（下），《中国比较文学》2004 年第 4 期。

② 张宗伟：《一起事先张扬的文化事件——透视“红色经典”改编》，《当代电影》2007 年第 1 期。

了红色经典背后的意识形态询唤功能和权力结构关系。但是官方为什么要以行政手段介入和干涉红色经典改编，其根本原因是什么，值得深究。其实，在我们看来，“红色经典”改编较之普通经典文本改编最根本的不同就在于，国家需要借助现代大众传媒等意识形态国家机器有计划有目的地对其进行重写、再造和传播，从而更加有力地建构起新时期的文化领导权。

领导权思想最早可以追溯到马克思那里。马克思在《德意志意识形态》中揭示阶级之间的统治关系时指出：“占统治地位的思想不过是占统治地位的物质关系在观念上的表现，不过是以思想的形式表现出来的占统治地位的物质关系；因而，这就是那些使某一个阶级成为统治阶级的关系在观念上的表现，因而这也就是这个阶级的统治的思想。此外，构成统治阶级的各个人也都有意识，因而他们也会思维；既然他们作为一个阶级进行统治，并且决定着某一历史时代的整个面貌，那么不言而喻，他们在这个历史时代的一切领域中也会这样做，就是说，他们还作为思维着的人，作为思想的生产者进行统治，他们调节着自己时代的思想的生产和分配；而这就意味着他们的思想是一个时代的占统治地位的思想。”①这段论述实际上已经暗示了在阶级统治中领导权问题的复杂性，同时也启示我们：文化领导权不是一个可以自然地获得的结果，而是一个复杂的争夺过程。

面对十月革命后欧洲革命的失败和意大利国内革命现实，在继承吸收马克思的国家与阶级意识学说、卢卡奇的阶级理论、列宁的无产阶级领导权理论等基础上，葛兰西在对东方与西方革命运动与革命道路的比较中，大胆提出了政治国家与市民社会、政治战略与文化战略的理论，并建构起了他的总体性革命战略的思想。他认为欧洲革命不应简单照搬俄国十月革命经验，而应该采取新的战略，无产阶级政

① 《马克思恩格斯选集》第1卷，人民出版社1995年版，第98页。

党面对强大的资产阶级国家机器，要获得革命的成功，在获得政治领导权之前，必须首先通过有机知识分子在市民社会中取得文化领导权。

葛兰西深刻地洞见了资产阶级所建立的文化霸权在规训民众，使其“自愿服从”资本主义的统治中所起的牢固作用，并因此而强调在文化意识形态领域夺取无产阶级“文化领导权”的重要性。他把建立人民的民族的新文化视为这一斗争的主要任务，认为文艺是无产阶级掌握文化领导权不可缺少的环节和关键，针对意大利的社会历史现实，他提出了“民族—人民的文学”的理论。他在分析了意大利的文学、艺术现状后指出：“意大利人民优先读外国作家的书那个事实意味着什么呢？它是意味着人民感觉到外国知识界的智力和道义领导权，他们觉得自己与外国作家的联系比和‘本地’作家联系的程度大些，即是国内在精神与道德关系上不存在民族统一整体——等级制的和谈不到平等的。知识分子没有人民的出身，虽然他们之中有些人也是出身人民，却并不自觉与人民相联系，不知道人民，不了解人民的需要和渴望、人民藏在心里的情感。知识分子对人民的关系是隔断的悬空的等级关系，而不是人民本身组成的部分，体现其有机地固有的职能。”①无产阶级要掌握文化领导权，无产阶级知识分子包括文艺家就必须和人民融为一体，体现人民的情感、意志和愿望。

在本尼迪托·丰塔纳看来，葛兰西把霸权定义为知识和道德导引，其主要建构元素是赞成和说服。可以说，一个社会群体或阶级扮演一种霸权的角色，致使整个社会充斥着它所建树的文化和意识形态的信仰系统，而有关教导则被广大民众所普遍接受。意识形态、文化、哲学和“它们的组织者”——知识分子——都内在于霸权的观念。

① ［意］安东尼奥·葛兰西：《葛兰西文选》，李鹏程编，人民出版社 2008 年版，第 394 页。

因为对葛兰西来说，现实是感知的，知识是获取的。感知和获取的手段是道德、文化和意识形态的“棱镜”或“过滤器”，通过这些方式，社会获得形式和意义，霸权就必然意味着一种特殊的知识结构和一种特殊的价值体系的创造。霸权因此被视为社会统治集团用以确立“永久赞同”体系的工具，通过把知识分子肯定和表达的思绪加以相互强化，使之成为交织的复杂网络而使现行社会秩序合法化。① 也就是说，在葛兰西的分析中，文化既作为制度也作为实践，与历史和政治紧密相连，与权力关系深深地交织在一起。文化领导权体现了思考社会关系的新视野，体现了对经济决定论和传统政治学的批判超越，成为理解社会关系和社会结构的新模式，超越了传统意识形态理论的视角。

威廉斯在《马克思主义与文学》中指出：“实际存在的霸权总是一种过程，而不是一种系统或结构。它是一种由经验、关系和活动构成的现实复合体，带有特定的、变化着的压力和限制。”②也就是说，文化领导权有着非常复杂的运动和变化。在后期的文化理论中，他进一步提出了“三种文化”的理论，深刻揭示了领导权的动态复杂变迁过程。在威廉斯看来，一个社会的文化可以划分为主流文化（the dominant）、剩余文化（the residual）和新兴文化（the emergent）。根据威廉斯的界定，主流文化指的是“中心的、实际的和主导的意义和价值体系，在我们的社会里，这些意义和价值不是抽象的，而是有组织的和为人们所亲历体行的”。这里的主流文化，基本上就是处于领导权地位的文化，符合统治阶级的利益和意志。“剩余文化”指的是“在过去已经实际地形成，但是依旧活跃于文化过程中的因素”，这些因素虽

① ［美］于连·沃尔夫莱著，陈永国译：《批评关键词：文学与文化理论》，北京大学出版社 2015 年版，第 107 页。

② ［英］雷蒙德·威廉斯著，王尔勃、周莉译：《马克思主义与文学》，河南大学出版社 2008 年版，第 121 页。

然没有占据主导地位，但是依旧活跃存在于整个文化过程和形态中，既有可能成为主流文化吸收的对象，也有可能构成对主流文化的威胁和削减，消解文化领导权。而“新兴文化”指的就是新的意义、价值、关系和实践。这些新兴的文化因素往往与新出现的阶级、阶级意识和文化组织密切相关。新兴文化既可能成为主流文化吸纳、包容的对象，也可能成为主流文化控制、压制的对象。在文化领导权的建构和争夺过程中，主流文化经常要占据主导地位。“在复杂的社会中，文化分析最有趣又最困难的部分是试图在霸权的那种能动的、构成性的但也是发生着变化的过程中把握霸权本身。艺术作品因其物质性和普遍性的特点，往往成为这种复杂证据的重要来源。”①领导权理论使人们认识到，“具有决定意义的东西不是有意识的体系和信仰，而是实际上由特殊而主要的意义和价值组织起来的社会生活过程”，文化领导权不是那种明显的意识形态话语，而是体现在文化、意义、价值、关系和实践中。

弗兰克·克莫德指出：“经典与权力是同谋。经典是有用的，因为它们可以让我们以别的方式去处理难以处理的历史沉积物。”②这里所说的权力就是话语权力，经典要为主流意识形态塑造过去，并将过去变成现在。经典虽然具有审美价值和属性，但是同样也暗含权力关系。红色经典更是如此。历史上，康德曾提出了审美无功利的观点，实际上康德的审美无功利性本身并不是不食人间烟火的出世之论，而是以审美为手段替个人在现实攫取私利作精神性的自我辩护，为占有财产的资本家提供一种精神解脱的自由方式。伊格尔顿对此揭露指出，“它所使用的方法是使实际支配性的社会秩序神秘化和合法化”，

---

① ［英］雷蒙德·威廉斯著，王尔勃、周莉译：《马克思主义与文学》，河南大学出版社 2008 年版，第 122 页。

② ［法］热奈特等著：《文学理论精粹读本》，阎嘉编，中国人民大学出版社 2006 年版，第 57 页。

“康德的无私的审美鉴赏者排除了一切感觉的动机，他不过是抽象的、序列化的市场主体的精神化变体，他彻底地消除了自己与他人之间的具体差别，就如类同的商品消除了具体差别一样”。①

冯宪光指出：“文化和美学的资源由谁占据，这是一个在阶级社会中什么阶级占有社会支配权、统治权的大问题。人民美学的核心思想是‘粗黑的手掌大印’，占总人口大多数的工农劳动群众要掌握文学艺术的霸权，让文艺真正成为人民当家作主的文艺。”②红色经典比起历史上的帝王将相、才子佳人之类的小说，真正地描写了人民群众当家作主的豪气和壮阔历史，也就是毛泽东所说的“文艺为工农兵服务”——“由老爷太太少爷小姐们统治着的舞台”现在颠倒过来了，“恢复了历史的本来面目”，“从此旧剧开了新生面”。红色经典代表人民美学的创作原则和重要成果，它是新生的人民共和国建构起文化领导权的必然结晶和历史体现。以《创业史》为例，在当时的中国，伴随着社会主义政治和经济革命的胜利，并没有取得社会主义文化的全面胜利，因此，如何教育农民，如何塑造具有明确的历史和无阶级意识的社会主义新人，如何把新民主主义革命引向社会主义革命，就成了小说作者需要思考的问题。正如柳青所言：“《创业史》这个小说要向读者回答的是：中国农村为什么会发生社会主义革命和这次革命是怎样进行的。回答要通过一个村庄各阶级人物在合作化运动中的行动、思想和心理的变化过程表现出来。”在新形势下，红色经典小说也是继续加强巩固文化领导权需要依靠的“传统”和“有意义的过去”。

在新时期，“文艺为工农兵服务”进一步衍化诠释为“文艺为人民服务”，“人民美学”呼之欲出。文艺和文化建设更重视领导权问题。红色经典之所以与文化领导权联系起来，就在于红色经典具有一种对

---

① ［英］伊格尔顿著，王杰等译：《审美意识形态》，广西师范大学出版社2001年版，第89页。

② 冯宪光：《毛泽东与人民美学》，《文艺理论与批评》2003年第6期。

革命历史的建构和想象功能，对人民大众的历史主体地位有一种确认功能，对新生的人民共和国政权合法性具有一种再现和论证作用。诚如有学者指出：“《红旗谱》无疑是一部典型的革命历史叙事的作品，作为叙事主体结构的阶级斗争冲突和地主恶霸对农民的欺压行为是乡村的主要矛盾，农民被逼得不得不走上革命反抗的道路——这一革命文学经典性的叙事纲领，是一种意识形态的设定，也是为革命历史确立合法性的历史依据。”①红色经典中，主人公成长及其道路选择成为一种必然的情节规定性，不管是林道静、梁生宝还是朱老忠，其个人的成长、斗争或觉醒，都在政治叙事的框架内得到全新的表述和既定的讲述。他们个人成长或道路选择的意义已经与“民族国家”的成长相结合，个人经历与时代历史达成“共构”，这样红色经典通过这种方式呈现出的对革命历史的记述，就变成了一种关于历史的“政治想象”。习近平总书记指出：“要深刻认识历史和人民选择中国共产党、选择马克思主义、选择社会主义道路、选择改革开放的历史必然性，增强建设中国特色社会主义事业的信心。”红色经典在一定程度上阐释了“历史和人民选择中国共产党、选择马克思主义、选择社会主义道路”的历史必然性，对红色经典的改编和重拍必须正视这一政治逻辑。

红色经典具有规定文化秩序合法性的权力和历史权威，其中包含的历史叙事逻辑和革命合法性可以矫正当前大众文化生产中的娱乐泛化弊病，可以弥补当前大众文化生产和再生产中的精神缺钙现象，可以引导大众文化的品位和倾向，建立大众文化的价值观和精神内涵。

经由红色经典改编而来的影视剧，将党的先进性领导、红色革命传统的弘扬、社会主义核心价值观的倡导等有机联合起来，“不仅满足了大众对国家政治想象的审美期待，还可以反哺这种国家意识形态

① 陈晓明：《中国当代文学主潮》，北京大学出版社 2009 年版，第 128 页。

的集体凝聚力，强化这种潜意识的审美积淀，维持和稳固社会主义文化领导权构建的民众文化基础。”①这种轻松娱乐的影视剧能够在潜移默化中赢取大众的“主动认同”和“积极支持”，从而有利于文化领导权的建构。“知识分子可以通过制定和传播统治阶级的意识形态，来整合其他阶级、阶层的知识分子，使广大民众在这种潜移默化的熏陶中自愿地认同统治集团的统治，维护统治阶级的地位，保证市民社会各组织与群众同意统治阶级的社会秩序与规则，从而维护统治阶级政权的合法性。”②强调“文化领导权”的重要性是葛兰西思想的一个重要主题。按照这种思想，任何一个历史集团，任何一种确立的秩序，其力量不仅在于统治阶级的暴力和国家机器的强制性能力，而且在于被统治者接受了统治阶级的世界观。现代社会中的权力语言正是通过各种有组织的文化事业(学校、教会、出版机构、传播媒介等，阿尔都塞后来归属于“意识形态国家机器”)而越出政治国家的范围，扩展到市民社会，进而渗透到民族共同体的一般“文化精神”之中。西方发达国家资产阶级统治的真正基础就是将其基本价值通过其话语霸权向社会各阶层全面渗透。这种渗透不是自发的，而是通过有组织的文化事业和知识分子来实现的，其目的就是促使民众自觉地认同于资产阶级的政治领导权，使其合法化。

我国当前文化建设面临着消费主义、后现代主义和网络文化三大思潮的影响。作为一种思潮，消费主义文化影响了当代中国的审美文化和人民的日常生活，使国人的生活从过去的激进革命政治文化氛围中走出来，重新回归感性的日常生活，但是也日益陷入“感官至上”“消费至上”和“娱乐至上”的泥沼中。消费主义文化刺激人的欲望需

① 金春平：《“文化领导权”与20世纪中国文学的生产格局》，《华中科技大学学报》(社会科学版)2013年第2期。

② 葛兰西：《葛兰西实践哲学》，徐崇温译，重庆出版社1990年版，第335页。

求，忽视了人的道德理想的建构，把人引向单面的人，导致道德和操守的沦落，不利于社会主义核心价值观的建构和文化领导权的实现。“红色经典”承载了厚重的历史，植根于火热的生活中，表达了对红色历史的缅怀，对革命英雄的敬仰，对幸福生活的赞美，传递了伟大的民族精神和鲜明的时代精神，体现出先进文化的方向，能够催人奋进，给人以力量和信心。

中国当代文化建设所受的第二个冲击来自后现代主义。关于什么是后现代主义，后现代主义有哪些特征，不同的学者从不同学科出发有不同的回答。美国后现代主义文化批评家杰姆逊的概括具有典范性，他认为后现代主义文化具有四个基本特征：第一，平面感，深度模式削平，即消除了现象与本质、表层与深层的对立，从本质走向现象，从深层走向表层；第二，断裂感，历史意识消失，从而不再有历史和未来，只留下现在一个时间维度；第三，零散化，主体的消失，即主体开始零散成碎片，世界是物化的世界，而不再是人的世界或以人为中心的世界；第四，复制，距离感消失，机械复制的结果是文化的衰败和世界的物化。我们认为，杰姆逊的概括是准确而恰当的。随着金融资本的全球化和世界经济的一体化，原本产生于西方发达资本主义国家的这种后现代主义文化已经涌入中国，并对我国当代审美文化产生了显著影响。

从价值取向上看，后现代主义是一把双刃剑，它在消解伪崇高、专制主义和一元主义的同时，也造成了历史观念的迷失与混乱，消解了文化价值建构的基础和可能性。后现代主义思潮的渗透在一定程度上改变了人们的思维和生存方式，淡化了人们对国家、社会的感情，弱化了人们对民族、国家的认同感。从后现代主义兴起与发展的历史语境看，西方的一些后现代主义学者站在大众和底层的立场，以一种批判性、反思性的眼光剖析资本主义现代化进程中的一系列弊病，批判资本主义不合理的思想价值体系和社会制度，充满着消解、颠覆的怀疑精神，这有助于人们全面认识资本主义的本质，有利于人们更加科学合理地设计人类社会的未来，具有一定的积极作用。但是后现代主义所极力倡导的反逻各斯中心主义、非理性主义和反本质主义往往把人们的精神世界导向空虚与困惑，甚至逐渐演变为怀疑主义、虚无主义和享乐主义。红色经典中所蕴含的坚定信念、崇高境界和理想追求能给人以警醒和深思。红色经典借助文本的书写与阅读，把中华人民共和国缔造的艰辛和建设发展的曲折凝固成稳定的历史叙事，能有效地抵制后现代主义的不良影响。

当代中国文化建设所受的第三个影响来自网络文化。网络文化是一种技术文化，是新媒介技术与文化主体交融的结晶。从人类文化传播媒介发展的历史来看，网络文化突破了现实既定规则的束缚，张扬了社会个体的自由与创造精神，使得不同教育程度、不同文化水平的个体都可以随心所欲地书写表达自己的情感与体验，激发了社会底层的创造热情与智慧。网络文化消解了精英知识分子在文化创造中的话语霸权与垄断地位，为普通个体自由平等地参与文化创造提供了可贵的平台，使得多元对话成为可能。

但是，在网络文化中，互联网技术能将价值观念、思维习惯和生活方式通过虚拟的空间潜移默化地渗入大众的心灵。由于这种工具理性非但不受传统的主体性原则和审美表现理性的制约，反而压制着审美表现理性，这就使得大众在审美活动中又失去了传统意义上的想象性自由与价值理性。面对良莠不齐的网络文化，大众无意识中往往容易被其感染，一部分人甚至失去了价值选择上的方向感，丧失了基本的价值判断能力。“由于网络技术的新奇和玄妙，又可能使人们陷入技术工具的黑洞而不能自拔，进而迷失艺术的本性，使虚假的读屏符号成为普遍的价值出发点，使人们面临意义和价值虚无的危机。”①网

① 欧阳友权：《数字化语境中的文艺学》，中国社会科学出版社 2005 年版，第 303 页。

络空间的虚拟性和匿名性，使得现实生活中的人们极容易放纵自己，冲破现实社会中的道德枷锁，在网络中毫无节制地发泄自己的反叛与愤懑情绪。网络主体张扬感官与悬置理性的价值定位，使网络空间呈现出去理性、去历史、重娱乐的文化倾向，难以建构一种媒介文化的理性维度和价值维度。

当前视觉文化汹涌而来，这对我们有效引领公共价值观，吸引大众参与公共治理具有积极意义，但是这种以现代商业和科技媒介为主导的视觉文化又具有娱乐性和趋利性。因此，在这种背景下，要纠正和克服视觉文化中的精神缺钙现象，需要发挥红色经典在文化领导权建构中的积极作用。通过红色经典的影视改编与传播，构筑一个公众平台，吸引公众参与到公共价值的塑造中来，实现主流意识形态的话语主导权，从而更好地建构文化领导权。“文化过程绝不能被看做是一种仅仅具有适应性、扩散性和协调性的过程。在特定的社会条件下——这些条件包括从极端的封闭一直到革命前夕的崩溃以及真正的革命运动——文化过程的内部和外部实际上常常会发生真正的分裂。我们完全可以在对于霸权持续的压力和限制具备更为普遍的认识的同时，清楚地看到这一点——只要我们能建立起一些分析模式，这些模式不是将作品化约为完成了的产物，也不是将活动化约为僵化的立场，而是能够诚实地辨识出许多实际的创建和贡献的那种有限的但又意义重大的开放性。”①从全球范围内来看，当前一些发达资本主义国家在掌控经济霸权的同时更倾向于攫取文化霸权，谋求更隐蔽的文化霸主地位，包括中国在内的发展中国家自然成为他们的主要目标对象，他们企图通过文化渗透，影响其他国家人们的生活方式、思维习惯和价值观念。红色经典对民族英雄高尚品德、集体主义精神和不畏

① ［英］雷蒙德·威廉斯著，王尔勃、周莉译：《马克思主义与文学》，河南大学出版社 2008 年版，第 123 页。

牺牲精神的刻画，能激起民众的民族自豪感和归属感，更能令民众认同社会主义核心价值观念，从而捍卫我国文化安全。

第三节　红色经典改编中的焦点争议

红色经典经历了一个创作、沉寂到走红的阶段。新时期以来，围绕中国共产党领导的“革命与战争”的红色记忆展开的影视叙事，成为一道引人注目的文化景观。从 2002 年到 2004 年，两年间有近 40 部“红色经典”电视剧被列入规划批准立项，共约 850 集。从小说《红岩》、《苦菜花》到电影《平原游击队》；从长篇小说《三家巷》到短篇小说《小兵张嘎》；从刻画人物成长的《红旗谱》《青春之歌》到讲述军事传奇的《林海雪原》《敌后武工队》和《铁道游击队》；从描写惨烈战争的《烈火金刚》到地下斗争题材的《野火春风斗古城》等都被重新改编成了电影、电视剧，而且加入很多流行和时尚文化元素对其进行重新阐释。改编过程中引起了巨大的争议。

改编中也有比较成功的典型。据新华网报道，中国电影家协会 2015 年 8 月 19 日下午在京公布了第 30 届中国电影金鸡奖 19 个奖项的提名名单，2014 年贺岁片电影《智取威虎山》以 9 项提名领跑。在公布的提名名单中，《西藏天空》《战狼》《狼图腾》《黄金时代》《智取威虎山》5 部电影获最佳故事片提名；巴音、许鞍华、徐克、梁明、傅东育获最佳导演奖提名。其中，《智取威虎山》分别获最佳故事片、最佳编剧(改编)、最佳导演、最佳男主角、最佳音乐等 9 项提名，成为该年度金鸡奖获得提名最多的影片。在整部电影中，导演徐克将故事改编得有血有肉，有声有色，既取法了样板戏京剧《智取威虎山》的戏曲美学特色，又取得了具有中国电影美学特色的艺术效果。影片以巧妙的叙事结构和视角来展开历史想象，对红色经典的演绎进行大胆尝试，达到了历史与现实的沟通。其中无论是东北的林海雪原风光还是枪战打斗场面都给观众造成强烈的视觉冲击。影片被新华社赞誉为“叫好又叫座”的主旋律，不但征服了60后、70后观众，也征服了80后、90后观众。村民从对小分队的抗拒到接受，少剑波的人性化，杨子荣的大智大勇，飞跃鹰嘴崖的特技使用给观众留下深刻的印象。整部电影行云流水、畅快淋漓，被有关媒体称赞为红色经典样板戏拍出了好莱坞大片的感觉。原本一个取材于曲波小说《林海雪原》中的传统红色故事，被翻拍成现代电影后，观众看到的是一个以现代特技和武侠时尚元素改编包装的红色经典故事，酣畅淋漓地欣赏了一部集审美性、娱乐性、思想性、艺术性、观赏性为一体的主旋律之作，影片堪称红色经典改编的范本。

而同样由作家徐光耀的同名中篇小说改编的20集电视连续剧《小兵张嘎》，在1963年电影的基础上，重新创作，由徐耿执导，徐兵编剧，谢孟伟等主演，自2004年7月在央视八套全国首播以来，就引发正反两个方面的争议。故事以抗日战争时期的河北省保定市白洋淀为背景，讲述了小嘎子在老钟叔、老罗叔、区队长和奶奶的引导下，成为一名名副其实的八路军战士的过程。尽管导演徐耿曾自信地说：“《小兵张嘎》作为一部影响了中国几代人的红色经典，今天能以电视剧的形式出现，是经典的延续。新‘嘎子’身上浓缩的爱国主义精神，一定会感动今天的孩子们。”①在拍摄中，编剧人员始终注重体现嘎子身上那种原汁原味的东西，全剧充满那个战争烽火年代少年儿童应有的特质———鲜活顽强的生命力、质朴得近乎执拗的思维和行为方式、面对苦难时的乐观和勇敢、面对艰险时的镇定和从容、与敌人斗争时展现出的智慧与幽默。这既是一部有趣的儿童军事题材剧，也是一部严肃的抗战史诗。据徐耿介绍，为了丰富和深化主题，编剧对一

---

① 抗日小英雄《小兵张嘎》央视八套播出。参见 http：//ent. enorth. com. cn/system/2004/07/27/000829504. shtml。

些情节和人物做了改动，丰富了嘎子的性格命运，展示了嘎子、胖墩、英子、佟乐四个天真顽皮的孩子在抗日烽火中的成长斗争故事和富于传奇的童稚友谊。但是，剧中的“注水”情节，如查找“真假特派员”这种节外生枝的补充情节，又如在第16集发生在鬼子司令部里的那场比赛——嘎子、胖墩、英子、佟乐与日本鬼子进行射击、摔跤、憋气、爬树等比赛的细节，过于突出电视剧的童趣和娱乐效果，严重忽视和遮蔽了日军的残忍和历史真实。殊不知，当时拥有强大武装力量的日军不但在装备、训练、战略战术上都是顶尖的，而且每次他们占领据点后，都会“烧光、杀光、抢光”，奸淫掳掠，无恶不作，残忍而野蛮。日军是不可能答应，也不可能有耐心跟小孩玩这种比赛游戏的。

红色经典的改编存在诸多争议，红色经典及其携带的红色记忆可以被反思、表现与调侃，也可以借助视觉文化让大众在轻松愉悦中接受收藏。在当前语境下，红色经典改编在主流意识形态的召唤下，具有多元复杂的现实意义与功能。

第一，这是主流意识形态建构认同的需要。

中华人民共和国建立之初，所面临的一个紧迫问题是：如何获取民众对于新生国家及其政权的认同。尤其是对于中国这样一个幅员辽阔、民族众多的国家来说，怎样取得民族之间的彼此共容，确保国家的稳定是一个至关重要的任务，而完成这个任务的有效策略之一，就是重构一个让民众可以共同拥有的民族国家记忆，以确认政权的合法性。根据学者黄子平所述，红色经典在既定意识形态的规限内讲述既定的历史题材，以达成既定意识形态的目的：它们承担了将刚刚过去的“革命历史”经典化、合法化的功能，讲述革命的起源神话、英雄传奇和终极承诺，以此维系当代人的精神希望和价值信仰，证明当代现实的合理性，通过全国范围内的讲述与阅读实践，建构国人在这革命所建立的新秩序中的主体意识。

红色经典并非完全纪实，而是同样存在着虚构，就连前面提到的《小兵张嘎》中的“嘎子”也是个虚构人物，原型来自众多抗日英雄。1958年，军旅作家徐光耀因受其老师丁玲、陈企霞一案的牵连被打成了“右派”，开除军籍，下放到河北保定农场进行劳动改造。突如其来的打击使徐光耀精神几近崩溃。在人生最为艰难的时候，他决定用创作来转移自己的注意力，摆脱痛苦。成人世界的纷争使他将创作的目光转向了天真活泼的儿童。加上先前创作的作品《平原烈火》积累的创作经验和生活经历的影响——作者在1938年，年仅13岁的时候就开始当兵，曾参加了抗日战争、解放战争、抗美援朝战争，其间还搞过六年的锄奸工作，积累了关于战争的丰富素材，“嘎子”这个少年英雄的形象很快便被构思出来。1961年，小说和剧本《小兵张嘎》同时出版，在读者中引起强烈反响。小兵张嘎的经历也正是无数个抗日时期走上革命道路的贫苦农家男孩的缩影，也使许多穷苦少年和老百姓意识到只有参军入伍，投身革命，紧跟共产党，才能拯救民族和旧中国。

据媒体报道，“嘎子”是影视作品《小兵张嘎》中一个活灵活现的小英雄，他所生活的年代也是抗日战争时期，那么，历史上到底有没有“嘎子”这个人物呢？据媒体报道，“嘎子”是个虚构人物——这次来白洋淀，记者咨询了孙革老人和白洋淀文化苑“嘎子村”的工作人员，结果他们都表示，“嘎子”是一个虚构的人物，是根据很多人物和事迹拼凑起来的小英雄。其实，就是《小兵张嘎》原著作者徐光耀也承认，“嘎子”是一个艺术创造的产儿，是集众人之特长的典型形象。90岁的孙革老人，也只是称自己是张嘎的原型之一，因为《小兵张嘎》中，“嘎子”咬住敌人手腕，夺下鬼子盒子枪的事儿，他就亲身经历过，在那次伏击包运船战斗中，他就咬住鬼子指挥官的手，并夺下了他的枪。①

之所以需要虚构，这是因为，这在当时，需要通过文学讲述并建构一种对革命和新生政权的认同。本尼迪克特·安德森认为，民族在本质上是一种想象的政治共同体。“民族被想象为一个共同体，因为尽管在每个民族内部可能存在普遍的不平等与剥削，民族总是被设想为一种深刻的，平等的同志爱。”②借助小说这种想象和虚构的故事文本，通过阅读和传播，能在较大范围内较快实现对新生的革命政权的认同和向往。以《红旗谱》为例，有学者指出，作为人物的阶级身份、成长历程直接见证革命历史记忆中“英雄时代”的社会秩序、人格化想象。它呈现的是一种对于崭新的现代民族国家历史革命化的叙事文本，是对社会秩序合理性的一种文学体认和确证。③

文学叙事有它存在的目的性和意识形态功能：为自己的社会秩序的“合法性”提供一种文本上的确证和体认。所谓“合法性”，用美国哲学家理查德·罗蒂的话来说就是：拥有事先制定的成功标准④。在马克斯·韦伯那里，民族国家意识和主权概念的建立，与宗教教会的世俗化变革、合理法律体系的建构和商品经济的发展有关，只有在正当的合法信念的支持下，个人才会自觉遵从统治秩序的命令。在哈贝马斯那里，统治的合法性是决定该统治制度稳固与否的重要因素，公众的信任和忠诚表明了统治的合法性。在《青春之歌》里，与新中国政权合法性和社会秩序建立的合理性等相关的话语与主题暗含在小说

① 李志波、李晓哲：《探访小兵张嘎原型　老人曾咬断鬼子手指俘虏敌人》，《半岛都市报》2011年6月19日。

② ［美］本尼迪克特·安德森著，吴叡人译：《想象的共同体——民族主义的起源与散步》，上海人民出版社2005年版，第7页。

③ 吴翔宇：《〈红旗谱〉：民族国家的历史革命化叙事范本》，《株洲师范高等专科学校学报》2007年第1期。

④ ［美］理查德·罗蒂著，黄勇译：《后哲学文化》，上海译文出版社2009年版，第74页。

的叙事逻辑之中。林道静这个小资产阶级人物的觉醒、转变、成长离不开党的教育和引导，历史的前进与个人的成长同步互构，直接指向民族国家的现代性想象主题，小说叙事为民族国家秩序“合法性”提供文本确证和喻指。因此，革命者的激昂“布道”，成长者心灵的“洗礼”，二者共同导向共同的革命理想，革命理想又决定爱情选择，故事情节和版本修改都是在民族国家现代性想象这一主题框架下的必然预设产物，这种叙事体现了崭新民族国家建立和存在的历史必然性及其审美想象的艺术合理性。正如巴赫金所言：“主人公本身的变化具有了情节意义，与此相关，小说的情节也从根本上得到了再认识、再建构，时间进入人的内部，进入人物形体本身，极大地改变了人物的命运及生活中一切因素所具有的意义。”①在今天，红色经典的改编，就是以过去的红色记忆和革命叙事重新确认当代的合理秩序与结构。

第二，与红色经典自身的特殊价值有关。

由“红色经典”改编而来的影视剧对中国观众而言具有特殊的含义，它承载着人们特殊时代的历史记忆。在今天这样一个多元化、个性化的时代，在这个物欲横流、精神空虚、信仰缺失的时代，它仍然显现出思想文化上某种重要的价值和意义。“红色经典”以现实主义的创作手法，建构了宏大的历史叙事，展示了波澜壮阔的社会生活场景，体现了中国文学关注历史重大事件的传统。“红色经典”从中国的国情出发，立足于现实主义的真实原则和浪漫主义的精神气质，书写了饱经磨难的中国人民砸破旧枷锁，实现民族和个人解放，建设新中国，追求幸福新生活这一充满血与火的奋斗历程，表现了勤劳勇敢的中国人民艰苦奋斗的革命乐观主义精神，勇于牺牲的大无畏的英雄气概和积极进取、自强不息的民族精神。

---

① 巴赫金著，白春仁、晓河译：《教育小说及其在现实主义历史中的意义》，《小说理论》，河北教育出版社 1998 年版，第 230 页。

当前兴起了一股奇怪的历史虚无主义歪风。有学者认为，历史虚无主义思潮以否定中国革命史为核心内容，通过多种手法否定和歪曲历史，力图使新民主主义革命史、社会主义发展史和中国共产党的历史成为“罪史”，为全盘西化寻找历史依据。历史虚无主义思潮的泛滥造成了十分严重的危害，它妨碍人们对历史的科学认知，割裂了革命与建设、历史与现实的有机联系，它妨碍历史共识与政治共识的形成，造成了严重的思想混乱。① 历史虚无主义的一个突出表现就是戏说、恶搞、歪曲革命历史。殊不知，英雄的英勇、奉献、牺牲是革命取得胜利的重要主观原因之一，也是不可抹煞的历史真实，对英雄的嘲讽、解构和戏说不仅削弱了中国的革命历史叙事基础，也消解了中国主流意识形态建设的历史根基。尤其是中国当前这处于贫富差距较大的历史时期，各种社会矛盾比较尖锐复杂，各种社会阶层的利益诉求比较错综混杂，我们的主流意识形态建设更需要有共识性的统一的历史叙事，要旗帜鲜明地反对历史虚无主义。在某种程度上说，红色经典就是反对历史虚无主义的有效文化资本。红色经典具有反对历史虚无主义的整合和补偿功能，这也是红色经典在当下具有特殊价值的体现。

在当前，面对席卷而来的全球化浪潮和后现代主义思潮，民族主义精神和民族文化根脉更应得到呵护和保护。红色经典的传播早已超出了纯文学文本的范围，而是借助影视、动漫、戏剧等新的文化形式得到重塑和再造，红色经典中的英雄形象和英雄主题得到改变和重建，红色经典的价值也更加显赫。正如有学者指出：“在后现代语境中，由于英雄空间的存在，经典英雄将成为永久的再生资源。虽然英雄的时代已经一去不复返了，但人们留恋英雄的集体无意识依然强

① 姜迎春：《论历史虚无主义思潮的成因、表现及其危害》，《南京政治学院学报》2014 年第 5 期。

大，从而导致英雄以不同的形式不断地再生。再生即文学经典延续的路径，是文学经典的传承与创新，是传统的当代生成。”①习近平总书记曾指出：“包括抗战英雄在内的一切民族英雄，都是中华民族的脊梁，他们的事迹和精神都是激励我们前行的强大力量。”红色经典中的英雄故事和英雄事迹值得我们认真学习和传承。

红色经典还具有提高国家文化软实力的功能和价值。在市场经济条件下，面对经济全球化及后殖民、后现代、新历史主义等复杂语境，我们更要充分利用“红色经典”资源，深度、合理开掘其内在潜力，这样有助于建构和巩固社会主义核心价值体系，有助于修复民族集体记忆，从而有助于加强我国文化软实力建设。

第三，满足当下观众怀旧心理的需要。

意大利学者卡尔维诺指出：“经典作品是一些产生某种特殊影响的书，它们要么本身以难忘的方式给我们的想象力打下印记，要么乔装成个人或集体的无意识隐藏在深层记忆中。”②文学经典所建构的文本世界不是一个只属于过去的历史叙事，更是一个反衬当下的集体记忆。处于飞速发展的现代社会中的人们，在稍纵即逝、急剧变革的当下现实面前，普遍感受到历史感的缺乏和确定性的丧失，这使人们从内心深处感到苦闷和焦虑。于是，人们把目光投向昔日美好的过去，留恋经典中那个纯真的年代和质朴的人际关系。

当前我国社会处于经济和社会文化的转型期，三农问题突出、贫富差距巨大，吏治腐败、司法不公，道德滑坡、金钱崇拜，面对物欲横流和价值失衡的现实，人们的心理常处于一种混沌、迷茫，甚至恐慌状态，缺乏安全感、依托感、信任感、温暖感，人们会不同程度地

---

①　王建疆：《后现代语境中的英雄空间与英雄再生》，《文学评论》2014 年第 3 期。

②　[意]卡尔维诺著，黄灿然、李桂蜜译：《为什么读经典》，译林出版社 2012 年版，第 3 页。

产生一种怀旧心理。于是现代人纷纷把目光投向过去，在拉开了一定距离之后，将过去的时代进行审美再现，从而弥补自身的情感和心理缺失。红色经典中所弘扬的那种崇高精神——勇于担当、淡薄功利、舍生忘死、赴汤蹈火、不畏牺牲，成了当下缺失现实的对照，作为现实的参照，"怀旧"是"把过去的理想化"和"对过去的一种渴望"。对过去美好岁月的怀旧就寄托在对红色经典中那个公平正义的世界的向往上，寄托在对红色经典中那种侠肝义胆的称赞上。

吉登斯说："现代性以前所未有的方式，把我们抛离了所有类型的社会秩序的轨道，从而形成了其生活形态。在外延和内涵两方面，现代性卷入的变革比过往时代的绝大多数变迁特性都更加意义深远。在外延方面，它们确立了跨越全球的社会联系方式；在内涵方面，它们正在改变我们日常生活中最熟悉和最带个人色彩的领域。"①当下这个日新月异的全球化时代，造成了传统观念与现代观念、传统精神与现代精神、传统思维与现代思维的某种断裂，整个社会在一定程度上陷入了碎片化的裂痕之中。红色经典改编中英雄情结的重构和英雄形象的塑造、民族文化传统的弘扬和民族精神的凝练、世俗人性的回归和人性光辉的升华等都可以弥补当下碎片化现实的断裂，重新把过去与现在联系起来，使当代观众找到精神的抚慰和价值的皈依。

哈布瓦赫在谈到集体记忆与个体记忆时指出："可我们的回忆总是集体性的，并经由他人重新从我们的记忆中唤醒，即便它涉及的是我们独自经历的事件和独自所见的事物。这意味着，我们实际上从来都不是孤立的。在物质形态上与我们有所分别的他人是否在场并不重要，因为在我们的心中，始终有一些记忆得很清楚的人物一直在那里

① ［英］安东尼·吉登斯著，田禾译：《现代性的后果》，译林出版社 2000 年版，第 4 页。

陪伴我们。”①个体记忆与集体记忆互相关联，相互建构。红色经典的创作者很多都是革命历史事件的亲历者和参加者，是见证人，其文本叙事具有强烈的在场感和真实感。当下很多中老年观众，虽然不一定亲自参加了那些革命历史事件，但是那些红色激情岁月影响了他们的人生追求和价值选择，给他们留下了不可磨灭的印象。对于很多中老年观众而言，红色经典中有他们心目中的英雄，有他们青春的记忆，有他们的理想和激情、信念和追求。重新阅读或观看“红色经典”，能够唤起他们对过去生命历程的追忆，对简单纯朴的人际关系的回味和向往，对全球化时代中国到底向何处去等严肃问题的思索。

在现代性日益发展的今天，“我是谁”“我从哪里来”“我到哪里去”成为令当代人倍感焦虑的话题。面对现在与过去的巨大鸿沟，面对现实与理想的无情差距，追忆过去，缅怀往昔，成了很多人的情感慰藉方式。“怀旧因此是一种建基于回忆之上的想象性建构或虚构。怀旧对象因其与主体的当下情境拉开了时空距离和心理差距，它就不再是我们当下处身的那个世界，而变成了借助想象以‘再现’‘过去的形象’的方式存在着的另一种现实。”②带有革命理想主义和英雄主义色彩的红色经典，就成为人们怀旧情愫的直接审美对应物和影像表征，也是人们抗拒思想庸俗化、追寻公平正义、获得生命尊严的艺术表达方式。在今天这个“后革命”时代，红色经典中的年代彻底变成了历史，但是，红色经典中的理想和信念可以为当下物质主义盛行的市场经济中的人们的精神生活提供养料。“作为一种精神体验，怀旧所依据的想象是建立在对当下现实的否定的基础上的，但也只有借助想象的力量，怀旧才能‘向我们保证隐蔽而遥远的事物的存在’，才

① 冯亚琳、[德]阿斯特莉特·埃尔主编，余传玲等译：《文化记忆理论读本》，北京大学出版社2012年版，第47-48页。

② 周宪主编：《文化现代性与美学问题》，中国人民大学出版社2005年版，第27页。

能使我们重新获得源自过去的生命动力，从而在当下现实中更加自由地存在。”①红色记忆与改革时代的主流价值相吻合，红色经典与当代社会的理想建构相合拍。

第四，市场经济中消费主义逻辑和资本逻辑主导的结果。

红色文化与消费主义的结合是市场经济中商业规则的体现。20世纪90年代以来，“红色经典”改编蔚然成风，它后面有庞大的市场在驱动，消费需求永远是推动市场运作的动力。“红色经典”改编热的出现，正是因为制作者看到了“红色经典”所具有的巨大市场潜力才纷纷投资的。其实对影视作品的投资和制作者来讲，就是要在政治可靠和市场潜力之间找到一个结合点。红色经典的政治可靠，这是毫无疑问的事。接下来就要考虑红色经典的市场潜力了。在投资和制作者看来，面对激烈的市场竞争，不是所有的“红色经典”都适合改编，只有具备了大众娱乐基本元素的作品才有改编的可能。要将红色经典用影视语言表达出来，经典作品本身必须具备故事性较强、情节曲折、故事环境凶险、正反矛盾对立突出、人物形象鲜明突出、主人公富有传奇色彩等特点。从改编的先后顺序来看，往往是带有传奇色彩的红色英雄最先被商业文化所青睐，1992年《烈火金刚》被拍成电影，1995年《敌后武工队》被拍成电影。徐克导演的《智取威虎山》之所以能成功，跟《林海雪原》原著本身拥有类似于武侠影片的要素——神奇人物、险恶环境、孤胆侠客、英雄相惜、绝技对决等密切相关。

市场经济环境下的影视剧改编，不可避免地要面对激烈的社会竞争，而选择红色经典这类主旋律作品来改编影视剧，投资风险小，读者的认知度高，能带来巨大收视率。以《林海雪原》故事题材为核心，

① 周宪主编：《文化现代性与美学问题》，中国人民大学出版社2005年版，第27页。

2014 年 12 月 23 日，徐克导演的《智取威虎山》正式上映，这部在投拍之时并不被看好的影片，反倒成为 2014 年贺岁档的票房霸主，截至 2015 年 2 月已经直奔 9 亿元票房。与其他主旋律电影如《建国大业》《建党大业》《生死抉择》等获得票房成功的途径不同，《智取威虎山》是完全依照商业规则生产的电影。这部电影的题材并不陌生，杨子荣剿灭土匪座山雕的故事，从“十七年”时期较强势的革命话语(小说)到“文革”中极左的斗争话语及偶像崇拜话语(样板戏)，一直在流传和再生产。导演和主创人员面对当前的大众文化话语、消费话语，遵循“现在的时代就要拍给现代人看的电影，来让他们记住中国式的英雄”这一观点，将现代特技与中国民间传统侠义文化完美结合。在影片里，徐克把原著里面所有可能产生政治联想的符号都去掉了，例如红五星、红领章都没有了，尽力做到“去政治化”，使得影片具有崭新的当代色彩。《人民日报》2014 年 12 月 31 日发表评论员文章称《智取威虎山 》有枪林弹雨亦有刀光剑影，有军民情深也有侠之豪情，是一部根据革命传奇打造、叫好又叫座的现代英雄史诗。2015 年 1 月 13 日《人民日报》再次发表文章，称赞该影片将积极正面的价值观念、精彩曲折的故事情节、惊险刺激的视听效果融为一体，在观众需求、个人情怀和主流价值之间找到了平衡点。一部电影，获得主流权威媒体两次盛赞，非常罕见。

面对市场经济和消费主义话语，红色经典改编必然要实现叙事话语和故事面貌的双重转变，以便在很大程度上适应当下社会文化语境的变化。这样也遮蔽淹没了原著中的阶级斗争和革命流血牺牲内涵。红色经典的改编，基本是在商业体制与政治宣传的共同谋划下，以“去政治化”或“去暴力革命”的方式，以一种普遍性的愿景——共同享受财富、幸福与尊严，将阶级分化与贫富差距日益严峻的中国社会各阶层的个体塑造为团结一致的社会主义大家庭中的一员。市场经济中的影视投资方，不管是国有单位，还是私营企业，都看好红色经典的政治倾向的正确和可靠。一些影响很大的红色经典剧的拍摄，甚至引来意识形态主管部门的直接投资和支持，被当作一项政绩工程来抓。虽然红色经典的投资制作也会受到意识形态主管部门的监管，但是比起“涉案剧”“帝王戏”等，风险要少得多。电视剧制作是一项投资，需要耗费大量资金，所以一部电视剧制作完毕后，若不能获得许可证公开播出，那就会损失惨重，更别谈获取回报。但是资本一旦进入红色经典的改编拍摄，资本的逐利性与执政党的宣传意识同构，互相作用，就会使红色经典纸质文本中具有暴力与反抗色彩的“阶级斗争”“造反”等革命话语产生置换与转移，在民族国家意识形态的框架内，重塑为共同富裕目标下的细节分歧和利益调整。“红色经典剧虽然重新发掘中国革命遗产以及社会主义话语，却试图本质化与合理化既有的‘充满暴力以及不平等财产关系的历史进程中所形成的阶级关系’，进而将它置于后毛泽东时代的国家权力以及市场力量的控制之下。”①虽然红色经典影视剧的播映也会引发共鸣，但是社会底层和普通大众的这种情感和精神共鸣在观看中，不知不觉地会被现实商业逻辑和占正统地位的消费主义意识形态收编。英雄故事被奇幻化、景观化，变成英雄传奇，红色经典中的“信仰”“忠诚”“牺牲”等不是和底层百姓鱼水情深的英雄所具有的，英雄沦为被消费被仰视的对象，英雄故事失去了警醒和教育意义。

当前，红色经典改编中出现错位与偏离的表征及其危害主要有：

1. 红色经典改编中出现庸俗化和恶俗化倾向。

从已经问世的“红色经典”改编剧中可以看到，“红色经典”改编中的庸俗化和恶俗化倾向明显。如片面追求收视率，“戏不够，感情

① 赵月枝、吴畅畅：《大众娱乐中的国家、市场与阶级——中国电视剧的政治经济分析》，《清华大学学报》(哲学社会科学版)2014年第1期。

凑”，编织过多的情感纠葛、“三角”关系，强化爱情戏，增加所谓的浪漫色彩。将文学文本或剧本改编为影视作品，首先在内容和长度上就与原作有了很大的区别。要成功地改编，达到较高的收视率，将原本一两个小时的作品重新搬上银幕，就要大幅度地扩充内容，增加剧情。这样的扩大势必要给原本的故事增加线索和人物，因此一些改编就在故事情节的添加中随意增加感情戏或次要人物。例如电视剧《林海雪原》融入了言情戏份，少剑波与白茹的情感被肆意渲染放大，杨子荣陷入“三角恋”，居然还与匪首座山雕成为情敌，连“私生子”也出来了。这种没有底线的戏说与改编消解了红色经典的严肃性和神圣性，也蚕食、掏空了红色经典的核心精神。而徐克导演的《智取威虎山》同样也增加了人物和情节，增加了小栓子和他母亲的角色，这是原来小说中没有的人物。这两个角色的功能是给小分队剿匪提供情节动力和支撑。杨子荣冒着生命危险化装侦察匪情，最后一举消灭座山雕，都是为了替小栓子救出被土匪掳去的母亲马青莲，让他们母子能够相见，这就是很人性的逻辑。

红色经典改编过程中不是不能增加想象和虚构人物，问题是增加的人物情节要合情合理，做到历史理性与人文精神的完美统一。如果罔顾历史理性和价值理性，一味地为了博取观众眼球和热点而胡乱地编织故事情节，只会变成恶搞和伤害。“红色经典”文学原著中的历史叙事，总是凸显革命是历史的必然选择，党组织的领导是推动革命前进的制胜法宝，胜利是现实发展的必然逻辑，穷苦群众走上革命道路是阶级斗争的必然结果，主要人物往往因为黑暗时代的压迫而被迫走上革命的道路。《红旗谱》里面的朱老忠，《青春之歌》里面的林道静，《保卫延安》里的周大勇，他们往往由对革命的茫然到逐渐变得成熟，最终成为革命事业的中流砥柱。这种本质主义叙事，虽然具有浓厚的革命意识形态色彩，但是是必要的，符合普通百姓的心理期待，也是合乎历史理性的。相反，“恶搞”不仅伤害了民族自尊心和民族情感，更是善恶不分、美丑不分的愚昧表现，只会摧毁人们的历史记忆，颠覆社会的公序良俗，瓦解社会的基本价值准则和核心价值观念。

2.“红色经典”改编中出现“人物性格二重组合论”和“抽象人性论”。

当前，一些“红色经典”改编剧在主要人物形象的塑造上，刻意挖掘和体现“英雄人物”的“多重性格”，在反面人物塑造上追求所谓的“人性化”。殊不知，人性不是抽象的固定不变的人类天性，而是具体的社会的历史的，没有超越阶级和历史规定性的人性。马克思主义的历史唯物主义告诉我们，人的基本特性是社会性，人是在社会中进行物质生产、精神生产和日常生活的，现实的个人绝不是费尔巴哈所理解的抽象的、孤立的人的个体，任何脱离社会的个人都无法生存。人的自由和解放是一个历史活动的奋斗过程，是现实的个人的解放。广大劳动人民的生产实践和革命实践是推动人类历史发展的首要基本力量，人民群众才是创造历史的真正主人。同时由于人们在社会关系中的地位不一样，追求的利益也不一样，所以在阶级社会里，阶级矛盾和阶级利益的冲突不可避免。诚如梁斌所说：“我在写冯老兰和冯贵堂的时候……写父子两代思想方法的不同，剥削方式的不同，写父子两代不同经济基础上产生的不同的统治阶级的性格。冯老兰是从封建的生产基础上生长起来的，是封建剥削的代表人物。冯贵堂则受了资产阶级教育及帝国主义奴化教育，开始也曾热衷于资产阶级革命，还打出改良主义的幌子，后来成为‘买办’型的农村资产阶级的代表人物。”①正面人物性格的形成更是社会历史的产物，红色经典中，英雄人物那种疾恶如仇的性格、对穷苦人民的同情热爱，革命者对革命胜利的坚定信念和对人民共和国的诚挚拥戴，不是普遍性的自

---

① 梁斌：《漫谈〈红旗谱〉的创作》，《人民文学》1959年第6期。

然人性流露，而是在火热斗争和社会生活中形成的具体历史产物。这是红色经典改编时首先要弄清楚的一个基本问题。

当然，由于社会历史背景、文化语境等诸方面的局限，“红色经典”在人物塑造上有类型化、概念化的痕迹。改编中的创作者一改原著塑造的“高、大、全”式的英雄人物形象，重视英雄人物的多样化性格和嬗变特征，这点无可厚非。但是，一些改编者在重新阐释作品的时候，又有矫枉过正之嫌，陷入抽象的人性论。改编中的创作者对人性的认识是片面甚至畸形的，一些改编者打着“人性化”旗号强化爱情戏，在反面人物身上追求“人性化”，发掘正面人物生活中的儿女情长，彰显反面人物的“孝道”或“英勇”。这样就陷入了以完全人性化和充分世俗化的名义，对英雄人物进行“低化”“矮化”甚至“丑化”的怪圈，爱情故事和世俗生活细节不但起不到丰富人物性格的作用，反而钝化为对人物英雄性格的硬性稀释。流氓气、匪气和英雄气杂乱地混合在一起，使人物性格发生严重的畸变和分裂。刻意描写英雄人物性格卑微猥琐的一面或刻意突出反面人物性格温和善良的一面，都是不足取的。

从前述原国家广电总局的通知的内容可以看出，官方反对以所谓的娱乐性追求和人性化开拓模糊混淆红色经典中英雄人物（正面人物）与反面人物的界限，这种英雄人物与反面人物的对立冲突，是正义、合法的革命先进势力与没落、反动的邪恶旧势力的较量和冲突，具有不可调和性。改编过程中，如何处理英雄人物的性格、形象和命运，不只是艺术上的人物塑造技巧问题，而是关系到革命政权建立的合法性和逻辑性问题，关系到中华人民共和国诞生建立的历史正当性问题。

3.“红色经典”改编过程中出现追逐时尚化、浪漫化、传奇化现象。

为了让红色经典影视剧能获得更多观众的认可，尤其是吸引 80

后、90后观众，很多编剧导演在改编过程中，破除过去原著或已有改编作品中的类型化、模式化、概念化弊病，不惜重金，大量聘用当下走红影视明星加盟，扮演主要角色，使得改编的作品中的人物和场景光鲜亮丽，时髦恢弘。“电视之所以是电视，最关键的一点是要能看，这就是为什么它的名字叫‘电视’的原因所在。人们看的以及想要看的是有动感的画面——成千上万的图片，稍纵即逝然而斑斓夺目。正是电视本身的这种性质决定了它必须舍弃思想，来迎合人们对视觉快感的需求，来适应娱乐业的发展。”①这样一来，原本血雨腥风的革命场景、惊天动地的革命事件只是提供了一个发挥演绎的时空片段。在现代高科技特技的作用下，正面主人公的除恶扬善和革命英雄主义挥洒尽致，青少年在观看过程中被激发起来的爱国主义热情往往能得到最大限度地发挥和有效释放，传统革命语境中的“忠诚”“信仰”“牺牲”都获得了最好的阐释，使年轻观众在血脉贲张的同时，心灵被净化、道德被升华。

但是另一方面，影视作品可以有娱乐功能，但是不能扭曲历史。当前出现的以“青春偶像剧”“武侠”“奇侠”的叙事模式来再现红色记忆和革命历史，不但消解了革命英雄主义精神，也解构了英雄的崇高形象。有的改编者在优厚利润面前急功近利，片面追求高收视率、高利润，而对改编作品的质量不严格把关。虽然我们反对过去有些红色经典原著中“高、大、全”式的伪崇高，但是，在当下中国，消费主义盛行、理想匮乏、物质主义横行，在市场经济条件下，投资者要考虑市场回报率，这点无可厚非，但作品改编者把商人的职业精神当成了自己信奉的教条，把改编变成获取利润的砝码，被资本牵着鼻子走就是非常可悲的一件事。因为我们更需要崇高精神和品格来净化心

① ［美］尼尔·波兹曼著，章艳译：《娱乐至死》，广西师范大学出版社2004年版，第120页。

灵，提升境界，警示社会，充实振奋当下人荒芜的内心世界，不屈服于物质生活的平庸，不服从于消费主义的流俗。在西方后现代思潮主张的反崇高、重解构的氛围中，红色经典改编更应正视革命历史，以审美性、思想性、艺术性完美结合的影视叙述，高扬的英雄主义精神和崇高精神，弥补社会转型时期大众精神荒芜的裂缝。

参考文献

著作类：

[德]马克思、恩格斯：《马克思恩格斯选集》，人民出版社 1995 年版。

[法]丹纳：《艺术哲学》，傅雷译，人民文学出版社 1963 年版。

[英]伊格尔顿：《马克思主义与文学批评》，文宝译，人民文学出版社 1980 年版。

[苏]列·斯托洛维奇：《审美价值的本质》，凌继尧译，中国社会科学出版社 1984 年版。

[美]韦勒克、沃伦：《文学理论》，刘象愚等译，三联书店 1984 年版。

[美]杰姆逊：《后现代主义和文化理论》，唐小兵译，陕西师范大学出版社 1987 年版。

[英]伊格尔顿：《文学原理引论》，刘峰译，文化艺术出版社 1987 年版。

[英]伊格尔顿：《二十世纪西方文学理论》，伍晓明译，陕西师范大学出版社 1987 年版。

[俄]什克洛夫斯基等：《俄国形式主义文论选》，方珊译，三联书店 1989 年版。

[美]丹尼尔·贝尔：《资本主义文化矛盾》，赵一凡等译，三联

书店 1989 年版。

［美］哈罗德·布鲁姆：《影响的焦虑》，徐文博译，三联书店 1989 年版。

［英］T. S. 艾略特：《艾略特诗学文集》，王恩衷编译，北京国际文化出版中心 1989 年版。

［德］霍克海默、阿多尔诺：《启蒙辩证法》，洪佩郁等译，重庆出版社 1990 年版。

［美］E. D. 赫施：《解释的有效性》，王才勇译，三联书店 1991 年版。

［捷］米兰·昆德拉：《小说的艺术》，孟湄译，三联书店 1992 年版。

［法］罗兰·巴特：《罗兰·巴特随笔选》，怀宇译，百花文艺出版社 1995 年版。

［荷］佛克马、蚁布斯：《文学研究与文化参与》，俞国强译，北京大学出版社 1996 年版。

［德］黑格尔：《美学》，朱光潜译，商务印书馆 1997 年版。

［苏］巴赫金：《巴赫金全集》，钱中文译，河北教育出版社 1998 年版。

［美］安妮特·T. 鲁宾斯坦：《英国文学的伟大传统》，陈安全等译，上海译文出版社 1998 年版。

［德］本雅明：《经验与贫乏》，王炳钧等译，百花文艺出版社 1999 年版。

［法］让·鲍德里亚：《消费社会》，刘成富、全志钢译，南京大学出版社 2000 年版。

［英］安东尼·吉登斯：《现代性的后果》，田禾译，译林出版社 2000 年版。

［美］贝斯特、科尔纳：《后现代转向》，陈刚等译，南京大学出

版社 2002 年版。

[斯]阿莱斯·艾尔雅维茨:《图像时代》,胡菊兰等译,吉林人民出版社 2003 年版。

[法]蒂菲纳·萨莫瓦约:《互文性研究》,邵炜译,天津人民出版社 2003 年版。

[澳]克里斯·巴克:《文化研究:理论与实践》,罗世宏译,五南图书出版公司 2004 年版。

[美]艾布拉姆斯:《镜与灯——浪漫主义文论及批评传统》,郦稚牛等译,北京大学出版社 2004 年版。

[美]尼尔·波兹曼:《娱乐至死》,章艳译,广西师范大学出版社 2004 年版。

[美]本尼迪克特·安德森:《想象的共同体:民族主义的起源与散布》,吴叡人译,上海人民出版社 2005 年版。

[意]艾柯等著:《诠释与过度诠释》,[英]柯里尼编,王宇根译,三联书店 2005 年版。

[英]彼得·威德森:《现代西方文学观念简史》,钱竞、张欣译,北京大学出版社 2006 年版。

[美]哈罗德·布鲁姆:《影响的焦虑》,徐文博译,江苏教育出版社 2006 年版。

[法]热奈特等著:《文学理论精粹读本》,阎嘉编,中国人民大学出版社 2006 年版。

[英]安德鲁·本尼特、尼古拉·罗伊尔:《关键词:文学、批评与理论导论》,汪正龙、李永新译,广西师范大学出版社 2007 年版。

[意]安东尼奥·葛兰西:《葛兰西文选》,李鹏程编,人民出版社 2008 年版。

[英]雷蒙德·威廉斯:《马克思主义与文学》,王尔勃、周莉译,河南大学出版社 2008 年版。

[法]罗兰·巴尔特:《写作的零度》，李幼蒸译，中国人民大学出版社2008年版。

[美]理查德·罗蒂:《后哲学文化》，黄勇译，上海译文出版社2009年版。

[加]琳达·哈琴:《后现代主义诗学:历史·理论·小说》，李杨等译，南京大学出版社2009年版。

[美]哈罗德·布鲁姆:《西方正典》，江宁康译，译林出版社2011年版。

[澳]约翰·多克尔:《后现代与大众文化》，王敬慧、王瑶译，北京大学出版社2011年版。

[美]约翰·杰洛瑞:《文化资本:论文学经典的建构》，江宁康、高巍译，南京大学出版社2011年版。

[美] 莱斯利·菲德勒:《文学是什么？高雅文化与大众社会》，陆扬译，译林出版社2011年版。

冯亚琳、[德]阿斯特莉特·埃尔主编:《文化记忆理论读本》，余传玲等译，北京大学出版社2012年版。

[意]卡尔维诺:《为什么读经典》，黄灿然、李桂蜜译，译林出版社2012年版。

[美]丹尼尔·贝尔:《资本主义文化矛盾》，严蓓雯译，江苏人民出版社2012年版。

[美]于连·沃尔夫莱:《批评关键词:文学与文化理论》，陈永国译，北京大学出版社2015年版。

周宪等:《当代西方艺术文化学》，北京大学出版社1988年版。

王岳川、尚水:《后现代主义文化与美学》，北京大学出版社1992年版。

任遂虎:《中国文化导论》，甘肃教育出版社1994年版。

曲波:《林海雪原》，人民文学出版社1994年版。

张京媛：《后殖民主义与文化批评》，北京大学出版社 1999 年版。

罗钢、刘象愚：《文化研究读本》，中国社会科学出版社 2000 年版。

汪民安等：《后现代性的哲学话语》，浙江人民出版社 2000 年版。

罗钢、刘象愚：《文化研究读本》，中国社会科学出版社 2000 年版。

王宁：《消费社会学：一个分析的视角》，社会科学文献出版社 2001 年版。

童庆炳：《文学活动的审美维度》，高等教育出版社 2001 年版。

赵毅衡：《新批评文集》，百花文艺出版社 2001 年版。

黄庭坚：《黄庭坚全集》，四川大学出版社 2001 年版。

陈晓明：《表意的焦虑》，中央编译出版社 2002 年版。

李建盛：《理解事件与文本意义》，上海译文出版社 2002 年版。

许文郁等：《大众文化批评》，首都师范大学出版社 2002 年版。

罗岗、顾铮：《视觉文化读本》，广西师范大学出版社 2003 年版。

陈昕：《救赎与消费：当代中国日常生活中的消费主义》，江苏人民出版社 2003 年版。

胡经之：《西方文艺理论名著教程》，北京大学出版社 2003 年版。

蓝爱国：《解构十七年》，华东师范大学出版社 2003 年版。

李扬：《50—70 年代中国文学经典再解读》，山东教育出版社 2003 年版。

罗钢、王中忱：《消费文化读本》，中国社会科学出版社 2003 年版。

包亚明：《游荡者的权力：消费社会与都市文化研究》，中国人民大学出版社 2004 年版。

王治河：《后现代主义辞典》，中央编译出版社 2004 年版。

罗婷：《克里斯蒂娃诗学研究》，中国社会科学出版社 2004 年版。

余岱宗：《被规训的激情》，三联书店 2004 年版。

邱运华：《文学批评方法与案例》，北京大学出版社 2005 年版。

程光炜：《文学想象与文学国家——中国当代文学研究（1949—1976）》，河南大学出版社 2005 年版。

周宪：《文化现代性与美学问题》，中国人民大学出版社 2005 年版。

欧阳友权：《数字化语境中的文艺学》，中国社会科学出版社 2005 年版。

吴宓：《吴宓诗话》，商务印书馆 2005 年版。

赵一凡等：《西方文论关键词》，外语教学与研究出版社 2006 年版。

陶东风、徐艳蕊：《当代中国的文化批评》，北京大学出版社 2006 年版。

唐小兵：《再解读：大众文艺和意识形态》，北京大学出版社 2007 年版。

史忠义等主编：《风格研究　文本理论》，河南大学出版社 2009 年版。

余虹：《文学知识学》，北京大学出版社 2009 年版。

陈晓明：《中国当代文学主潮》，北京大学出版社 2009 年版。

阎浩岗：《“红色经典”的文学价值》，人民出版社 2009 年版。

张均：《中国当代文学制度研究（1949—1976）》，北京大学出版社 2011 年版。

论文类：

梁斌：《漫谈〈红旗谱〉的创作》，《人民文学》1959 年第 6 期。

李希凡：《革命英雄典型的巡礼》，《文学评论》1961 年第 1 期。

朱寿桐：《论我国新文学中的现代主义》，《文学评论》1996 年第 2 期。

张荣翼：《文学经典机制的失落与后文学经典机制的崛起》，《四川大学学报》（哲学社会科学版）1996 年第 3 期。

林凌：《二十世纪抗战文学为什么没有经典作品》，《中国文学研究》2001 年第 4 期。

王宁：《文学的文化阐释与经典的形成》，《天津社会科学》2003 年第 1 期。

南帆：《四重奏：文学、革命、知识分子与大众》，《文学评论》2003 年第 2 期。

洪子诚：《中国当代的"文学经典"问题》，《中国比较文学》2003 年第 3 期。

刘晗：《文学经典的建构及其在当下的命运》，《吉首大学学报》（社会科学版）2003 年第 4 期。

邢建昌：《信仰情怀与形上追求》，《文艺理论与批评》2003 年第 5 期。

彭亚非：《图像社会与文学的未来》，《文学评论》2003 年第 5 期。

冯宪光：《毛泽东与人民美学》，《文艺理论与批评》2003 年第 6 期。

查明建：《文化操纵与利用：意识形态与翻译文学经典的建构》，《中国比较文学》2004 年第 2 期。

刘意青：《经典》，《外国文学》2004 年第 2 期。

黄曼君：《中国现代文学经典的诞生与延传》，《中国社会科学》2004 年第 3 期。

陶东风：《文学经典与文化权力（上）——文化研究视野中的文学经典问题》，《中国比较文学》2004 年第 3 期。

陶东风：《红色经典：在官方与市场的夹缝中求生存》，《中国比较文学》2004 年第 4 期。

黄曼君：《回到经典 重释经典——关于 20 世纪中国新文学经典

化问题》，《文学评论》2004 年第 4 期。

尤西林：《匆忙与耽溺》，《文艺研究》2004 年第 5 期。

金惠敏：《图像增殖与文学的当前危机》，《中国社会科学》2004 年第 5 期。

孙文宪：《艺术世俗化的意义——论本雅明的大众文化批评》，《华中师范大学学报》(人文社科版)2004 年第 5 期。

旷新年：《社会主义现实主义经典〈创业史〉》，《湖南大学学报》2004 年第 5 期。

周燕芬：《个性的张扬与现代文学风格的演变》，《陕西师范大学学报》(哲学社会科学版)2004 年第 6 期。

黄乔生：《论鲁迅的经典性》，《鲁迅研究月刊》2004 年第 12 期。

尹力、田怡：《用“时尚”的方式塑造历史人物——〈张思德〉》，《电影新作》2005 年第 1 期。

赖大仁：《图像化扩张与“文学性”坚守》，《文学评论》2005 年第 2 期。

於可训：《阐释的历史与历史的阐释》，《江汉论坛》2005 年第 2 期。

焦垣生、胡友笋：《论“红色经典”的经典气质》，《人文杂志》2005 年第 2 期。

周宪：《视觉文化的三个问题》，《求是学刊》，2005 年第 3 期。

陈雪虎：《当代经典问题与多元视角》，《天津社会科学》2005 年第 3 期。

陈太胜：《文学经典与理论：变与不变的辩证》，《天津社会科学》2005 年第 3 期。

李春青：《文学经典面临挑战》，《天津社会科学》2005 年第 3 期。

陶东风：《大话文化与消费文化语境中经典的命运》，《天津社会科学》2005 年第 3 期。

童庆炳：《文学经典建构的内部要素》，《天津社会科学》2005年第3期。

方忠：《论文学的经典化与中国现代文学史的重构》，《江海学刊》2005年第3期。

黄念然：《历史维度在当代西方文学理论中的展开》，《江海学刊》2005年第3期。

陶东风：《“大话文化”与文学经典的命运》，《中州学刊》2005年第4期。

童庆炳：《〈红楼梦〉、“红学”与文学经典化问题》，《中国比较文学》2005年第4期。

张法：《“红色经典”改编现象读解》，《文艺研究》2005年第4期。

张京：《论图像文化的生产、传播和接受方式》，《理论界》2005年第4期。

孟繁华：《新世纪：文学经典的终结》，《文艺争鸣》2005年第5期。

高楠：《文学经典的危言与大众趣味权力化》，《文学评论》2005年第6期。

董希文：《互文本：一种挑战传统的文本观念》，《山西师范大学学报》(社会科学版)2006年第1期。

李玉平：《互文性新论》，《南开学报》(哲学社会科学版)2006年第3期。

吴翔宇：《〈红旗谱〉：民族国家的历史革命化叙事范本》，《株洲师范高等专科学校学报》2007年第1期。

张宗伟：《一起事先张扬的文化事件——透视“红色经典”改编》，《当代电影》2007年第1期。

聂珍钊：《文学经典的阅读、阐释和价值发现》，《文艺研究》2013年第5期。

赵月枝、吴畅畅：《大众娱乐中的国家、市场与阶级——中国电视剧的政治经济分析》，《清华大学学报》(哲学社会科学版)2014年第1期。

王平：《红色经典小说出版热潮的时代密码》，《中国出版》2014年2月。

李俊国、李勇：《当代文学经典化：问题、理念与路径》，《小说评论》2014年第2期。

王建疆：《后现代语境中的英雄空间与英雄再生》，《文学评论》2014年第3期。

梁晓萍：《文学经典的核心价值究竟是什么？——兼与聂珍钊先生商榷》，《文艺研究》2014年第3期。

姜迎春：《论历史虚无主义思潮的成因、表现及其危害》，《南京政治学院学报》2014年第5期。

黄书泉：《“红色经典”长篇小说与文学消费》，《学术界》2014年第5期。

阎嘉：《如何理解文化研究的跨学科性：以霍加特〈识字的用途〉为例》，《文艺理论研究》2015年第2期。

江守义：《文学经典的价值——与聂珍钊、梁晓萍先生商榷》，《文艺研究》2015年第5期。

后　记

这本小书是在我硕士学位论文的基础上补充拓展而来的。2003年至2006年我在华中师范大学文学院师从张玉能教授攻读硕士学位研究生，毕业论文的题目是《消费时代文学经典的消解与重构》，题目得到华师文学院文艺学学科诸位老师的首肯。承蒙他们的鼓励，我便立下志向继续探索前行，但是由于学识浅陋，毕业论文仍有诸多不足，带着些许遗憾和万般不舍就结束了我三年的桂子山求学生涯。

我硕士毕业后来到黄冈师范学院工作，时隔一年，我又于2007年考上了南京大学文学院文艺学专业的博士研究生。南京作为六朝古都、金陵旧地，既是一座历史悠久、风景秀美的城市，又是一座特别悠闲的城市。人们遇事不急不慢，淡定从容，或许是看惯了历史兴衰、朝代更迭和数不尽的风流人物。南京，处处萦绕着纷繁复杂的历史情结，让人剪不断、理还乱。至今，我都把南京当作梦里故乡，"紫金山上观云卷云舒，阅江楼中听潮起潮落"成了我在南京悟到的一种心境。我是一个喜欢怀旧的人，在学业上也是如此。在南大读博期间，经常回头看看自己的硕士学位论文，觉得颇为幼稚，但是又有几分诱人。于是，带着对文学经典问题的重新思考，我又陆陆续续地从不同理论视角对硕士论文做了丰富和拓展。2010年博士毕业回校工作后，在教学过程中，由于备课的需要，我对文学经典尤其是红色经典有了新的认识和思考。期间，由于主持另外的教育部和省教育厅项目需要，较多的精力投入其他课题研究。就这样，这本小书，前前后后不断修修补补，从2006年到现在，虽然将近10年时间，但是其中仍然存在不少纰漏或谬误，实在惭愧，还望专家同行赐教指正。

我是个拙笨的人，但是我相信“勤能补拙”这一朴素的道理。我不敢奢望自己未来“著作等身”，但是我愿意点滴积累，不断思考。同时，需要说明的，本书中不少章节已经在《江淮论坛》《中州学刊》等学术刊物上发表，在此，特别感谢相关编辑的奖掖和厚爱！在写作过程中，参考了很多学界前辈和同行的研究成果，特此致谢！

感谢我的父母和家人，他们给了我巨大的支持和鼓舞。

感谢我求学路上的许多恩师——硕导张玉能教授以及华中师大文学院文艺学学科全体老师，博导王杰教授以及南京大学文学院文艺学学科全体老师。感谢黄冈师范学院文学院领导的关爱和支持，他们的栽培和期待成了我不敢懈怠、努力前行的动力。博士阶段同窗好友的探讨，文学院文艺学学科全体同事的切磋交流，也为我提供不少启发。本书出版，得到了黄冈师范学院文学院省级重点（培育）学科中国语言文学的大力支持，特此致谢！责任编辑白绍华先生为本书付出诸多心血，也一并表示感谢！